柳永词

〔宋〕柳永◎著

东篱子◎解译

全鉴

中国纺织出版社有限公司

国家一级出版社
全国百佳图书出版单位

内 容 提 要

柳永，北宋词人，崇安（今属福建）人，景祐进士，官至屯田员外郎。他以毕生精力作词，创作了大量慢词长调，在表现手法、意象组合、题材开拓等方面皆有许多创新之处，因此流传极广。本书收录了柳永具有代表性的词作，并对每首作品进行了较为详细的注释和赏析，便于读者更好地阅读和了解柳永词的思想内容和艺术特色。

图书在版编目（CIP）数据

柳永词全鉴 /（宋）柳永著；东篱子解译. -- 北京：中国纺织出版社有限公司，2021.1
ISBN 978-7-5180-7947-6

Ⅰ.①柳… Ⅱ.①柳…②东… Ⅲ.①宋词-选集
Ⅳ.①I222.844

中国版本图书馆CIP数据核字（2020）第189369号

策划编辑：金卓琳　　　责任编辑：段子君
责任校对：高　涵　　　责任印制：储志伟

中国纺织出版社有限公司出版发行
地址：北京市朝阳区百子湾东里 A407 号楼　邮政编码：100124
销售电话：010—67004422　传真：010—87155801
http://www.c-textilep.com
中国纺织出版社天猫旗舰店
官方微博 http://weibo.com/2119887771
佳兴达印刷（天津）有限公司印刷　各地新华书店经销
2021 年 1 月第 1 版第 1 次印刷
开本：710×1000　1/16　印张：20
字数：221 千字　定价：48.00 元

凡购本书，如有缺页、倒页、脱页，由本社图书营销中心调换

前言

　　柳永（约987年—约1053年），原名三变，字景庄，后改名柳永，字耆卿，因排行第七，又称柳七。因他一生官职卑微，《宋史》《东都事略》等书均未给其列传，因此关于他的生卒年并未有准确说法。《中国文学史》（人民文学出版社1979年11月版）中认为他出生于987年，卒于1053年，大致符合史实，遂被广泛采用。

　　柳永虽然在官场上并不得志，但是在中国的词坛上却是一颗不可忽视的明珠。很多人说起他，会认为他是一个被当时的世俗美景缠住的浪荡公子，但是也不忘记加上一句：他是北宋前期文坛上最负盛名的词人之一。柳永的词影响深远，流传极广，以致有"凡有井水饮处，即能歌柳词"的说法。

　　柳永一生所经历的太宗、真宗、仁宗三朝，正是北宋社会最为繁盛的时期。随着社会的稳定，经济的发展，百姓的生活也变得多姿多彩起来。这种社会环境也为词的发展提供了大量现实的土壤。在作词方面，柳永是一位勇士，他大胆革新，突破了传统的作词方法，采用了大量俗语、口语，通俗易懂，形成了他独特的风格，从词调到作法，都代表了宋词发展的一个新阶段。具体而言，柳永词的艺术成就主要体现在以下几个方面：

　　第一，在慢词的创作上，柳永另辟蹊径，极大地拓宽了慢词的发展之路。慢词即慢曲子，调长拍缓，在音乐上有着诸多变化，音律悠扬，通常字数较多。唐五代词调通常都是短小精悍的令曲，鲜有慢词。宋朝之后，市井新声竞起，"新声巧笑于柳陌花衢，按管调弦于茶坊酒肆"（《东京梦华·序》），这种新声勃兴的盛况使词调得到了大幅度的扩增，而其中占比最大的应当就是慢曲长调，以至于曾经盛行的令词小曲都只能屈居次位。柳永在这样的转变中起到了主导作用。他经常以新的词风来推动新的乐曲的流行。柳永词中曾多次提到这种"新声"，如"是处楼台，朱门院落，弦管新声腾沸"（《安公子》）等。其所作的《乐章集》中大部分均为此类新声。柳永词现存二百余篇，凡用十六宫调，有一百五十余曲，其中除十余调是沿用唐五代旧曲外，其余都为柳永首创。论创调之多，柳永可笑傲两宋词坛。这是由于柳永除了直接采用当时的市井新声入词之外，还经常改编前朝的旧曲，极大程度上丰富了词调。

第二，柳永丰富了词的表现手法。晚唐五代以来的令词多受篇幅的限制，以"深""细""小"而见长，用语含蓄朦胧。慢词发展之后，传统的令词作法已与慢词庞大的结构、繁复的声律难以匹配。而柳永不仅在词调和音律上发展了慢词，而且在技巧上敢于打破传统，创造性地采用赋体笔法，为慢词长调的创作开辟了一条新的道路。

赋者，铺也。长调也就是善于铺叙。柳永不管是叙事写景，还是抒情议论，均能做到娓娓道来，层层递进，细腻地揭开人物的内心活动。结构上大开大阖，回环往复，一唱三叹。另外，他常常将词作故事化，经常完整地描写一整件事，交代出里面的前因后果。词中所透露出的细腻感、故事性和直面市井民众的感染力，都是令曲难以企及的。

第三，词格上的雅俗共济。与传统词作的雅致不同，柳永词多市井化、口语化，以致宋人多言柳永词近俗，或谓"虽协音律，而词语尘下"（李清照《词论》），或谓"虽极工致，然多杂以鄙语，故流俗人尤喜道之"（徐度《却扫编》卷五），或谓柳永"长于纤艳之词，然多近俚俗，故市井之人悦之"（黄昇《唐宋诸贤绝妙词选》卷五）。可以看出，这些名家虽然承认柳永在作词技巧上的天赋，但是对其口语化、世俗化、白描化的词风颇有微词。实际上，这些世俗化的倾向大大扩展了词的意境，展现了当时社会的真实面貌，丰富了宋词的内容。另外，柳永词也并非一味浅俗，他的很多名作中都俗中带雅，可谓俗不伤雅，雅不避俗。而从接受和传播的层面来看，柳永的许多名作也是雅俗共赏的，并非只在市井酒楼中传播，许多文人墨客在得到柳永的词作之后也是爱不释手。

第四，柳永词拓宽了词的题材范围。柳永的词涉及的内容颇广，不仅有描写离情别绪、男女恋情的词作，也有表现羁旅行役的作品，同时还有展现北宋繁华富庶的都市生活与多姿多彩的市井风情的作品。柳永写词的内容涉及方面之广，是很多词人都不及的。可以说，柳永词在内容上，不再遵循旧的风气，而是进行了多元化多样化的展现，使词境也得到了极大的拓宽。

有人说，柳永的一生仿佛是一场盛大的烟火，喜爱他的人都被他张狂肆意的才情所惊艳，对他嗤之以鼻的人则看他慢慢落成冷灰。

柳永在词作上的一腔孤勇，让他成为词坛上的一颗明星，永远熠熠生辉。

本书精选柳永词中的代表作品，加以注释、译文、赏析，体例简单，通俗易懂，希望可以让读者领略到柳永词的魅力。书中不妥或错误之处，望读者批评指正。

目录

◎ 凤栖梧（帘内清歌帘外宴）/ 1

◎ 凤栖梧（伫倚危楼风细细）/ 4

◎ 凤栖梧（蜀锦地衣丝步障）/ 7

◎ 玉女摇仙佩（飞琼伴侣）/ 9

◎ 雨霖铃（寒蝉凄切）/ 13

◎ 斗百花（煦色韶光明媚）/ 16

◎ 斗百花（满搦宫腰纤细）/ 20

◎ 斗百花（飒飒霜飘鸳瓦）/ 24

◎ 甘草子（秋暮）/ 27

◎ 甘草子（秋尽）/ 30

◎ 昼夜乐（洞房记得初相遇）/ 32

◎ 昼夜乐（秀香家住桃花径）/ 35

◎ 定风波（自春来）/ 38

◎ 定风波（伫立长堤）/ 42

◎ 倾杯乐（皓月初圆）/ 46

◎ 倾杯（离宴殷勤）/ 49

◎ 夜半乐（艳阳天气）/ 53

◎ 夜半乐（冻云黯淡天气）/ 59

◎祭天神（叹笑筵歌席轻抛亸）/ 63

◎望远行（长空降瑞）/ 66

◎望远行（绣帏睡起）/ 69

◎凤衔杯（有美瑶卿能染翰）/ 73

◎凤衔杯（追悔当初孤深愿）/ 76

◎迷神引（红板桥头秋光暮）/ 79

◎迷神引（一叶扁舟轻帆卷）/ 83

◎八声甘州（对潇潇）/ 87

◎竹马子（登孤垒荒凉）/ 92

◎玉蝴蝶（望处雨收云断）/ 96

◎玉蝴蝶（渐觉芳郊明媚）/ 100

◎塞孤（一声鸡）/ 104

◎鹤冲天（黄金榜上）/ 107

◎如鱼水（帝里疏散）/ 110

◎如鱼水（轻霭浮空）/ 114

◎柳初新（东郊向晓星杓亚）/ 117

◎满朝欢（花隔铜壶）/ 121

◎破阵乐（露花倒影）/ 125

◎送征衣（过韶阳）/ 130

◎少年游（参差烟树灞陵桥）/ 134

◎少年游（长安古道马迟迟）/ 137

◎曲玉管（陇首云飞）/ 140

◎戚氏（晚秋天）/ 144

◎双声子（晚天萧索）/ 148

◎望海潮（东南形胜）/ 152

◎雪梅香（景萧索）/ 156

◎尾犯（夜雨滴空阶）/ 159

◎早梅芳（海霞红）/ 162

◎迎新春（嶰管变青律）/ 166

◎采莲令（月华收）/ 170

◎迷仙引（才过笄年）/ 173

◎御街行（前时小饮春庭院）/ 176

◎归朝欢（别岸扁舟三两只）/ 179

◎秋夜月（当初聚散）/ 183

◎法曲献仙音（追想秦楼心事）/ 187

◎西平乐（尽日凭高目）/ 190

◎一寸金（井络天开）/ 194

◎卜算子慢（江枫渐老）/ 198

◎浪淘沙慢（梦觉、透窗风一线）/ 202

◎彩云归（蘅皋向晚舣轻航）/ 206

◎轮台子（一枕清宵好梦）/ 210

◎引驾行（红尘紫陌）/ 214

◎长寿乐（繁红嫩翠）/ 218

◎西施（自从回步百花桥）/ 222

◎醉蓬莱（渐亭皋叶下）/ 225

◎八六子（如花貌）/ 229

◎安公子（梦觉清宵半）/ 233

◎集贤宾（小楼深巷狂游遍）/ 237

◎瑞鹧鸪（吴会风流）/ 241

◎瑞鹧鸪（天将奇艳与寒梅）/ 246

◎鹧鸪天（吹破残烟入夜风）/ 249

◎燕归梁（织锦裁编写意深）/ 252

◎女冠子（淡烟飘薄）/ 255

◎女冠子（断云残雨）/ 260

◎离别难（花谢水流倏忽）/ 263

◎过涧歇近（淮楚）/ 267

◎柳腰轻（英英妙舞腰肢软）/ 270

◎西江月（凤额绣帘高卷）/ 274

◎金蕉叶（厌厌夜饮平阳第）/ 277

◎征部乐（雅欢幽会）/ 280

◎透碧霄（月华边）/ 284

◎忆帝京（薄衾小枕凉天气）/ 288

◎锦堂春（坠髻慵梳）/ 291

◎合欢带（身材儿、早是妖娆）/ 296

◎满江红（暮雨初收）/ 300

◎二郎神（炎光谢）/ 304

◎参考文献 / 309

凤栖梧①（帘内清歌帘外宴）

【原词】

帘内清歌帘外宴②。虽爱新声③，不见如花面。牙板数敲珠一串④，梁尘暗落琉璃盏⑤。

桐树花深孤凤怨⑥。渐遏遥天，不放行云散⑦。坐上少年听不惯⑧，玉山未倒肠先断⑨。

【注释】

①《凤栖梧》：即《蝶恋花》，原为唐教坊曲名，后被用为词牌名。《乐章集》中注为"小石调"，是教坊十八调之一。

②"帘内"句：按照宋时的习俗，凡是家中的歌女唱曲佐酒，一定会用帘子隔开，所以这样说。清歌：清澈悦耳的歌声。葛洪在《抱朴子·知止》中曾著："清体柔声，清歌妙舞。"

③新声：指新制定的歌曲。词依照一定的曲调填词而唱，谓之"依声"，按照新制定的曲调填词而唱，谓之"新声"。

④牙板：歌女在演唱时用以拍节之板，有用竹木制的，也有用檀木制的，亦有用象牙造的。珠一串：形容歌声清脆，如同一串串珠子掉落在玉盘之上。白居易在《长恨歌》中著有"嘈嘈切切错杂弹，大珠小珠落玉盘"句。

⑤梁尘：梁上的尘土。这句是说歌声清脆动人，可以吹动梁上的尘土。

⑥桐树花深孤凤怨：歌声就像是孤独的凤凰一般哀怨。桐树即梧桐，传说凤凰非梧桐不栖。《诗经·大雅·卷阿》："凤凰鸣矣，于彼高冈。梧桐生矣，于彼朝阳。"

⑦"渐遏遥天"二句：即歌声响亮到可以让天上流动的云彩停止。《列子·汤问》："薛谭学讴于秦青，未穷青之技，自谓尽之，遂辞归。秦青弗止，饯于郊衢，抚节悲歌，声振林木，响遏行云。薛谭乃谢求反，终身不敢言归。"

⑧坐上少年：柳永自谓。

⑨玉山未倒：指人还未醉。玉山，形容男子仪态之美。刘义庆在《世说新语·容止》中曾写道："嵇叔夜（嵇康）之为人也，岩岩若孤松之独立；其醉也，傀俄若玉山之将崩。"肠先断：形容歌声感人至深。刘义庆在《世说新语·黜免》曾有句："桓公入蜀，至三峡中，部伍中有得猿子者，其母缘岸哀号，行百余里不去，遂跳上船，至便即绝。破其腹中，肠皆寸寸断。"

【译文】

帘子里清脆悦耳的歌声在为帘子外的酒宴助兴。虽然对依照新制定的曲调填词而唱的歌声颇为喜爱，但是却见不到歌女如花的容颜。压板节奏恰到好处，歌声如同一串串珍珠掉落在玉盘之上，圆润清凉，其嘹亮飞动之处，竟吹动梁上的微尘暗中掉落在酒杯之上。

那歌声如从梧桐树花深处的孤凤一般如泣如诉、哀怨动人，仿佛能让天上的云彩停止。我早已深陷在这段歌声里，人还未醉，肠却已为之断。

【赏析】

本词从"坐上少年听不惯"一句可以推测为作者早年所作之词，为咏妓词。本词花了大量的笔墨着重表现了歌女美妙绝伦的歌声。

上片描写了歌女动人的歌声，不过只闻其声，未见其人，给读者留下了丰富的想象空间。词起首三句交代了宴会的安排。歌女隔着帘子清声而唱，渲染出了一种神秘之感，同时也衬托出了歌声的纯粹。客人虽然"不见如花面"，但歌声已经先行打动众人，更显纯粹。之后，词人引用了大量的典故，来描绘歌声之美。"牙板数敲珠一串，梁尘暗落琉璃盏"两句，形容出了歌声的悦耳动听，意为压板节奏恰到好处，歌声如同一串串珍珠掉落在玉盘之上，圆润清凉，其嘹亮飞动之处，竟吹动梁上的微尘暗中掉落在酒杯之上。这两句运用了前人的典故。

下片作者着重描写了歌声所带来的效果和影响，用想象和夸张的手法来突出歌声的美妙，足以让词人为之倾倒。"桐树花深孤凤怨。"一句，虽然没有直接引用前人写音乐的诗文，但"梧桐""凤凰"均为古诗文中十分常见的意象，且古代又有凤凰非梧桐不栖的传说，柳永借助这些意象绘制了一幅画面，可引读者对歌声展开多层次的想象。词人再以"深""孤""怨"进行渲染，将歌声中所传达出的清越、凄怨、孤寂、哀婉等情绪让读者可以感知出来；同时，这一句又为词尾所抒之情作了坚实的铺垫。"渐遏遥天，不放行云散"一句，化用《列子·汤问》中秦青歌声"响遏行云"的典故，不过词人加一"渐"字，更道出了歌声由细到粗、由弱到强不断增大的力度。词人再加"不放"给歌声赋予了鲜活的主动性和生命力。最终讲到词人已经被清澈哀怨的歌声感染，感触良多，不忍心再听下去了。

凤栖梧①（伫倚危楼风细细）

【原词】

伫倚危楼风细细②，望极春愁，黯黯生天际③。草色烟光残照里④，无言谁会凭阑意。

拟把疏狂图一醉⑤，对酒当歌，强乐还无味⑥。衣带渐宽终不悔，为伊消得人憔悴⑦。

【注释】

①《凤栖梧》：本词乃柳永名篇之一，被后人广为传颂。王国维在《人间词话》中给予了高度评价："古今之成大事业、大学问者，必经过三种之境界：'昨夜西风凋碧树。独上高楼，望尽天涯路'。此第一境也。'衣带渐宽终不悔，为伊消得人憔悴。'此第二境也。'众里寻他千百度，蓦然回首，那人却在，灯火阑珊处'。此第三境也。此等语皆非大词人不能道。"本词乃作者在湖南时，于景德二年（1005 年）春所作。

②危楼：高楼。细细：微微。

③"望极"两句：是"望极天际，黯黯春愁生"之倒装。黯黯：心情沮丧、提不起精神的样子。春愁：由于春色而引发的愁绪。

④草色烟光残照里：是说草色朦胧，淹没到西下的斜阳之中。

⑤"拟把"句：意为打算放纵一下，就图个一醉方休。拟把：打算、盘

算。疏狂：粗疏狂放，不受礼法约束。

⑥"对酒当歌"两句：意为喝酒听歌，勉强寻欢作乐，但是毫无滋味可言。对酒当歌，出自曹操的《短歌行》："对酒当歌，人生几何？譬如朝露，去日苦多"。强乐还无味，这句反用了《短歌行》中的："慨当以慷，忧思难忘。何以解忧，唯有杜康。"强，勉强。强乐，强颜欢笑。

⑦衣带渐宽：指衣服慢慢变得宽松，代指人逐渐消瘦。在《诗十九首》中有句："相去日已远，衣带日已缓"。消得：值得。

【译文】

独自倚靠着高楼的栏杆，微风习习，望不尽的春日愁绪，忧愁似乎在从遥远的天际黯黯生长起来。草色朦胧，淹没到西下的斜阳之中，沉默不语地看着周围的一切，谁能理会我此刻凭栏的心情呢？

打算放纵一下，就图个一醉方休，喝酒听歌，勉强寻欢作乐，但是毫无滋味可言。我的衣服慢慢宽松，日益消瘦下去却始终不感到懊悔，愿意为了她让自己变得消瘦憔悴。

【赏析】

本词精彩至极，乃柳永名篇之一，词人用极致的意象淋漓尽致地表达了自己的相思之情。

上片开篇，"伫倚危楼风细细，望极春愁，黯黯生天际。"词人先写自己独自倚在高楼之上，登高望远，离愁思绪油然而生。作者不说"春愁"从心底涌现出来，而是说它从遥远的天际黯黯生长出来。化无形为有形，将抽象的情感具体化，极具画面感，让人们仿佛看到了这悠悠愁绪冉冉而生。"草色烟光残照里"描绘出了主人公望断天涯的时候所看到的景色。而"无言谁会凭阑意。"句则既包含了独自凭栏、希望落空的感叹，也包括不见伊人，心中苦闷无法向人倾诉的无奈。

下片描写了词人写刻骨相思，点明了词人春愁的原因。在一开始，词人就表明为了消除忧愁，决定痛饮狂歌。不过下一句又点明，即便是借酒消愁，强颜为欢，终觉"无味"。从"拟把"到"无味"，带着现实的冲击感，本以为借酒可浇愁，没想愁更愁。结句"衣带渐宽终不悔，为伊消得人憔悴。"更是精彩至极，词人以健笔写柔情，坚毅中带着悲伤，悲伤中又带着一份执着，让人拍案叫绝。"终不悔"表现了主人公的坚毅性格与执着的态度，词境也因此得以升华。贺裳在《皱水轩词筌》中认为韦庄《思帝乡》中的"陌上谁家年少足风流，妾拟将身嫁与一生休。纵被无情弃，不能羞"诸句，是"作决绝语而妙"者；而此词的末二句乃本乎韦词，不过"气加婉矣"。王国维在《人间词话》中谈到"古今之成大事业、大学问者，必经过三种境界"，被他借用来形容"第二境"的便是"衣带渐宽终不悔，为伊消得人憔悴"。

这首词写出了多少深情，多少执着，极尽含蓄绝决之致，让人读后回味无穷。

凤栖梧（蜀锦地衣丝步障）

【原词】

蜀锦地衣丝步障①。屈曲回廊，静夜闲寻访。玉砌雕阑新月上，朱扉半掩人相望。

旋暖熏炉温斗帐②。玉树琼枝③，迤逦相偎傍④。酒力渐浓春思荡，鸳鸯绣被翻红浪。

【注释】

①蜀锦：古代蜀地所产的彩锦，色泽艳丽，质地柔韧。地衣：可以看成是如今的地毯。蜀锦地衣：就是用蜀锦制成的地毯。步障：用来遮蔽风尘或者视线的屏幕。

②斗（dǒu）帐：小帐子，形状像是倒置的斗，所以叫斗帐。《释名·释床帐》中解释说："小帐曰斗帐，形如覆斗也。"

③玉树琼枝：形容女子肢体柔润细腻。

④迤（yǐ）逦（lǐ）：曲折绵延的样子，这里暗指两人身体交缠依偎的样子。

【译文】

我走过铺着蜀锦织成的地毯和围着屏幕的华丽厅堂。沿着曲折的长廊，在夜深人静之时来寻访你。一弯新月照在雕着栏花和白玉的台阶上，红色的门半掩着，你正在门内悄悄地望着我。

你立刻为我点燃了熏炉来温暖斗帐。才子佳人如玉树琼枝一般，互相缠绵依偎。酒劲越来越浓，春心荡漾，直使鸳鸯被如同红浪翻腾。

【赏析】

这是一首十分写实的狎妓词。

作者上片极力描绘了青楼的华丽装饰，地毯是用蜀锦所制成的，步障是由丝帛所围就的，装饰之华丽让人叹为观止。接着，作者描写了夜深之后游走在青楼里的场景，当时正值新月初升，朱漆的院门半开半掩着，不时有人探出头来向外望，原来有人在此地约会。词人在上片花费了大量的笔墨来描写环境，为主人公的出场营造了神秘的氛围，同时也为下片描写二人约会做足了铺垫。

作者在下片围绕主题描写了二人约会的场景。暖炉熏香，美酒浅酌，二人相偎相依，缠绻帏帐。一番翻云覆雨，让整个场景充满了暧昧气息。

柳永存有很多诗词都毫不忌讳地描绘男女情色之事。这首是其中之一，一个春思浩荡的浪子形象跃然纸上。这首词虽然如今看起来有些放纵，但是在宋朝，狎妓并非是一件难以启齿之事，而是士子们颇为自豪的事情，有很多风流才子曾经都以此为豪，只是在描写的时候比较含蓄，不如柳永这般明目张胆罢了。

玉女摇仙佩①（飞琼伴侣）

【原词】

飞琼伴侣②，偶别珠宫③，未返神仙行缀④。取次梳妆⑤，寻常言语，有得几多姝丽⑥。拟把名花比。恐旁人笑我，谈何容易。细思算、奇葩艳卉⑦，惟是深红浅白而已。争如这多情⑧，占得人间，千娇百媚。

须信画堂绣阁⑨，皓月清风⑩，忍把光阴轻弃⑪？自古及今，佳人才子，少得当年双美⑫。且恁相偎倚⑬。未消得，怜我多才多艺⑭。愿妳妳、兰心蕙性⑮，枕前言下，表余深意。为盟誓：今生断不孤鸳被⑯。

【注释】

①《玉女摇仙佩》：词牌名，柳永自制曲，《乐章集》注"正宫"，调名本意即咏遇到的佳人如同摆动衣袂上玉佩的汉江江妃。《词谱》卷三十八有载。另外，王喆词名《玉女摇仙辈》，故此调又有《玉女摇仙辈》之别名。

②飞琼伴侣：神仙伴侣。飞琼，也就是许飞琼，神话传说中的仙女，西王母的侍女。《汉武内传》："王母命侍女许飞琼鼓震灵之簧。"所以宋词中多以喻能歌善奏的女子，也是唐宋时文人笔下美人的典型。

③珠宫：神仙所居住的宫殿。

④行（háng）缀：指行列。缀，连结。

⑤取次梳妆：随意装扮，草草打扮。取次：《诗词曲语辞汇释》中解释

说："取次，犹云随便或草草也。"

⑥几多：多少。姝（shū）丽：美丽。

⑦葩（pā）：花。卉（huì）：草的总称。奇葩艳卉：指奇异艳丽的花草。深红浅白：指花朵颜色鲜艳、品质高洁。

⑧争如：怎如。《诗词曲语辞汇释》中解释说："争，犹怎也。"

⑨画堂绣阁：华美的楼阁。

⑩皓月：明月。

⑪忍：不忍，怎忍。

⑫当年：正当年，青春年盛的意思。双美：相遇合。

⑬恁：如此，这样。

⑭未消得：无法承受，不配承受。消，配得，禁受、消受。怜：爱。

⑮妳妳（nǎi）：古代对已婚妇女的尊称、昵称，犹夫人、太太。据《词律校勘记》中记载："愿奶奶"三字乃后人所误，应按宋本"但愿取"。兰心蕙性：喻女性幽静高雅的品格。

⑯断不：决不。孤：辜负。鸳被：即鸳鸯被，又称合欢被，特指夫妻合用的被子。

【译文】

她本是仙女飞琼身旁的女伴，偶然才离开了天宫，未能返回神仙之列。看似随意的打扮，寻常的话语，却由于天生丽质，让周围的女子都黯然失色，无心争艳。想把她比作名花，又担心旁人笑话，将这般美丽动人的女子用花来形容，谈何容易？细细思量，奇花异草不过是深红浅白罢了。怎么能像这个女子一般，占尽了人间的美丽，风情万种呢？

需要知道在华美的堂舍，美人的绣阁之中，不仅有美人作陪还有清风明月相伴，如何忍心将这段时光轻易虚度呢？古往今来，才子佳人，很少有能在青春年华相遇的，何况像我们这般依偎在一起。你对多才多艺的我如此挚爱，真使我难以承受。希望你心地善良，品格高雅，我只能在枕边发愿，来表达我深深的爱意。并且发誓，今生不会辜负你我同眠共枕的情意。

【赏析】

本词穷尽笔触描绘了一名市井妇女的惊人美貌，表达出了对其爱慕之情。

上片，词人描写了这位女子的外貌，突出了她非同常人的美貌，如同仙人下凡一般。"飞琼伴侣，偶别珠官，未返神仙行缀"，用"飞琼伴侣"来比喻这位女子。仙女许飞琼曾为西王母"鼓震灵之簧"（《汉武内传》），作为她的女伴，这个女子当然也是惊为天人的。更何况她是"偶别"仙宫，来到人间，再也没有回到仙界去。"取次梳妆，寻常言语，有得几多姝丽"一句是说，她随意的梳妆，寻常的话语，谈笑中便透露出道不尽的美丽。"拟把名花比。恐旁人笑我，谈何容易。"这句是说，想要用名花来比喻她，又担心别人笑话我，要比拟出来谈何容易。"细思算、奇葩艳卉，惟是深红浅白而已。争如这多情，占得人间，千娇百媚。"这句是说，细细想来，想要用奇花异卉来比喻出她的魅力实在太难，那些花不过是红的浓重、或白的浅淡而已，哪里赶得上她如此多情，占尽了人间所有的美艳气质。词人不惜笔墨，可以说写尽了该女子的美丽。作者在上片中将这位女子写得清新脱俗，不似凡人。虽然词人说自己难以将女子的魅力写出来，但是读者正是从词人的词穷之处了解到了女子惊为天人的美丽。

下片则着重写出了"我"对"佳人"的爱慕之情，希望可以与她成就世间难得的双美。就写法而言，下片多有小的开合，又时而宕开一层，写情一步深似一步。

过片由"须信"领起，写出良辰美景，不忍"把光阴轻弃"，不想让美好的青春就此浪费。接下来"自古及今，佳人才子，少得当年双美。"写出了古往今来，极少有才子佳人可以在青春年华的时候相遇相伴。侧面道出了他们可以相遇是一件多么幸运的事情，因此一定要格外珍惜上天的安排。"且恁相偎倚。未消得、怜我多才多艺。"词人站在佳人的角度，料到她所看重的并非是金钱、地位这些身外之物，而是"我"的"多才多艺"。"愿妳妳、兰心蕙性，枕前言下，表余深意。"期待这位佳人与自己两情相悦，在枕边发愿，来表达对我的心意。之后又立下枕下盟约，以"今生断不孤鸳被！"为盟誓，一个"断不"，语气决绝，以之收煞全词，产生了一种荡气回肠的效果。

柳永在这首词里面展现出了一种有别于当时社会环境的爱情观，即"才子佳人"式的爱情模式。作为一种新兴的、有进步色彩的社会意识，这种爱情模式冲破了封建的门第束缚，打破了传统的"父母之命，媒妁之言"的婚姻制度，对后世产生了极大的影响。金代董解元的《西厢记诸官调》和元代王实甫的《西厢记》所表现出的"从今至古，自是佳人，合配才子"的主题思想，就是对这种爱情观的进一步阐述。而柳永的首倡之功则是不可磨灭的。至于词中"愿妳妳……"这样的俚俗之语，历代评者多毁疵之，但就全词来看，此小瑕并不掩瑜。

雨霖铃①（寒蝉凄切）

【原词】

寒蝉凄切②，对长亭晚③，骤雨初歇④。都门帐饮无绪⑤，留恋处⑥、兰舟催发⑦。执手相看泪眼，竟无语凝噎⑧。念去去、千里烟波⑨，暮霭沉沉楚天阔⑩。

多情自古伤离别，更那堪、冷落清秋节⑪！今宵酒醒何处？杨柳岸、晓风残月。此去经年⑫，应是良辰好景虚设。便纵有千种风情⑬，更与何人说！

【注释】

①《雨霖铃》：词牌名，原为唐教坊曲，《乐章集》入双调（夹钟商）。相传玄宗避安禄山乱入蜀，时霖雨连日，栈道中听到铃声。为悼念杨贵妃，便采作此曲，后柳永用为词调。又名《雨霖铃慢》。这首词选自《全宋词》，雨霖铃又作《雨淋铃》。这首词抒发了跟情人难分难舍的感情。

②寒蝉：蝉的一种，也称寒螖（tiáo）。

③对长亭晚：面对长亭，正值傍晚时分。长亭，古时设在路旁供行人休息的地方。

④骤雨：阵雨。

⑤都（dū）门帐饮：在京都郊外搭起帐幕摆设宴席送行。都门：京城

门外。无绪：情绪低落。

⑥留恋：恋恋不舍。

⑦兰舟：据《述异记》载，鲁班曾刻木兰树为舟。后用作船的美称。

⑧凝噎（yē）：悲痛气塞，说不出话来。即是"凝咽"。

⑨去去：重复言之，表示行程之远。烟波：傍晚十分，水雾缭绕的样子。

⑩暮霭（ǎi）：傍晚的云雾。沉沉：深深，浓厚的样子。楚天：战国时期楚国占据了南方大片土地，所以古人泛称南方的天空为楚天。

⑪那（nǎ）堪：怎能承受，如何承受。清秋节：秋风萧瑟的季节。

⑫经年：一年又一年。

⑬千种风情：是说自己有满腔的相思之情。

【译文】

秋蝉叫得十分凄凉而急促，面对送别的长亭，正值傍晚时分，阵雨刚刚停歇。在京都郊外搭起了帐幕、摆起了宴席来为我送行，但彼此却没有畅饮的心情。正在恋恋不舍之时，船夫已经催促着出发了。彼此握着手互相看着对方，眼泛泪光，直到最后千言万语都噎在喉间没有说出来。想到这次远行，千里迢迢，水雾缭绕的千里江面，那夜雾沉沉的楚地天空似乎一望无际。

自古以来多情的人在离别时最为伤心，更何况是在这凄冷的秋季呢！今夜酒醒时将身在何处？恐怕醒来时只能面对杨柳岸边凛冽的晨风和黎明的残月了。这一去，不知何年何月才会回来，就算是良辰美景，也不过如同虚设罢了。就算心中有满腹的情意，又向谁来诉说呢！

【赏析】

这首词是柳永的代表作之一，也是写离情别绪的精品之作。词人巧妙地写出了自己在离京南下时于长亭与心爱之人送别的场景。整首词都从字里行间透露出一种离愁别绪，描绘出一幅秋日江边离别图。

词的上片写出了长亭送别的场景，作者用笔墨着重描绘了送别的场景以及惜别时的深情款款，抒发了恋恋不舍的离别之意。起三句，交代了时间、地点、景物，并以暮色苍苍，蝉声凄切来为之后的离别渲染了一种凄凉的氛围，奠定了悲凉的基调。"都门"以下五句，既写出了在京都郊外搭起帐幕摆设宴席想要热热闹闹送别，又因为情绪低落，终究没能让这场送别欢乐起来的场景，词人生动地描绘了执手相看无语的临别情事，语简情深，极为感人，也容易引起读者共鸣。"念去去"二句，以"念"字领起，预想之后路途中可能看到的情景，千里迢迢，与君惜别，再重逢不知是何时，一程远一程，让人生出一些愁苦、担忧等情绪，让这种愁苦的离别之情更深一层。

词的下片，笔锋一转，开始写人生概略情形，从一般到具体，由别人都是这样，写到我是如此。"多情"句，点出离别向来都是让人伤感的，在这清冷萧条的秋季送别，更让人难以忍受，将悲伤推进一层。"今宵"二句，进一步设想了离别之后可能会遇到的遭遇，衬托出作者的孤独寂寞、无依无靠的情绪。今天不知道酒醒之后，将会到哪儿，只有残月高挂、晓风吹拂的杨柳岸。景中所寓之深情，非直抒可传达，达到了只可意会不可言传的妙境。末以痴情语挽结，情人不在，即便有良辰美景、无限风情统归枉然，情意何等执着。词尾以问句结尾，如万流归海，有余音绕梁之美，让整首词所表达的情绪如潺潺流水一般，不断地渗透出来，回味无穷。

整首词情景兼融，结构如行云流水般舒卷自如，时间的层次和感情的层次交叠着循序渐进，一步步将读者带入当时的场景，让人们仿佛置身其中，难言之情自然流露。

斗百花①（煦色韶光明媚）

【原词】

煦色韶光明媚②，轻霭低笼芳树③。池塘浅蘸烟芜④，帘幕闲垂风絮⑤。春困厌厌⑥，抛掷斗草工夫⑦，冷落踏青心绪⑧。终日扃朱户⑨。

远恨绵绵⑩，淑景迟迟难度⑪。年少傅粉⑫，依前醉眠何处⑬？深院无人，黄昏乍拆秋千⑭，空锁满庭花雨。

【注释】

①《斗百花》：词牌名，此调又名《斗百花近拍》《斗修行》《夏州》。《乐章集》注"正宫"。格律以"双调八十一字，前段八句五仄韵，后段七句三仄韵"，此调为正体。

②煦（xù）色：温暖和煦的春色。春日阳光温暖和煦，所以称煦色。韶光：原指美好的阳光，这里指风华正茂的美好时光。

③轻霭：薄雾、淡淡的雾气。芳树：散发着花香的树丛。

④池塘浅蘸烟芜：远处的草丛半没在水中。浅蘸（zhàn）：轻轻地挨碰。烟芜（wú）：像烟一样的雾气混合显得凌乱而荒芜。

⑤闲垂：若有似无地垂挂，帘幕原是用来遮挡夫妻亲昵用的，但由于丈夫并不在家，所以帘幕也成为了一件没有必要的摆设。

⑥厌（yān）厌：同"恹恹"，无精打采的样子。

⑦斗草：古代民间的习俗，农历五月初五有斗草之戏，唐朝后斗百草渐渐成为妇女和孩童的玩意儿。唐宋时称为"斗百草"。

⑧踏青：春天到郊外去游玩。

⑨扃（jiōng）：门窗的插条，这里有关闭之意。

⑩远恨：由于不知道丈夫在何处眠花宿柳，恨又没有具体对象，所以称之为远恨。绵绵：连续不断，这里有情意缠绵的意思。

⑪淑景（yǐng）：日影。景，同"影"。这里指美好的时光。杜甫《紫宸殿退朝口号》："香飘合殿春风转，花覆千官淑景移。"迟迟：缓慢。

⑫年少傅粉：用来形容年轻俊朗的少年男子，这里指的是女子的丈夫。刘义庆在《世说新语·容止》中有句："何平叔（何晏）美姿仪，面至白，魏明帝疑其傅粉。"

⑬依前：与以前相同。醉眠：醉酒而眠，此处指眠花宿柳。

⑭乍：刚刚。

【译文】

春日明媚，阳光和煦，薄雾低低地弥漫在散发着芳香的树丛中。池塘上也飘着如烟的雾气，显得凌乱而荒芜，帘幕若有似无地垂着，如同风中的柳絮一般飘荡。春困的日子让人精神萎靡，凡事提不起兴趣，连斗草的游戏都轻易地抛弃了，一点儿踏青的心情都也没有了。整日关闭着房门。

情意缠绵，美好的时光却缓慢地流逝。年轻英俊的郎君，你还如同过去一般吗？此时又在哪儿眠花宿柳呢？寂寞的院子空无一人，黄昏时刚刚把秋千拆掉了，空锁住满院的春色，台阶前落花如雨般掉落。

【赏析】

这首《斗百花》是一首闺怨词，此词具体创作年代无从考证。柳永创作的此类作品多是早年于江南游历时所作，故推测该词也创作于那个时期。

此词描写了一位年轻女子嫁给了自己的意中人，但是这位男子在婚后却并没有将她放在心上，经常将她丢在家中，自己去寻花问柳。在春日万物复苏，一片大好的春光里，女子独自一人守着空闺，面对美好的景色，思念与埋怨之情交错。

上片开头四句描绘春日之景，犹如一组连续不断、由远而近、由大到小的静景镜头，将春日的景色描绘得如诗如画：先总写了和熙明媚的春日之景，渲染出一个迷人的全景；然后拉近镜头，写出淡薄的雾气低低弥漫在花草树木之间的景象；再把镜头推进，写了芳树旁的一个池塘，那个池塘里好像有一片轻轻沾着水而生长的青草；最后把镜头对准池塘边的小楼，只见遮蔽门窗的帘布若有似无地，任凭杨花柳絮在帘外春风中飘舞。从结构上看，第一句是总写，下面三句是分写；分写的三句又句句相加，环环相扣，让读者的视线最终聚焦到了闲垂帘幕的地方中来。

后四句由景及情，女主人公空虚、寂寞、慵懒之情跃然纸上。"春日恹恹"是说开春之后人变得容易疲倦，提不起精神。"抛掷斗草工夫，冷落踏青心绪。终日扃朱户"是说，与青春活力的其他女子相比，她显得郁郁寡欢，连斗草、踏青这样的游戏也没有兴趣参加，终日紧闭着大门，哪也不想去。主人公厌世的表现与前面描写的如诗如画的春光形成了鲜明的对比，紧闭的大门将春色关在了门外，为接下来描写主人公的心理做铺垫。

下片直接点明了女主人公的心事，并进行了深层次的渲染。"远恨绵绵，淑景迟迟难度。"承上启下，解开悬念。原来她是由于心里有着解不开的愁绪，所以在面对如此明媚的春景时反而厌烦，觉得难熬。意思虽然十分浅显易懂，用词却颇为含蓄。既揭开了春光大好却让她愁绪满怀的秘密，又卖了一个何为"远恨"的关子。"年少傅粉，依前醉眠何处。"紧接上句，点明"远恨"的内容。说她心上所牵挂的那位男子，面容姣好，却喜欢沾花惹草，醉眠他乡，跟之前一样不知道今日又睡在了哪里？

"深院无人"，点出了她心中对男子还是有所期盼的，希望他能到来，但是幽深寂静的院子并无人问访。庭院深深，寂寞空冷，黄昏时分，天色渐暗，刚刚拆了秋千，空锁住满院的春色，台阶前落花如雨般掉落。"黄昏乍拆秋千"，将女主人公无奈、无望的心境刻画了出来。"黄昏"，与上片的"终日"遥相呼应，可以看出她在紧闭的院子里独自思索的时间之久。"乍拆"，暂忽打开，描摹出迷离恍惚、无可奈何之态。"空锁满庭花雨"之句，用在这儿正与她的被弃飘零的不幸遭遇相互映衬。其间一个"空"字，更把她荡秋千而不再有"年少"欣赏、只剩下满院落花与她一起被锁在这深院中的凄冷之景渲染出来，景中带情，意在言外，成为情景交融、词意含蓄的结笔。

这首词的首句与结尾两处写景，首句以大好春色起笔，反衬出女子内心的孤独与寂寞；结尾以深院中的落花为结句，写出了女子的远恨难排。在写法上，有如夏敬观所说："层层铺叙，情景兼融，一笔到底，始终不懈。"其中词意之曲折含蓄，叙事之委婉有序，章法之绵密严谨，音律之和谐悦耳，也都彰显了柳词的特色。

斗百花①（满搦宫腰纤细）

【原词】

满搦宫腰纤细②，年纪方当笄岁③。刚被风流沾惹④，与合垂杨双髻⑤。初学严妆⑥，如描似削身材⑦，怯雨羞云情意⑧。举措多娇媚⑨。

争奈心性，未会先怜佳婿⑩。长是夜深⑪，不肯便入鸳被⑫。与解罗裳⑬，盈盈背立银釭⑭，却道你但先睡。

【注释】

①《斗百花》：词牌名，此调又名《斗百花近拍》《斗修行》《夏州》。《乐章集》注"正官"。

②满搦（nuò）：一把即可握持。形容女子的腰身纤细。宫腰即宫女之腰，古代女子以腰肢纤细为美，此风尚可能起源于楚国。传闻楚王好细腰，宫中妃嫔便想方设法让自己的腰变得纤细，以之邀宠。《韩非子·二柄》中记载："楚灵王好细腰，而国中多饿人。"后称女子之腰为宫腰。

③方：才，刚刚。笄（jī）岁，及笄之年，指女子盘发插笄的年龄。古代女子到了15岁时，会将象征未成年少女的双丫髻发式改成挽上头顶梳成云鬟，用簪子插起来的发式。是女子成年的象征。

④风流沾惹：风流，指男女之情。风流沾惹，是说这个刚成年的少女尚不解风流之事，是风流之事沾惹了她，而不是她去沾惹风流。

⑤垂杨双髻（jì）：古代女子未成年时梳的发式。成年后，改梳云髻。

⑥初学严妆：初学，第一次学。严妆，严肃的妆容，与少女天真的妆容相对应。

⑦"如描"句：身材如同画出来一般纤细，肩部像削出来的那样美丽。古时女子以削肩（即溜肩）为美。

⑧怯雨羞云：指对男女之事感到含羞和胆怯。战国楚宋玉在《高唐赋序》中载，楚襄王游高唐，梦与神女欢嫌。别时不山神女对他说："妾巨为行云，葬为行雨。"后便以"云雨"代指男女欢合。

⑨举：行为举止。娇媚：妩媚可爱。

⑩争奈：怎奈。心性，性情，性格。婿，此指丈夫。未会先怜佳婿：还没有学会如何向丈夫主动示爱。未会，还没有学会。先怜佳婿，主动向丈夫示爱。

⑪长是：经常是。

⑫便：顺利，指没有困难或阻碍。鸳被：男女合盖的双人被。刘希夷在《晚春》中曾有诗："寒尽鸳鸯被，春生玳瑁床。"

⑬罗裳：古时女子所穿的衣服。此句是说此少女不主动向丈夫示爱，而丈夫却按捺不住，主动脱掉女子的衣服。

⑭盈盈：娇羞的样子。银钉（gāng）：银白色的烛台，指灯盏。

【译文】

一把即可握持的纤纤细腰，刚刚成年的年纪。尚未了解风流之事的她刚刚出嫁，将头上的双丫髻改为了云髻。初次学着化成熟的妆容，像用画笔画出的、雕塑家雕刻出的曼妙身材，（想到男女相恋和云雨之事）脸上呈现出了一种又担忧又害羞的神情。举手投足之间都透着一分可爱与妩媚。

可惜心性还比较任性，尚未学会主动向丈夫示爱。经常是夜已经深了，却依然不愿意入鸳鸯被睡觉。丈夫按捺不住想要脱她的衣服，她却总羞怯地背对着银灯，对丈夫说：别帮我脱衣了，我先不睡，你先去睡吧。

【赏析】

本词是一首以人物为题材的作品，描写了一位十五六岁的少女，刚刚成年就嫁了人家，对男女之事尚不懂，所以出嫁之后无法适应新婚生活的情景。上片活灵活现地写出了少女美丽的外貌以及天真的性格，下片写出了她不解风情，羞于婚后生活的场景。

词的上片侧重了外貌神态描写，下片侧重了对细节的刻画，通过对人物表现的塑造，让读者领会到人物的特点，有画龙点睛之妙。

上片首句对女子的身材进行了文字刻画——腰身纤细，引用了楚灵王喜好宫人腰细的典故。次句写其年龄，"方当笄岁"，交代了女子才刚刚成人，正值花样年华。"刚被风流沾惹，与合垂杨双髻。"二句可见这女子情爱方面的意识才刚刚萌芽，刚把头上两个下垂的发髻挽合在一起盘了起来，这是从姑娘到新妇的发式变化，意思是她初做新妇。"初学严妆，如描似削身材，怯雨羞云情意，举措多娇媚。"新妇与姑娘在妆束上是有所差别的，姑娘多以活泼妆容为美，新妇则以端庄为美，所以，新妇的第一项任务就是学习"严妆"；再一个重要区别是，姑娘是独自睡觉，而新妇则要过夫妻生活。这是用典。由于是新妇，那弱不禁风的身材，对云雨之事尚处懵懂，未全适应，所以神态娇羞，十分可爱动人。

词的下片，转而描写女子对婚后生活的不适应。"争奈心性，未会先怜佳婿。"承上启下，是说女子还像是姑娘时那般任性，尚未领会如何向丈夫示爱来博得欢心。随着时间的推移，故事层层递进，女子复杂的心理变化也跃然纸上，层层展开，让人感受到其心理活动的复杂与丰富。"长是夜深，不肯便入鸳被。"前面的娇羞，具体表现就是经常到了深夜还不肯进入被子里安歇。"盈盈背立银钉，却道你但先睡。"这两句是说，除了不肯钻进被子，还经常背灯而立，并让丈夫先睡。整个下片着重抓取了几个动作，来进一步将人物写活，使其更具立体感。一是对丈夫不懂得温存，二是不肯脱衣就寝，三是背灯而立，四是命令丈夫先睡，将一个初涉婚姻，懵懂女子的娇羞写得十分细致，让人看到女子仿佛就站立在眼前，可以感受到女子的纯真。给人留下忍俊不禁且想象不尽的空间。

　　整首词将"娇羞"二字通过不同的场景、不同的角度表现了出来。虽在主题上难以免俗，但是对女子心性之感悟能力、描写之笔力都足以弥补这一缺憾。

斗百花（飒飒霜飘鸳瓦）

【原词】

飒飒霜飘鸳瓦①，翠幕轻寒微透②，长门深锁悄悄③，满庭秋色将晚④。眼看菊蕊，重阳泪落如珠⑤，长是淹残粉面⑥。鸾辂音尘远⑦。

无限幽恨，寄情空殢纨扇⑧。应是帝王，当初怪妾辞辇⑨。陡顿今来⑩，宫中第一妖娆，却道昭阳飞燕⑪。

【注释】

①"飒（sà）飒"两句：写霜花飘落屋瓦，翠绿的帘幕透进来微微的寒气。飒飒，象声词，指风声。鸳瓦：鸳鸯瓦，即成双成对的瓦。白居易《长恨歌》中有句："鸳鸯瓦冷霜华重，翡翠衾寒谁与共？"白居易用瓦冷衾寒来刻画唐明皇失去杨贵妃之后的寂寞凄冷，这里也暗用此意，写班姬失宠之后的寂寞凄冷。

②翠幕：绿色的帷幕，指陈阿娇的床帐。

③长（cháng）门：长门宫，即陈阿娇失宠于汉武帝后所居之宫。深锁：紧紧锁住。

④满庭：长门宫的庭院。

⑤重阳：重阳节，农历的九月九日。

⑥长（cháng）是：经常是。淹残粉面：脸上的妆容因为泪水而显得残

缺不全。

⑦"鸾辂（lù）"句：是说天子的车子已经离开此地很远了。鸾车，皇帝所乘坐的车子。

⑧嚩（tì）：迷恋，纠缠不清。纨扇：是一种细绢所制的团扇。

⑨"应是"二句：自己思考失宠的缘由，应当是帝王责怪我没有答应与他同辇的要求。去辇（niǎn）：皇帝所乘坐的车子。

⑩陡（dǒu）顿：猝然变化，始料未及。今来：如今。

⑪昭阳飞燕：昭阳，指昭阳宫；飞燕，指赵飞燕。《汉书·外戚传》中记载："孝成赵皇后，本长安宫人。学歌舞，号曰飞燕。成帝尝微行出，过阳阿主，作乐，上见飞燕而说之，召入宫，大幸。有女弟复召入，俱为婕妤，贵倾后宫。"赵飞燕并不居住在昭阳宫，是她的妹妹居住在昭阳宫。因赵家姐妹二人俱受成帝宠幸，所以后世诗常将昭阳与飞燕联用。

【译文】

凛冽的寒风中霜花飘落屋瓦，翠绿的帘幕间透进来微微的寒气，静悄悄的长门宫一直紧锁着大门，长门宫的庭院秋色已深。看着盛开的菊花，（想起了这是登高的时节），重阳节时却独自在长门宫内落泪，泪水经常将脸上的妆容冲浇得残缺不全，天子的车子已经离开此地很远了。

无限的哀愁与悔恨，只能向纨扇倾诉。都怪我当初没有答应跟圣上乘坐同一辆马车，才会突然变成了如今这般境地，宫中第一美女，却是昭阳殿里的赵飞燕。

【赏析】

本词将用典与时景相结合，营造了悲怆宏大的气势。

词的上片描述了西汉陈皇后失宠之后被幽禁于长门宫的故事。主要通过景物描写，层层铺陈，渲染气氛。并通过有特定内涵的意象侧面呈现出宫怨的主题。开始四句，烘托出了寂寞空冷的氛围。词从霜落声起笔，以"飒飒"的风声来反衬出环境的静寂，以"霜飘"暗示时令已是秋季，天气慢慢变得寒冷。接下来用造景设色之法，围绕着"静寂"和"寒凉"，写了轻寒微透的"翠幕"，写了深深闭锁、悄无声息的长门，写了"秋色将晚"的庭院。经过了一番精心的铺陈，落入读者眼中的便是道不尽的清冷，满纸的无奈和寂寞。词人暗中引用了陈皇后失宠的典故，但并未点明，这种微妙之感恰到好处。"眼看菊蕊，重阳泪落如珠，长是淹残粉面。"看似是在写重阳被雨水"淹残粉面"的菊，实际上何尝写的不是重阳佳节时被泪水"淹残粉面"的人呢？大概是担心如此隐晦地说下去难以收尾，便用"鸾辂"句又收回到陈皇后事，举重若轻。

词的下片讲述的则是赵飞燕谗害班婕妤而独得成帝宠幸的故事，另辟蹊径，在对比中显美丑。换头处的"无限幽恨"承上启下，"寄情空婘纨扇"则暗示了这位失宠的妃嫔便是班婕妤，她失宠于汉成帝后，曾作《怨歌行》诗，以纨扇自比，书写遭遗弃的哀怨之情。柳永认为班婕妤遭受冷落的原因是"辞辇"，是不肯顺从君王，《汉书·外戚传》中曾有载："成帝游于后庭，欲与倢伃同辇载，婕妤辞曰：'观古图画，圣贤之君皆有名臣在侧，三代末主乃有嬖女，今欲同辇，得无近似之乎？'上善其言而止。"后因以"辞辇"来称颂后妃之德。常德行笃厚如班婕妤者，最后也只能让位于"自微贱兴，逾越礼制"的赵飞燕，"宫中第一妖娆"的赵飞燕，词中的"陡顿""第一妖娆""却道"等词语也表达了词人心底对这种现象的嘲讽。

甘草子①（秋暮）

【原词】

秋暮。乱洒衰荷，颗颗真珠雨②。雨过月华生③，冷彻鸳鸯浦④。

池上凭阑愁无侣⑤。奈此个、单栖情绪⑥。却傍金笼共鹦鹉⑦。念粉郎言语⑧。

【注释】

①《甘草子》：词牌名。《乐章集》注"正宫"。

②真珠雨：像珍珠一般的雨珠。真珠：同"珍珠"。雨水洒落到荷叶上，形成的水珠如同珍珠一般。

③月华：皎洁的月光。生：产生、出现。

④彻：程度极深，透的意思。浦：水岸，可停船，如浦口等。此指水塘。鸳鸯浦：鸳鸯栖息的水滨，也有说法认为是古时的地名，具体在何处已不可考。这里是专指还是泛指尚无定论。

⑤凭阑：凭靠着栏杆，"阑"同"栏"。

⑥奈：奈何，怎么办。单栖：孤独地停留。

⑦却：表示转折。傍：靠近。共：在一起。

⑧念：道白，说。粉郎：何晏，三国魏玄学家。字平叔。南阳宛县（今河南南阳）人。汉大将军何进之孙。曹操纳晏母为妾，晏被收养，为操

所宠爱。少以才秀知名，好老、庄言，"美姿仪而绝白"，喜敷粉，"行步顾影"，人称"傅粉何郎"。这里是对男子的美称。

【译文】

秋天的晚上。秋雨胡乱地洒在残荷之上，雨珠晶莹剔透，颗颗如同珍珠一般。雨过后，寒月当空，鸳鸯浦一片清冷。

她独自凭栏凝望，忧愁身边无伴侣，只能独宿。孤独冷清的情绪煎熬着她的内心。她站在鸟笼旁逗弄着鹦鹉，教鹦鹉念"粉郎归来"。

【赏析】

本词是一首短小精悍的闺情词，意境丰富，而且带有花间词绚丽华美的特性。词中勾勒了一位深闺中的女子孤独寂寞的身影，反映出了她生活的愁苦、失落与孤独。

上片描绘了主人公在岸边凭栏的孤独场景。上来就点明了时间是在晚秋，秋季原本就是让人徒增伤感的季节，这里也为接下去的写景奠定了凄凉的基调。"乱洒衰荷，颗颗真珠雨"，描写景色，晚秋时间，下了一阵冷冽的

秋雨，雨水打在衰败的荷叶上，一滴滴雨珠如同珍珠般掉落。既写出雨洒衰荷历乱惊心的声响，又描绘出了水珠乱溅的情景，间接地显示了凭栏凝伫、寂寞无聊的女主人公的形象。紧接着，以顶针格写出"雨过月华生，冷彻鸳鸯浦"两句。词连而境移，随着时间的推移，雨后晴空的秋月映出皎洁的光华，寒气也一点点浸入女主人的肌肤，鸳鸯浦已经冷透了，而这种冷又怎会没有进入女子的内心呢？

过片"池上凭阑愁无侣"一句收束上意，点明愁因。"奈此个、单栖情绪"将情绪往深处又进一步，写出了孤眠之苦，场景也由池上转到了屋里。此词妙在结尾二句别开生面，写出新意："却傍金笼共鹦鹉，念粉郎言语。"写出了女主人公排遣寂寞与空虚的行为，荷塘月下，轩窗之内，一个失眠的女子独自调教着鹦鹉，教鹦鹉念"粉郎归来"。她的这种消遣之举只不过是一种自欺欺人的宽慰罢了，并不能掩盖心中真正的空虚。《金粟词话》云："柳耆卿'却傍金笼教鹦鹉，念粉郎言语'，《花间》之丽句也。"是说柳永此词的尾句类花间派，语辞艳丽，各具异彩，如"真珠""月华""鸳鸯""金笼""鹦鹉"等皆具辞彩。然而不同的是环境的华美不能掩盖人物心境的空虚，这样写恰有反衬的妙用。

甘草子（秋尽）

【原词】

秋尽。叶翦红绡①，砌菊遗金粉②。雁字一行来，还有边庭信③。

飘散露华清风紧。动翠幕、晓寒犹嫩。中酒残妆慵整顿④。聚两眉离恨。

【注释】

①叶翦红绡（xiāo）：是说秋天的植物叶子都变成了红色，落叶犹如裁剪下来的红丝绸一样。红绡：红色的丝绢，这里代指花朵。

②砌菊遗金粉：台阶旁菊花的花瓣散落满地。

③"雁字"两句：是说大雁排成"一"字飞来，带来了边关征夫的消息。边庭信：来自边关的消息。

④中酒：醉酒。张华在《博物志》卷九中记载："人中酒不解，治之以汤，自渍即愈。"慵整顿：懒得整理杂乱的妆容。

【译文】

秋已尽，霜叶如同被剪开的红丝绸，台阶旁菊花的花瓣散落满地。大雁排成一字从南边飞来，还带来了边关征夫的消息。

露珠散落，清冷的秋风刮得越来越紧。吹动了翠色的幕帘，透出了轻微的寒意。醉酒之下，脸上残破的妆容也懒得整顿。眉宇之间含着深深的离愁别恨。

【赏析】

这是一首闺怨词。此词写了一位情郎被征往边疆从军的女子，在深秋之际，独自在家思念情郎的情形。

上片写秋去冬来之景色和盼望情郎从边疆之地寄回信来的心情；下片写始终不知情郎的消息，什么都懒得去做，心中只有对离别的幽怨之情。

上片首句交代了时间是在"晓寒犹嫩"的深秋，然后开始描写景色，那似红色薄纱剪裁的霜叶、如金黄粉粒堆砌的菊花、捎着边关信息的大雁，全都撩动着主人公的思念之情。

下片写了女子的举止和神情。清风把早晨凝结的露珠吹得飘散而去，绿色的帷幕被风吹动，这个早晨虽然还不是特别冷。懒得整理醉酒之后杂乱的妆容，皱起的两眉间藏着多少离别带来的愁怨。

闺怨词这个题材并不新奇，古往今来很难写出新意。作者上片用了鸿雁传书的典故，也没有跳出常规操作。下片描写了怨妇的动作、神情，用"中酒"来刻画人物内心的极度厌烦，更加凸显了怨妇苦闷又无处发泄的情绪。

在抒发感情方面，词人功底深厚，全词情感真挚，哀怨动人。

昼夜乐①（洞房记得初相遇）

【原词】

洞房记得初相遇。便只合、长相聚②。何期小会幽欢③，变作离情别绪。况值阑珊春色暮④，对满目、乱花狂絮。直恐好风光，尽随伊归去⑤。

一场寂寞凭谁诉。算前言、总轻负。早知恁地难拚⑥，悔不当时留住。其奈风流端正外⑦，更别有、系人心处⑧。一日不思量，也攒眉千度⑨。

【注释】

①《昼夜乐》：词牌名，柳永自制曲。《乐章集》注"中吕宫"。

②"洞房"两句：意思是说，记得当初在洞房初次相见的时候，便发誓要永生永世在一起。合：应该。

③何期：宋元时期的俗语，相当于现在的"怎料"。小会：指两个人的秘密约会。幽欢：幽会的欢乐。

④阑珊：将残、衰败的意思。白居易在《偶作》中曾作："阑珊花落后，寂寞酒醒时。"春色暮：即暮春，春天最后一段时间，指农历三月。

⑤伊：为第三人称代词，此词的"伊"亦指男性。

⑥恁（nèn）地难拚（pàn）：如此难过，难以割舍。拚：割舍。李清照在《怨王孙》中写道："多情自是多沾惹，难拚舍，又是寒食也。"

⑦其奈：怎奈。风流端正：意态风流，仪容端庄。

⑧更别有，系人心处：还有更能打动人心的地方。

⑨攒（cuán）眉千度：皱眉了数千次，形容整天愁眉紧锁。攒眉，愁眉紧锁。

【译文】

记得在洞房里初次见面时的场景，从那时就想我们应该会永远在一起。谁也没想到短短的幽会欢好，竟成为了分别之前最后的情爱。又恰好是在春意阑珊的暮春时分，对着满眼乱飘的柳絮，心里担忧着如此美好的春日景色将全都会随着他的离去而消释了。

徒增的寂寞又跟谁诉说呢？想起过往的海誓山盟，就如此轻易地被人辜负了。早知道如此难受，当初就应该留住他。怎奈他不仅举止风流可爱，而且品貌端庄，还有很多打动人心的地方。一日不见他便愁眉不展。

【赏析】

这首词以女主人公的口吻，诉说了一段短暂却刻骨铭心的爱情故事。

作者以追忆的方式从故事的开头说起，不过省略了很多细枝末节，直接写了她与情人的初次约会。这样的初遇，给女主人公留下了刻骨铭心的记忆，她一心认定"便只合，长相聚"。怎料事与愿违，初欢之后就是长久的分离。在春意阑珊的暮春时分，满眼都是乱花狂絮，凋零的春景更是触动了女主人公对往日约会时的欢乐与幸福以及离别时痛苦的回忆，让人更加忧伤了。"况值"两字用得极妙，一方面将追忆切换到了现实，另一方面又带出了触景伤情的原因。"直恐好风光，尽随伊归去"这里的"伊"为第三人称代词，既可指男性，也可指女性。柳永的俗词是供女艺人演唱的，故其中的"伊"一般都用以指男性，此词的"伊"亦指男性。女主人公将春天的离去与情人的离别联系在了一起，只担心好风景也会随他而去。"直恐"两字使用得很恰当，事实上春归与人离去是无内在联系的，这些都是主人公的主观怀疑性的判断，将二者联系起来纯是情感的附着作用所致，说明思念之强烈。

下片写了情随事易。"一场寂寞凭谁诉"，一句具有承上启下的作用。"一场寂寞"是春归人去之后所触发的，但是寂寞与愁苦的真正原因却无法向人诉说，也不宜向人诉说，只能深埋心底。推究起来，分手的原因在于"算前言，总轻负"，是因为女主人公言而无信，辜负了对方的一片深情，当然这些并没有明白交代，不过可以看出原因出在女方身上；于是感到自责和内疚，轻易地辜负了他的情意。"早知恁地难拚，悔不当时留住。"可以看出她当初并没有想到离别之后自己对这段感情会如此难以割舍。他不仅举止风流可爱，而且品貌端庄，还有很多打动人心的地方。结句"一日不思量，也攒眉千度"，非常形象地表现了这位妇女悔恨和思念的精神状态。没有一天不想念对方，也没有一天不眉头深皱。

昼夜乐（秀香家住桃花径）

【原词】

秀香家住桃花径①。算神仙、才堪并②。层波细翦明眸，腻玉圆搓素颈③。爱把歌喉当筵逞。遏天边，乱云愁凝④。言语似娇莺，一声声堪听。

洞房饮散帘帏静。拥香衾、欢心称。金炉麝裹青烟，凤帐烛摇红影。无限狂心乘酒兴。这欢娱，渐入嘉景。犹自怨邻鸡⑤，道秋宵不永⑥。

【注释】

①"秀香"句：秀香家住在开满桃花的小路旁。秀香：不详，当是词人虚拟的歌妓名。

②"算神仙"：意为算来只有神仙的住所才能与之媲美。算，这里是算来只有之意。

③"层波"二句：写歌妓外貌之美，意为秀香美丽而明亮的眼眸如水波荡漾，丰腴而洁白的颈项如同由美玉搓成。层波，流转顾盼的眼波。屈原《招魂》："娱光眇视，目曾波些。"曾，同"层"。腻玉，纹路细腻润泽的玉，这里指肌肤光洁细润。

④"遏天边"句：谓歌声响彻云霄，令行云凝滞。典出《列子·汤问》："薛谭学讴于秦青，未穷青之技，自谓尽之，遂辞归，秦青弗止，饯于郊衢，抚节悲歌，声振林木，响遏行云。薛谭乃谢求反，终身不敢言归。"

⑤犹自：尚，尚自。这里是没来由，无端的意思。

⑥秋宵不永：秋夜不长。永：长。

【译文】

秀香住在开满桃花的小路边。算来只有神仙居住的地方才能与之媲美。秀香美丽而明亮的眼眸如水波荡漾，丰腴而洁白的颈项如同用美玉搓成。她爱在宴席之上炫耀自己的歌喉。那歌声响彻云霄，令行云凝滞。她的谈吐如同娇莺一般，声声入耳。

洞房宴饮结束之后，帘帐低垂，一片幽静。同拥着熏过香的被子，两心相称。这时燃着麝香的金炉青烟袅袅，绣着凤的帘帐中烛影摇摇。趁着酒兴，无限癫狂，如此欢愉，渐入佳境。还抱怨邻家的鸡打鸣如此早，说秋夜为何如此短暂。

【赏析】

这是一首赠妓词。描写了一个名为秀香的歌妓。

上片单写秀香。"秀香家住桃花径。算神仙、才堪并。"交代了秀香所住的地方，将秀香的住所与神仙的住所相比较。为秀香的出场渲染了一种神仙之气，让人对秀香充满了遐想，究竟是什么样的人住在这样的地方呢？"层波细翦明眸，腻玉圆搓素颈。"词人开始描写秀香的容貌，着重描写了秀香灵动的双眸与细腻的肌肤。这两句对偶显得十分精致工丽。"爱把歌喉当筵逞。"写出了秀香的个性，她喜欢在宴席上夸赞自己的歌喉。这句也为接下来描写秀香的歌喉做了铺垫，那么让秀香引以为豪的歌声到底如何呢？词人接下来花费了大量的笔墨来描写。"遏天边，乱云愁凝。言语似娇莺，一声声堪听。"这里是说她的歌声嘹亮，可以让天边的行云停驻。言语如娇莺一般，一声声十分动听。

下片写两人情事。先写帷帐合欢，后怨邻居的鸡报晓。"洞房饮散帘帏静"笔锋一转，开始写洞房之欢。正当词人和秀香"拥香衾、欢心称""凤帐烛摇红影"之时，天亮了，于是词人埋怨"渐入嘉景"的"这欢娱"被邻里的鸡鸣声所干扰，而嫌秋夜太短"不永"。夜的长短，在自然界里，不以人的意志为转移，始终不可能"不永"，也始终不可能"夜永"，但在作为情人的词人眼里，夜却有长有短。当"拥香衾、欢心称"之时，夜总是稍纵即逝，以致"犹自怨邻鸡，道秋宵不永"了。

清朝的沈雄在《古今词话》中评价本词道："此词丽以淫，为妓作也。"不过，从艺术角度讲，这首词之所以"丽以淫"都是因要制造情感上的"落差"需要而为之。为了表达出强烈的"寂寥"之效果，词人在这首词中发挥了其独具"铺陈"的匠心，不惜用"细腻"甚至"性感"的词句，将"秀香"和"意中人"刻画得"百态千娇"，从而"高屋建瓴"地制造情感落差，如此，读者随着词人感受的一场意犹未尽的欢喜后的"寂寥"似乎也陷入无尽的空虚之中。

因此，从这个意义上讲，后人称柳永为"腻柳"，谓其词作为"淫词"，不屑一顾，着实不甘啊！

定风波①（自春来）

【原词】

自春来、惨绿愁红②，芳心是事可可③。日上花梢，莺穿柳带，犹压香衾卧④。暖酥消、腻云亸⑤，终日厌厌倦梳裹⑥。无那⑦。恨薄情一去⑧，音书无个⑨。

早知恁么⑩。悔当初、不把雕鞍锁。向鸡窗⑪、只与蛮笺象管⑫，拘束教吟课⑬。镇相随⑭、莫抛躲。针线闲拈伴伊坐⑮。和我⑯。免使年少，光阴虚过。

【注释】

①《定风波》：词牌名，《乐章集》注为"林钟商"，是柳永自制曲，与唐教坊曲《定风波》有所不同。

②惨绿愁红：见绿即惨，见红亦愁，谓春愁。

③是事可可：即对所有事情都提不起兴趣。是事：即事事。可可：无关紧要、不在意、不关心。

④香衾：香被。

⑤暖酥：温暖的肌肤。酥，形容年轻女子的肌肤如酥油一般滋润。腻云亸（duǒ）：发鬓懒得整理，任其披散。腻云，代指女子的头发。亸：下垂的样子。

⑥厌（yān）厌：同"恹恹"，无精打采的样子。梳裹：梳妆打扮。

⑦无那（nuò）：无奈。

⑧薄情：薄情郎，指的是外出远游的丈夫。

⑨音书无个：连个音讯都没有。

⑩恁（nèn）么：这么，如此。恁，宋元时期常用的俗语，可组成"恁地""恁们""恁等"等多种形式，词意随语境而变化。

⑪鸡窗：指书窗或书房。语出《幽明录》："晋兖州刺史沛国宋处宗尝得一长鸣鸡，爱养甚至，恒笼著窗间。鸡遂作人语，与处宗谈论极有言智，终日不辍。处宗因此言巧大进。"（《艺文类聚·鸟部》卷九十一引）。后以"鸡窗"代替书房。

⑫只与：只给。蛮笺（jiān）象管：纸和笔。蛮笺：古时蜀地所产的彩色笺纸，这里泛指纸。象管：即象牙做的笔管，这里泛指笔。

⑬拘束：拘管约束。吟课：以吟诵诗词为功课。

⑭镇相随：正如相依相伴，形影不离。镇：常，宋元时期的俗语。

⑮针线闲拈：也就是针线活。

⑯和：允诺。

【译文】

自从春天到来之后，见绿即惨，见红亦愁，对所有事情都提不起兴趣。太阳早已高高挂在花枝之上，黄莺在杨柳间飞来飞去，而我却依然盖着被子在睡觉。原本温润娇嫩的肌肤消瘦了，如同乌云般的头发随意地披散着，整日懒洋洋的，也没有精神去打理梳妆。真是让人无奈啊！我恨那薄情郎一去，竟然连一封书信也没有。

早知如此，当时就应将他的马锁住，不让他走。或者将他关在书房里，只给他纸和笔，将他管束起来，让他把作诗填词当作功课去完成。我会紧紧地跟随在他的身旁，不离开他一步，要悠闲地手拈针线陪伴着他坐在一起。只有他和我两个人。这样，才不会虚度青春。

这是一首代言体词，以思妇的口吻描写独守空闺的百无聊赖与冷清幽怨，表达了对夫妻相守、平和自足的家庭生活的渴望。这首描写闺怨的词在宋元时期曾经广为流传，受到普通民众，尤其是歌妓的喜爱。到了元代时，关汉卿更是把它写进了描写柳永与歌妓恋情的杂剧《谢天香》里。

上片，词人一开篇便点明主题，用"惨绿愁红"将主人公的惆怅透过对绿叶红花的愁绪表现出来。"芳心是事可可"是说女子眼下对什么事情都提不起兴趣。"日上花梢，莺穿柳带，犹压香衾卧"三句描写了窗外春光明媚，一片生机勃勃之景，花朵在枝头上摇曳，黄莺在如同丝带一般的柳条上歌唱穿梭，春色撩人，但是女子却拥衾高卧。透过女子对外物的态度，反映女子精神不佳。接下来三句直接写女子的精神状态，"暖酥消、腻云嚲，终日厌厌倦梳裹"描写了女子的外貌，写她肌肤消瘦，发鬓蓬松，终日懒洋洋的。末尾三句，揭示出这位少妇之所以"倦梳裹"的真正原因："恨薄情一去，音信无个。"原来是女子怨恨心上人薄情，走了之后连半点音讯都没有。词人在上片用的是一种倒叙手法，不仅总结上片中的三个层次，而且还很自然地引出下面的内心活动和感情的直接抒发。

下片，写女子由"恨"而"悔"，一边后悔放心上人远走他乡，一边想象着相聚相爱的甜蜜生活，表现了她对美好生活的向往。头三句，点明"悔"字，早知道这样，她后悔当初没有把鞍鞯锁藏起来，阻止她的郎君外出，而是待在家中，伴自己左右，反映出这位少妇的悔恨之情。在特别重视功名利禄的封建社会，一个闺中少妇为了爱情而敢于设想把丈夫"锁"在家里，这无疑是一个大胆的反叛行动。与柳永另一首词《鹤冲天》中所反映的思想感情一脉相通。中六句"向鸡窗，只与蛮笺象管，拘束教吟课。镇相随、莫抛躲，针线闲拈伴伊坐"是女子对自己理想中的生活所做的设想。他们坐在窗明几净的书房里吟诗作赋，闲拈针线，终日形影不离。结尾三句"和我。免使年少，光阴虚过。"强调了要和郎君在一起，免得让大好的青春白白浪费，明确了对青春的珍惜和对生活的热爱。但这些自始至终都是女子的设想，当冰冷的现实与女子的设想摆在一起，更加突出了现实的残酷。

这首词具有浓厚的民歌风味。它不仅吸取了民歌的特点，还保留了民间词的风味，而且具有鲜明的时代特色。词中，女子热烈的感情不加掩饰地暴露在读者面前，侧面看反而是对女子的尊重，是对当时社会鄙视妇女，将女性视为玩物的一种反击。

定风波①（伫立长堤）

柳永词全鉴

【原词】

伫立长堤②，淡荡晚风起③。骤雨歇、极目萧疏，塞柳万株④，掩映箭波千里⑤。走舟车向此⑥，人人奔名竞利⑦。念荡子⑧、终日驱驱⑨，争觉乡关转迢递⑩。

何意⑪。绣阁轻抛⑫，锦字难逢⑬，等闲度岁。奈泛泛旅迹⑭，厌厌病绪⑮，迩来谙尽⑯，宦游滋味。此情怀、纵写香笺⑰，凭谁与寄。算孟光⑱、争得知我⑲，继日添憔悴⑳。

【注释】

①《定风波》：词牌名，《乐章集》注为"林钟商"，是柳永自制曲，与唐教坊曲《定风波》有所不同。

②伫（zhù）立：长久站立。长堤：当是柳永在陕西任职时转任苏州的途中经过的渭河入黄河的长堤。

③淡荡：舒缓，恬静。多形容春色。

④塞柳：种在要塞之地的柳树。宋人于河堤栽柳，以固河堤并为行人遮阳之用。

⑤箭波：形容水流湍急，如离弦之箭一般。典出《诸子集成·慎子·慎子逸文》："河之下龙门，其流，驶如竹箭，驷马追，弗能及。"

⑥走舟车：意思是如果是陆地就乘车，如果遇水就乘船，水路旱程并进。

⑦奔名竞利：追名逐利的意思。

⑧荡子：犹"游子"，指漂泊在外的男子。

⑨驱驱：不停地奔波。

⑩争觉：只觉得。乡关：犹"故乡"。迢（tiáo）递（dì）：形容路途遥远，这里是疏远的意思。

⑪何意：为何，到底是为什么？

⑫绣阁轻抛：指远离家室。

⑬锦书难逢：收不到家书。唐宋时期驿站只发送公文，私人的信件只能靠相熟之人或者一些认识的人来带回，所以古人常发此感慨。

⑭泛泛：飘流浮行的样子。

⑮厌厌病绪：无精打采，情绪如同病人一般。

⑯迩（ěr）来：近来。谙：经受。

⑰香笺：对纸的美称，这里指家书。

⑱孟光：东汉贤士梁鸿的妻子。"举案齐眉"的典故说的就是梁鸿、孟光。汉书生梁鸿读完太学回家务农，与县上孟财主的30岁女儿孟光结婚，婚后他们抛弃孟家的富裕生活，到山区隐居，后来帮皋伯通打短工。每次孟光给梁鸿送饭时把托盘举得跟眉毛一样高。

⑲争得：怎得。

⑳继日：一日复一日。

【译文】

我久久地站立在长堤之上，傍晚时分和风渐起，骤雨初停。放眼望去，草木摇落，一片萧条冷落，毫无可观，唯有千万株柳树种在堤坝上，遮掩

43

着奔流不息的江河。人们争相来到此处，无论是通过什么途径，不过是为了追名逐利罢了。那漂泊在外的男子，终日不停地奔波，是否察觉已经离家乡渐行渐远了呢？

为何轻易地抛弃绣阁中的女子，连书信都难通，就这样度过了一年又一年。奈何四处漂泊，无精打采，情绪如同病人一般。近来总算尝到了在外流动做小官的滋味。这些思绪，我就算是写成书信，又能寄给谁呢？即使妻子是孟光一样贤惠的女子，又怎么能知道我一天比一天愁苦，增添憔悴呢。

【赏析】

这首词是柳永的游宦之作，表达了被名利驱逐着到处奔波的劳苦与厌倦之情，抒发了对妻子的歉疚与思念之情。

上片写景。先写自己站在长堤之上，纵目远眺，但见骤雨刚过的边地天晚风凉，一片萧条冷落，毫无可观，只能看到种在要塞之地的柳树掩映下的湍急的黄河之水流向千里之外的故土。开篇寥寥数句就将萧条的边塞之地的晚秋风光尽收笔下，为全词定下了悲凉的感情基调。接着随着作者一字一句的描写，这种萧条悲凉之感逐步递增。"走舟车向此，人人奔名竞利"，作者由黄河的急流联想到了人世间的追名逐利，联系自己的游宦生涯，暗中表现了自己被名利所驱使，不得不到处奔波的无奈。"念荡子，终日驱驱"，自己不知不觉已经离家乡越来越远。

下片侧重描写作者对家中妻子的想念。"何意"，将上片的内容化成了一句感叹，这种感叹中有掺杂着丝丝悔意与想念之意。"绣阁轻抛，锦字难逢，等闲度岁。"没想到自己为了功名利禄而轻易抛家弃室，这等地虚度时光。接下来"奈"字一转，贯穿以下四句：作者辗转旅途之中，行迹漂泊，精神萎靡，无精打采如同病人一般，如今已经尝遍了游宦的滋味，却依然无法摆脱名利的捆绑。"此情怀、纵写香笺，凭谁与寄。"仕途的艰辛与自己的种种思念之情，即便写成了家书，又靠谁来传递呢？孤寂、痛苦，却无一人可以倾诉。"算孟光、争得知我，继日添憔悴。"语意更进一层：就算自己的妻子如同孟光一般贤惠，也未必能够理解我，未必能理解我心中的苦闷。

　　这首词是柳永失意人生的咏叹，悲凉之感穿插全篇，步步紧逼，层层递进，道出了当时下层文人士子仕宦之途的矛盾心理和悲剧命运。

倾杯乐①（皓月初圆）

【原词】

皓月初圆，暮云飘散，分明夜色如晴昼。渐消尽②、醺醺残酒。危阁迥③、凉生襟袖。追旧事④、一晌凭阑久⑤。如何媚容艳态⑥，抵死孤欢偶⑦。朝思暮想，自家空恁添清瘦。

算到头⑧、谁与伸剖⑨？向道我别来⑩，为伊牵系，度岁经年，偷眼觑、也不忍觑花柳⑪。可惜恁、好景良宵，未曾略展双眉暂开口。问甚时与你，深怜痛惜还依旧？

【注释】

①《倾杯乐》：词牌名。《乐章集》注："大石调"，一百一十一字，前片十句六仄韵，后片九句四仄韵。薛砺若在《宋词通论》中称：柳永"冲破因袭着执掌词坛威权的《花间》壁垒，超出一般拘守五代余绪的宋初词人的藩篱，而创造出一种旖旎忠实的铺叙与抒情的作风。"这种创作风格典型地在本词中体现出来。

②渐消尽：醉意渐渐消退。

③危阁：高楼。阁，一种四角形、六角形或八角形的建筑物，一般为两层，周围开窗，多建筑在高处，可以平高远眺。迥（jiǒng）：远，这里指看得远。

④追旧事：追忆过去的往事。

⑤一晌凭阑久：指女子追忆往事，不知不觉间就过了很长时间。一晌，有时指片刻，有时指较长时间，这里指后者。

⑥媚容艳态：美丽的容颜与妩媚的姿态。

⑦抵死：老是，这里可以当"终究"来讲。宋朝晏殊在《蝶恋花》中曾写道："百尺朱楼闲倚遍。薄云浓雨，抵死遮人面。"孤：同"辜"，有辜负的意思。偶：配偶。

⑧算到头：从头到尾细细想来。

⑨伸剖：剖析。

⑩向道：去说，去解释。

⑪觑（qù）：偷看，窥探。花柳：柔花弱柳，这里指女子。

【译文】

皎洁的月亮刚刚圆满，傍晚的云彩也悄悄飘散，天空清澈如洗，月色将天空和大地照得如同白天一般明亮。酒意慢慢消退。我站在高楼上向远处遥望，凉风灌进衣襟袖管处钻进身体。回首往事旧怨，我靠着栏杆思量了很久。为什么她生得如此美艳动人，却要辜负了这份双双为伴的欢乐。如此朝思暮想，任凭自己就这样白白消瘦下去。

从头到尾细细想来，谁能为我去剖析呢？向她解释，自从分别之后，我的心思一直被她牵着，即便过去了那么多年，也从未去偷看其他女子，心中想的只有她罢了。可惜白白辜负了这良辰美景，没有你在身旁，我又如何喜笑颜开呢？想问问你，什么时候能与你相见，能像从前那样深深相爱？

【赏析】

这首词描写了闺中月夜酒醒怀人，所表达的感情真挚细腻，用语雅俗兼备。

词的上片抒发了相思之苦。"皓月初圆，暮云飘散，分明夜色如晴昼。"词人开篇便对环境进行了描写，明月刚刚圆满，傍晚的云彩已经慢慢飘散，天空清澈如洗，月色将天空和大地照得如同白天一般明亮。如此场景常常会让人由月的圆满联想到人的团圆，为下面写相思渲染了环境，做足了铺垫。"渐消尽、醺醺残酒。"从字面意思来看是说词人酒意渐渐消散，但往深处联想，不难想到他曾经借酒浇愁，醉意渐消之后，瞧见了天空中挂着的满月，不仅想起了心上人，才会如此这般。"危阁迥、凉生襟袖。追旧事、一晌凭阑久。"站在高楼之上，清风穿透衣袖带着丝丝凉意。此情此景，不免追忆往事，不禁倚着栏杆久久地出神凝望。"如何媚容艳态，抵死孤欢偶。"自己思念中的女子生得美艳动人风姿绰约，自己却终究还是辜负了这份双双为伴的欢乐。"朝思暮想，自家空恁添清瘦。"以自己独自思念和逐渐清瘦来作为上片的结尾，多了一种无可奈何之感。

下片是对心上人的深情表白，表达了想要沟通情意，破镜重圆的心思。"算到头、谁与伸剖"从头到尾细细想来，又能跟谁倾诉呢？"向道我别来，为伊牵系，度岁经年，偷眼觑、也不忍觑花柳。"请向她来说说自己的情况，自那次分别之后，我的心思一直被她牵着，即便过去了那么多年，也从未去偷看其他女子，心中想的只有她罢了。"可惜恁、好景良宵，未曾略展双眉暂开口。"可惜了如此良辰美景，却从未舒展过眉头开口说话。这句是表达了对女子的痴情。即便有再好的良辰美景有任何，没有你在身旁，我有如何喜笑颜开呢？"问甚时与你，深怜痛惜还依旧。"想问问你，何时才能与你像过去那般怜惜彼此地相爱呢？

本词描写景物与环境的用词极为讲究，文雅清丽；抒发感情的语句则采用了口语俗语，简单明了，感情真挚。

倾杯①（离宴殷勤）

【原词】

离宴殷勤②，兰舟凝滞③，看看送行南浦④。情知道世上，难使皓月长圆，彩云镇聚⑤。算人生、悲莫悲于轻别⑥，最苦正欢娱，便分鸳侣。泪流琼脸⑦，梨花一枝春带雨。

惨黛蛾⑧、盈盈无绪。共黯然消魂，重携纤手，话别临行，犹自再三、问道君须去。频耳畔低语。知多少、他日深盟⑨，平生丹素⑩。从今尽把凭鳞羽⑪。

【注释】

①《倾杯》：本为唐教坊曲名，后用作词牌，又名《古倾杯》《倾杯乐》等。《乐章集》有七调，此词为"歇指调"。

②离宴：饯别的宴会。殷勤：情深意切。

③兰舟凝滞：船开得很慢，仿佛停滞住一样，这里指船停在岸边没有出发。凝滞：停滞。

④看看：估量时间之词，有眼看着、转瞬间的意思。南浦：南边的水边。屈原在《九歌·河伯》中曾有句："子交手兮东行，送美人兮南浦。"后为送别之地的代称。

⑤彩云镇聚：意思是情人常常相聚。彩云，原指仙人所驾驭的云彩，

后来用来借指情人远去。镇，常常。

⑥悲莫悲于轻别：人生悲伤莫过于别离。这里化用了屈原《九歌·少司命》中的诗句："悲莫悲兮生别离，乐莫乐兮新相知。"轻别，轻易分别，动不动就分开了。

⑦琼脸：美丽如玉的脸。

⑧惨黛蛾：由于分别而皱起了眉头。黛蛾，女子的眉毛，也代指美人。

⑨他日：来日。深盟：指男女双双向天发誓，要永结同心的盟约。

⑩丹素：衷心无二。李白在《赠溧阳宋少府陟》中写道："人生感分义，贵欲呈丹素。"

⑪鳞羽：鱼类与鸟类，这里指的是鱼雁，古人常用鱼雁来传递书信，所以这里用鱼雁来代指书信。

【译文】

饯别的宴席上彼此情深意厚，船仍停泊在岸边不忍离去。转眼间已经来到了分别之地。明知世间明月难以长久圆满，也知道彩云不可能常相聚。料想到人生最难过的时候莫过于离别之时，最痛苦的不过是一对热恋中的情侣突然分别。她流着眼泪的娇嫩脸颊，如同春日中一枝带雨的梨花，娇美而让人怜爱。

她皱着黛眉，心里盈盈无头绪。我与她一起心情低落，再次牵起她的玉手，临行道别的时候，她反复地在我耳边询问：你真的一定要离开吗？不知有多少过去的深情盟誓，一生的情书，从今以后全都只能凭借鱼雁来传递了。

【赏析】

这首词重点写伤别，与《雨霖铃》可称为姐妹篇。将依依惜别的伤感描写得淋漓尽致，是送别词中的佳作。

　　上片重点描写了对于分别的无奈，抒发了月难长圆、人难长聚的悲叹，引出离别之愁绪。"离宴殷勤，兰舟凝滞，看看送行南浦。"开篇三句上来就交代了送别的场景，在离别的宴席上，美人殷勤地劝着酒，为他送别，情深意重，双方心情都很沉重，船停靠在岸边虽然尚未出发，但是站在南浦之上，眼看着分别的时候就到了。"情知道世上，难使皓月长圆，彩云镇聚"这三句则是词人对分别的感叹。明明知道世上总是有聚有散，就像很难让皓洁的月亮长久圆下去，彩云常聚在一起一样。"算人生、悲莫悲于轻别，最苦正欢娱，便分鸳侣。"这句化用了屈原《九歌·少司命》中的句子"悲莫悲兮生别离，乐莫乐兮新相知"，指出最让人悲伤的事莫过于分离，最痛苦的就是正当两情相悦时要分开，犹如鸳鸯离散，让人痛苦不已。"泪流琼脸，梨花一枝春带雨。"这句采用了特写的手法，描写了美人泪流满面的场景，泪流在琼玉一般的脸上，犹如春雨滴在了洁白的梨花上一般。这里化用了

51

白居易《长恨歌》里的诗句："玉容寂寞泪阑干，梨花一枝春带雨。"

下片着重描写了女子在送别时的神态与言行，并对之后要靠书信来传情的情况进行了设想，表达了不舍与相思之情。"惨黛蛾、盈盈无绪。"写出了女子的神情——峨眉紧促、泪眼婆娑、无精打采。"共黯然消魂，重携纤手，话别临行，犹自再三、问道君须去。"这几句通过细节描写，将人物的情感世界袒露在读者面前。从牵手、话别、追问等动作，我们可以看出双方难舍难分，临走的时候还要再三询问："你必须走吗？"可以看出，即便到了最后一刻，女子依然没有放弃挽留他。"频耳畔低语。"频频低声询问，让这种挽留更加具象化、情景化。"知多少、他日深盟，平生丹素。从今尽把凭鳞羽。"这几句是对分别之后境况的设想，之后不管是山盟海誓，还是此生忠心不二的情愫，从此之后都只能靠书信传递。

这首词感情真挚浓烈，表达自然明快，人物刻画栩栩如生，仿佛就在眼前一般，容易让读者产生共情。

夜半乐①（艳阳天气）

【原词】

艳阳天气②，烟细风暖、芳郊澄朗闲凝伫③。渐妆点亭台④，参差佳树。舞腰困力⑤，垂杨绿映，浅桃浓李夭夭⑥，嫩红无数⑦。度绮燕、流莺斗双语⑧。

翠娥南陌簇簇⑨，蹙影红阴⑩，缓移娇步。抬粉面、韶容花光相妒⑪。绛绡袖举⑫。云鬟风颤⑬，半遮檀口含羞⑭，背人偷顾⑮。竞斗草，金钗笑争赌⑯。

对此嘉景，顿觉消凝⑰，惹成愁绪。念解佩、轻盈在何处⑱。忍良时、孤负少年等闲度⑲。空望极、回首斜阳暮。叹浪萍风梗知何去。

【注释】

①《夜半乐》：原为唐教坊曲，后用为词牌。《乐章集》注"中吕调"。

②艳阳：阳光明媚，这里指春天。

③芳郊澄朗闲凝伫：闲来无事，站在花草丛生、明朗的郊野，凝神伫立。澄朗，明朗。闲，空闲无事。

④渐妆点亭台：（春天）慢慢地将亭台装扮了起来。

⑤舞腰困力：指的是杨柳随风飘舞。困力，指柳枝柔弱。

⑥浅桃浓李夭夭：桃李呈现出不同的深浅颜色，十分美丽。夭夭，形

容花草茂盛而艳丽的样子。《诗经·周南·桃夭》中有句："桃之夭夭，灼灼其华。"

⑦嫩红：浅红。这里代指娇嫩的花草。

⑧度绮燕、流莺斗双语：这句是说，莺莺燕燕飞舞鸣叫，像是在对谈。

⑨翠娥南陌簇簇：指小路上美丽的女子成群结队。翠娥，指美丽的女子。南陌，南边的路，这里泛指小路。

⑩蹙影红阴：指女子的身影在花丛中若隐若现。蹙，追随。红，指女子的红妆。

⑪韶容花光相妒：指的是面容姣好的女子与鲜花相互妒忌彼此的美丽。韶容，美貌。

⑫绛绡（xiāo）：红色的生丝。

⑬云鬟风颤：高高的发髻在风中摇摆。云鬟，高耸的发髻。

⑭檀口：红唇。

⑮偷顾：偷看。

⑯金钗笑争赌：以金钗来赌斗草。

⑰消凝：消神凝魂。

⑱念解佩、轻盈在何处：当年曾经解下佩饰相赠的人（指妻子），今昔又在哪里呢？解佩，《列仙传》中曾有记载："郑交甫常游汉江，见二女，皆丽服华装，佩两明珠，大如鸡卵。交甫见而悦之，不知其神人也。谓其仆曰：'我欲下请其佩。'仆曰：'此间之人，皆习于辞，不得，恐罹悔焉。'交甫不听，遂下与之言曰：'二女劳矣。'二女曰：'客子有劳，妾何劳之有？'交甫曰：'橘是柚也，我盛之以笥，令附汉水，将流而下。我遵其旁，挈之，知吾为不逊也，愿请子佩。'二女曰：'橘是柚也，盛之以莒，令附汉水，将流而下，我遵其旁，卷其芝而茹之。'手解佩以与交甫，交甫受

而怀之。即趋而去，行数十步，视佩，空怀无佩。顾二女，忽然不见。"轻盈，形容女子的身材轻盈。

⑲孤负：今同"辜负"。

【译文】

阳光明媚的春天，细烟升起，暖风吹拂，在如此迷人的春景中伫立凝望。春天悄悄地将亭台树木打扮一新。杨柳随风飘舞，将腰都舞困倦了。桃李呈现出不同的深浅颜色，十分美丽。浅红无数。燕莺穿梭在其中鸣叫着，如同对话一般。

小路上聚集着一群美丽的女子。身影在花阴中若隐若现，缓慢地挪动着脚步。抬起漂亮的脸，漂亮的容貌和艳丽的花相互嫉妒着对方。红袖举起，高高的发髻在风中轻轻颤抖。害羞地将红唇半遮住，又背着人群偷看。斗草之戏竞争激烈，女子们欢笑着以金钗作为赌注。

看到如此美丽的景色，竟然出神伤感起来，惹出了愁绪。想念起了心中所挂念的女子，她如今身处何处？如何忍心去辜负良辰美景，像少年时期一般平常度过。空望天际，回首却发现夕阳已经快下山了。感叹自己如同水中的浮萍、风中的叶梗一般，今后不知要往何处去。

【赏析】

本词共分为三片，层次分明，表意明确。上片写景，中片铺叙，下片抒情。

词人在描写景物的时候，层层递进，由远及近，让人们仿佛也跟着词人踏入了这如诗如画、充满了生机的春色之中。中片词人竭力描写了穿梭在春景之中的美丽少女，她们如同春天的精灵一般，给这片春色增添了一份活力，让生命活力与自然景色融为一体，更显生命的灵动；下片词人笔锋一转，将自己从这份春景中脱离，把自己的处境与春景相对比，表达了词人长期旅居于外的孤独寂寞。

上片首韵三句中，先以"艳阳天气"交代了季节，后以"烟细风暖"来渲染了散落在空气中的暖暖春意，再以"芳郊澄朗"给广袤原野涂上春色，"闲凝伫"三字既点明了词人自身在春天里郊游的情态，又点明这里所描绘的春天之景均为"凝伫"中之所见，从而将景色与人完美地结合在了一起。次韵以"渐"字领起两个四字写景短句，描写了春日的"亭台""佳树"。亭台原本是没有生命的东西，但是词人巧用"妆点"二字，赋予了亭台一些生命力，因为有了大自然的馈赠，所以亭台也出现了变化。佳树原本就是有生机之物，它随着节序的变化而变化，此刻，它柔枝渐伸，嫩叶舒展，词人以"参差"二字修饰，再恰当不过了。词人笔下的春景也显得生机勃勃。第三韵四句承前韵之"佳树"，详细描绘了其中的"垂杨""浅桃""桃李"。以"垂"状点明了杨柳随风飘荡的袅娜之形，以"绿映"状写杨柳刚刚萌芽，初换新装的娇嫩之色；以"夭夭"状写桃花李花争相开放的盛开之貌；以"嫩红无数"涂染桃李以娇艳的颜色，又与垂杨之绿相衬相映。在这一韵中，词人为我们描画了一幅春意盎然、色彩鲜明的红花绿叶之景。末韵八字仍承"佳树"，以前韵三句描绘的画面为背景，将描绘的对象从植物转向了动物，以工笔细绘了佳树间中的"绮燕"与"流莺"。"绮"原本是花纹倾斜的丝织物，这里用来形容燕子展翅斜飞的状态，立意新颖且十分传神。以"流"字来写莺，充分展现了黄莺在树间轻盈跳动的体态与婉转的鸣叫声。"绮燕流莺"四字前的"度"字绘出了莺燕穿飞于杨柳桃李间的情状，而之后的"斗双语"三字，又用拟人的手法将鸟之间的鸣叫想象成是它们在交流。为后片词人自身愁情的引发埋设了伏笔。

中片以"翠娥"为开端。"簇簇"二字不仅写出了人数众多，也点明了热闹的气氛。"南陌"二字点明了地点。这句直接为大家展示了一个美丽的少女在热闹的小路上行走的场景，让整个画面动了起来。接下来，"蹑影红阴"二句写少女们在"嫩红无数"的桃李树下慢慢挪动步伐，那份自在已在其中，但"娇步"二字稍显俗腻。她们越走越近，词人不仅已经可以看清她们的"韶容"和"抬粉面"的动态，还猜想到这些少女们的"韶容"可能会引得"花光相妒"。此处词人使用了拟人手法，用桃花李花的妒忌巧妙地写出了少女之美。这些少女们当然也看到了观赏春色的游人，所以不免有些娇羞之态："绛绡袖举。云鬟风颤，半遮檀口含羞，背人偷顾。"词人以四个参差交错的句子来描绘她们的表情与动作，"绛绡袖举"是"半遮檀口"的动作，"云鬟风颤"是"背人"又"偷顾"的结果，这四句语序别致，动作表情中又含心理描写。此片末尾句写少女们"斗草"之戏，前缀以一个"竞"字，写出了游戏的激烈程度，少女们纷纷拔下金钗来作赌注，由此可以猜想当时的热闹。"笑争赌"不仅点明了场景，更从侧面写出了少女们的性格，完全再现了女孩子们的天真无

邪、无忧无虑、活泼欢快。

下片，首句以"嘉景"二字概括了上两片的内容，以"对此"二字点明如上"嘉景"都是自己所见所感。二、三两句"顿觉消凝"与"着成愁绪"之间有一个情感转化的过程。词人沉醉于嘉景之中，瞬间忘记了自己的存在；但是很快又从这种状态中脱离，回到了现实。虽然春景盎然，少女们活泼可爱，但是想到自己孤身一人反而显得十分孤独寂寞。接下来以"念""忍""空""叹"四个强化感情的领字，引领出四个层次，层层铺衍自己的愁绪。词人从眼前的嘉景尤其是其中的少女，"念"及当初那个曾经"解佩"相赠的恋人。"嘉景""良时"，双双莺燕度柳穿花，正值情侣们出双入对之时，而自己却孤身一人，不仅辜负了如此的良辰美景，更辜负了当初的心爱之人。词人不忍辜负，但又不得不忍心辜负。一个"忍"字领起"良时孤负少年等闲度"，写出了词人内心的挣扎。词人不禁极目远望并回首前尘，但看到的却是令人心伤的"斜阳暮"，伊人不见，前尘不再，遥想与回首也是徒然，这就是"空"字的分量。最后词人只能哀叹自己如浪中之萍、风中之梗的身世处境，前途渺茫。一个"叹"字，使词人那声叹息如在耳畔。

全词三片，纵向来看，词人由写客观景色引出景物中的人，然后又从景物中的人想到了景色之外的自己。环环相扣，层层深入；从横向来看，三片分别写景、绘人、抒己，又形成三足对峙的形势，均衡完整，相依相辅，缺一不可。可见柳永十分擅长布局，如画家一般，将场景一层层揭开摆在人们面前。

夜半乐①（冻云黯淡天气）

【原词】

冻云黯淡天气②，扁舟一叶，乘兴离江渚。渡万壑千岩③，越溪深处④。怒涛渐息，樵风乍起⑤，更闻商旅相呼⑥；片帆高举。泛画鹢、翩翩过南浦⑦。

望中酒旆闪闪⑧，一簇烟村⑨，数行霜树。残日下、渔人鸣榔归去⑩。败荷零落，衰柳掩映，岸边两两三三、浣纱游女⑪。避行客、含羞笑相语。

到此因念，绣阁轻抛，浪萍难驻⑫。叹后约丁宁竟何据⑬！惨离怀、空恨岁晚归期阻⑭。凝泪眼、杳杳神京路⑮，断鸿声远长天暮⑯。

【注释】

①《夜半乐》：原唐教坊曲，后用为词牌。《乐章集》入"中吕调"。本词作者穷尽工笔，写出了羁旅中的所见指秋景。纵观全词所描绘的景色与地理以及用典，当为浙江。柳永出仕之后，曾在浙江为官，但本词中并未表露官场排场，而是跻身于商旅之中，自称"行客"，因此推断当为柳永远游途经浙江时所作。

②冻云：冷天积聚的阴云。

③万壑千岩：出自《世说新语·言语》：顾恺之自会稽归来，盛赞那里的山川之美，说："千岩竞秀，万壑争流。"这里指千山万水。

④越溪：泛指越地的溪流。这里当指若耶溪，位于浙江绍兴县南若耶

山下，即西施浣纱处，故也被称为浣溪沙。

⑤樵风：指顺风。乍起：指突然吹了起来。

⑥商旅：行商之旅客。这里泛指旅客。

⑦画鹢（yì）：船其首画鹢鸟者，以图吉利。鹢是传说中的一种水鸟，不惧风暴，善于飞翔。这里以"画鹢"代指舟船。翩翩：形容船轻快前行的样子。南浦：南岸的水边，泛指水滨。

⑧望中：在视野里。酒旆（pèi）：以杂色翅尾装饰的酒旗，用以招揽顾客。

⑨一簇烟村：一处冒着炊烟的村庄。

⑩鸣榔：榔，也作"桹"，船后横木，近仓。渔人有时用它敲船，使鱼受惊入网；有时用它敲船以为唱歌的节拍。这里用后者，即渔人唱着渔歌回家。

⑪浣纱游女：水边洗衣劳作的农家女子。

⑫"到此因念"三句：因，于是，就。绣阁轻抛，轻易抛弃了家室。浪萍难驻，漂泊漫游如浪中浮萍一样行踪无定。

⑬后约：约定以后见面的日期。丁宁：同"叮咛"，临行之前的嘱托。何据：有什么根据，是说临别时相互的约定、嘱咐都不可靠，都无法实现。

⑭空恨：徒恨。

⑮杳杳（yǎo）：遥远渺茫的意思。神京：指都城汴京。

⑯断鸿：失群的孤雁。长天暮：远天出现茫茫暮色。

【译文】

阴云笼罩，天色黯淡，我乘着一叶扁舟，乘兴离开了江渚。穿过千山万水，深入越溪。怒波慢慢平息，山风却突然间刮起，又听到商旅们互相打着招呼。一片片风帆高高悬挂，一条条画船轻快地在水边驰过。

放眼望去，岸上酒旗随风飘舞，一处冒着炊烟的村庄若隐若现，村边还有几行经霜的树。夕阳下，打鱼人敲着木榔归去。残败的荷花零零落落，在残败的杨柳树的掩映下，看到岸边三三两两成群结队的浣纱女子们，她们躲避着行人，害羞地含笑相语。

走到这里，不禁勾起了我的思念，后悔不应轻易抛下闺中女子，如今自己就像是水中浮萍漂流难驻。唉，当初与她的约定不知何时才能兑现？别离的情怀凄凉，只空恨年终岁晚，归期受阻。我含泪凝望遥遥京城路，只听到孤鸿声声回荡在悠远的暮天中。

【赏析】

本词分为三片，上片叙述舟行经历；中片在船上的所见；下片写触景生情，因情所感。

上片首句"冻云黯淡天气"交代了临行前的天气以及所处的时令。"冻云"句说明时间是在初冬季节，天空中飘荡着冻云，显得天色黯淡。"扁舟"二句写到了词人自己乘着一叶扁舟驶离江渚时的极高的兴致。"乘兴"二字是首片的主眼，可以看出一切都是词人一时兴起而为。"渡万壑"二句，概括交代了很长的一段路程，给人以"轻舟已过万重山"的轻快感觉。"怒涛"四句，写扁舟在前行途中的所见所闻。此时已经从万壑千岩的深处出来，来到了较为广阔的江面上，浪头慢慢变小，吹起顺风，听到往来的商旅们互相高兴地打着招呼，船只高高地扬起风帆。"片帆高举"是写实，不难想象出词人站在船头，兴致盎然，怡然自乐的情状。"泛画鹢"句，"翩翩"遥应"乘兴"，不仅写出了船轻快的前行，也从侧面写出了词人的心情十分轻松。

中片写出了词人在船上所见之景，所有的景物均是视线所及，时间是"过南浦"之后，傍晚的时候，地点是从溪山深处转到了南浦以下的江村。

词人乘兴扬帆翩翩而行，颇有兴致地到处打量眼前的景色。"望中"三句写岸上景致，只见酒旗高高扬起，雾霭朦胧中一处村落若隐若现，其间点缀着几排挂满了霜花的树。"残日"句将笔触转移，开始写江中的景色，渔人用木棒敲击船舷的声音将词人的注意力吸引了过来，发现残日映照的江面上，渔人"鸣榔归去"。接下来又看到，浅水滩头，残败的荷花荷叶零落地点缀其间；临水岸边，透过衰败的杨柳，看到了一群浣纱归来的女子。这些女孩兴许瞧见了词人，害羞地谈笑着。

下片由景入情，写了自己去国离乡的感慨，用"到此因念"四个字展开。"此"字直承中片的写景，"念"字引出了此片的离愁别恨。"绣阁轻抛"，后悔自己当初草率离家；"浪萍难驻"，哀叹自己犹如浮萍一般游荡。将离家称为"抛"，更"抛"前着一"轻"字，可以看出词人开始后悔自己当初的行为；自比浮萍，又"萍"前安一"浪"字，对于眼下漂泊不定的生活，不满之情见于字间。最使词人感到伤心的是后会难期。"叹后约"四句，便是从不同的角度抒发了难与亲人团聚的感慨。"叹后约"句遥应当初离别的时候，妻子千般嘱咐，约定归期，如今却难以兑现。"惨离怀"二句一叹如今已经到了岁末，却无法归家，只能空自遗憾；再叹自己离开妻子寄身在京城汴梁，路途迢迢，难以抵达，只得"凝泪眼"而长望。结语"断鸿"句，再次从情回到景上，望神京而不见，映入眼帘的只有无边无垠的广阔天地，苍茫暮色，依稀还能听到离群的孤雁渐行渐远的叫声。这一景色，境界浑厚，与词人的感情十分合拍。"断鸿"句所描写的情中之景，着重表现的是寄寓景物中的主观感受。

通篇转承自然、浑若天成，体现了柳永长调的突出优点。

祭天神①（叹笑筵歌席轻抛躲）

【原词】

叹笑筵歌席轻抛躲②。背孤城③、几舍烟村停画舸④。更深钓叟归来⑤，数点残灯火。被连绵宿酒醺醺⑥，愁无那⑦。寂寞拥、重衾卧⑧。

又闻得、行客扁舟过。篷窗近⑨，兰棹急，好梦还惊破。念平生、单栖踪迹，多感情怀，到此厌厌，向晓披衣坐。

【注释】

①《祭天神》：乃柳永自制曲，《乐章集》注"中吕调"。观其"篷窗"数句，均非官场场面，应该是词人少年远游的第二年，即景德元年（1004年）春天离开杭州去湖北时作。

②抛躲（duǒ）：抛躲，抛闪，抛开。躲，同"躲"。

③背孤城：离开城市。孤城，边远之城。

④几舍烟村停画舸（gě）：在一处只有几户的山村停下了船。画舸，船的美称。

⑤更深：夜深。

⑥被连绵宿酒醺醺：接连不断地喝得醉醺醺的，总是宿醉未醒。宿酒，宿醉，过了一晚依然未能全醒的余醉。

⑦无那（nuó）：无奈。

⑧重（chóng）衾：两层被子。

⑨篷窗：船窗。

就这般将京城充满欢歌筵席的生活抛弃，离开繁华的都市来到了边缘的城池。雾霭笼罩下有若干房舍的村落旁停靠着画船。夜半更深，在数点将熄的灯火的陪伴下，听到垂钓的老者回来了。由于我最近接连不断地饮酒，每天都在醉醺醺中醒来。孤独寂寞，身体半卧着重新拥被而睡。

又听见，旅客的小船靠近我的船窗急速而过。好梦再次被惊扰。细细回想自己的一生，孤独寂寞，漂泊不定，不由多愁善感起来，此时，情绪怏怏，披衣而坐直到天明。

【赏析】

本词作者采用了情景结合的手法，抒发了泊舟渔村夜半惊醒的愁绪。

上片描写了词人睡前的愁怀。"叹笑筵歌席轻抛亸。背孤城、几舍烟村停画舸。"写出了词人所处的境地，轻易抛弃了那充满欢歌筵席的京城生活，来到了边远的小城，在雾霭笼罩的有若干房舍的村落旁停下了画船。虽然表面上是在交代自己的处境，其实也是对如今自己处境的感叹。"更深钓叟归来，数点残灯火"，写出了深夜晚景，在夜半更深的时刻，依稀的灯火下，垂钓的老叟回来了。这是词人无聊所见，也在暗示着，连老者都回家了，而自己却依然在外漂泊。"被连绵宿酒醺醺，愁无那。寂寞拥、重衾卧"，写出了词人客居他乡，深夜辗转难眠的场景。词人被无奈的忧愁所困，从夜夜醺醺宿醉中醒来，孤独寂寞，身体半卧着拥被而睡。

下片首四句写客宿江边，以船为舍，行舟惊梦，清景如画。在恍惚间，又听见，行客的小船靠近船窗急速而过。美梦再次被惊扰。"念平生、单栖踪迹，多感情怀，到此厌厌，向晓披衣坐"，抒发了词人孤独寂寞无法消散的情绪，词人纵观自己这一生，孤独栖息，漂泊不定，无不触动情怀，此时，相思厌厌绵长，披衣而坐直到天亮。

本词所描写的只是词人夜泊一夜的情形，但从这一夜的描述，我们不难推测出词人在外的千千万万个夜晚也可能如此这般。本词字字句句都渗透出一种凄凉孤寂之感，感情真挚。

柳永十分擅长写景，只是在抒发情感之时，容易受自身情感局限，从而也限制了读者的想象力。这样做各有利弊，好处就是容易引起读者共鸣，而坏处就是容易受其所限。

望远行①（长空降瑞）

【原词】

长空降瑞②，寒风翦③，淅淅瑶花初下④。乱飘僧舍，密洒歌楼，迤逦渐迷鸳瓦。好是渔人，披得一蓑归去，江上晚来堪画⑤。满长安，高却旗亭酒价⑥。

幽雅。乘兴最宜访戴，泛小棹、越溪潇洒⑦。皓鹤夺鲜，白鹇失素⑧，千里广铺寒野。须信幽兰歌断，彤云收尽⑨，别有瑶台琼榭⑩。放一轮明月，交光清夜⑪。

【注释】

①《望远行》：唐教坊曲名，令词开始于韦庄，慢词始于柳永。《乐章集》注"仙吕调"。本词描写了关中冬日之景，为柳永词中艺术性较高的一首，当作于庆历五年（1045 年）冬于华州之时。

②降瑞：降下瑞雪。

③寒风翦：洁白的雪花如同寒风翦出一般。

④淅淅：象声词，形容雪花飘落的声音。瑶花：即瑶华，玉白色的花，有时借指仙花，这里指的是雪花。

⑤"乱飘"六句：化用郑谷《雪中偶题》："乱飘僧舍茶烟湿，密洒歌楼酒力微。江上晚来堪画处，渔人披得一蓑归。"迤逦，慢慢走的样子，这里

指的是雪花缓缓落下的样子。鸳瓦，鸳鸯瓦。江上，引化用郑谷诗义而顺及之，并非指真的江上。

⑥"满长安"两句：是说由于天气寒冷，所以酒价暴涨。长安，这时柳永在华州做官，所以这样说。旗亭，酒楼。

⑦"乘兴"句：引用王徽之访戴逵的典故。《晋书·王徽之传》中记载："（徽之）尝居山阴，雪夜初霁，月色清朗，四望浩然，独酌酒咏左思《招隐》诗，忽忆戴逵。逵在剡溪，便夜乘小船诣之，经宿方至，造门不前而反。人问其故，徽之答曰：'本乘兴而行，兴尽而反，何必见安道耶！'"小棹，指小船。越溪，指剡（shàn）溪，水名，曹娥江上游的一段，位于浙江。潇洒，洒脱不羁。

⑧"皓鹤"二句：是说纵使拿白鹤及白鹇来与雪花来比较，都显得没那么洁白了。化用谢惠连《雪赋》中句："庭鹤夺鲜，白鹇失素。"

⑨"幽兰"二句：幽兰，即春兰。彤云，红云，亦即夏云。皆失其时，故云"歌断""收尽"。

⑩瑶台琼榭：台、榭被雪所覆盖，所以这样说。

⑪"放一轮"二句：谓月光与雪光交相辉映。

【译文】

浩瀚的天空初降瑞雪，洁白的雪花如同被寒风细细剪裁过一般，淅淅沥沥，如同玉花轻洒。纷纷飘落在寺院之中，密密地洒落在了歌楼，一路飘来，渐渐覆盖了鸳鸯瓦。正是渔人披着蓑衣返航的时候，傍晚的江面，风景如画。整个长安酒楼的酒价开始高涨，生意兴隆。

幽静清雅的雪夜，最适合像王徽之一样，雪夜剡溪泛小舟，潇洒访戴逵，乘兴而行，兴尽而归。纵使拿白鹤及白鹇来与雪花比较，都显得没那么洁白了，白雪铺满了千里寒冷的原野。应该相信，这个季节虽然没有春兰夏云那样的景观，但是却有庭列瑶阶、林挺琼树的奇观。让一轮明月的光辉与这清静夜晚里的雪光交相辉映吧。

【赏析】

本词为咏雪词，在柳永词中属于比较清新舒雅、别具一格的作品。

上片开始"长空"三句泛写了雪花飘落的场景，天空初降瑞雪，洁白的雪花如被寒风剪出一般。"乱飘"六句化用郑谷诗，将雪景写得淋漓尽致。雪花漫天飘洒，从僧舍到歌楼，连成一片，慢慢覆盖了鸳瓦。渔人披着蓑衣翩然而归，晚上的寒江雪景仿佛进入画中一般。"满长安"二句点明地点，并侧面渲染了雪后的寒冷，整个长安的酒楼都提高了酒价。因为雪景优美，引得人们纷纷出门，而这样的美景与寒冷的天气，又促使人们饮酒取暖。

下片首四句看似作宕开之笔，却用了乘兴访戴的典故，又与雪紧密关合雪中最宜乘兴访友，那是何等潇洒。"皓鹤"三句用谢惠连《雪赋》句来形容雪花之白。白雪覆盖了千里原野，使白鹤白鹇都黯然失色。"须信"三句又写了设想雪停之后的景色。雪停云收之后，会呈现一个银白色的世界，别有瑶台琼榭，而不需到仙境拜访了。结尾二句写月与雪交光，勾勒出一幅雪夜月色图。雪停月出之后，月光与雪色相映成辉，是多么清冷静谧的一个夜晚啊！

全词正反开合，不受上下片限制，以时间为线索，雪景为重点，其间插入了渔人晚归、长安酒贵、乘兴访戴等人物、典故，借以抒发潇洒的雪中之情。通首清雅不俗，唯嫌袭前人处为多，少独得之妙句。

望远行①（绣帏睡起）

【原词】

绣帏睡起②。残妆浅，无绪匀红补翠③。藻井凝尘④，金梯铺藓⑤。寂寞凤楼十二⑥。风絮纷纷，烟芜苒苒⑦，永日画阑，沉吟独倚⑧。望远行，南陌春残悄归骑⑨。

凝睇⑩。消遣离愁无计。但暗掷⑪、金钗买醉。对好景、空饮香醪⑫，争奈转添珠泪⑬。待伊游冶归来⑭，故故解放翠羽⑮，轻裙重系。见纤腰，图信人憔悴⑯。

【注释】

①《望远行》：原为唐教坊曲，后用为词牌。分令词与慢词两体，令词始自韦庄，慢词始自柳永，此词《乐章集》注"中吕调"。此词也为代闺怨体，所代者正是柳永之妻。据推测本词应当著于柳永远游的第二年，也就是景德元年（1004 年）暮春。

②绣帏：绣帐，指的是古时闺房内的床帐。

③匀红：涂抹胭脂。补翠，指画眉。

④藻井：原指绘有纹彩状如井口的天花板，本词写妇人无心装扮，也无心打扫房间，所以这里指的应当是照壁前的藻井，而非天花板。凝尘：布满了灰尘。纳兰性德《生查子·散帙坐凝尘》："散帙坐凝尘，吹气幽

兰并。"

⑤金梯：对台阶的美称。藓：苔藓。

⑥凤楼：原指宫中的楼阁，这里指女子闺房。十二：即十二重，言闺房之深。鲍照《代陈思王京洛篇》："凤楼十二重，四户八绮窗。"

⑦烟芜：烟雾弥漫的草地。权德舆在《奉和李大夫九日龙沙宴会》中曾写道："烟芜敛暝色，霜菊发寒姿。"苒苒：长势茂盛的样子。陈翊在《龙池春草》中有句："因风初苒苒，覆岸欲离离。"

⑧永日画阑（lán），沉吟独倚：乃"独倚画阑，永日沉吟"的倒装。永日，从早到晚。刘桢《公讌》："永日行游戏，欢乐犹未央。"画阑，雕花的阑干。

⑨南陌：南面的道路。沈约《鼓吹曲同诸公赋·临高台》："所思竟何在，洛阳南陌头。"悄归骑：即归骑悄，意谓不见思念的人骑马归来。

⑩凝睇：凝望，注视。尚仲贤《柳毅传书》第一折："你看他颦眉凝睇，如有所待。"

⑪暗捼：默默地拿了。

⑫醪（láo）：酒。

⑬争奈：怎奈。张先《百媚娘·珠阙五云仙子》："乐事也知存后会，争奈眼前心里？"

⑭游冶：远游寻欢。

⑮故故：故意，特意。解放：打开系着或束着的东西。翠羽：即翠云裘，用翠羽编织成的云纹衣裙。

⑯信人：诚实的人。孟子《孟子·尽心下》："浩生不害问曰：'乐正子何人也？'孟子曰：'善人也，信人也。'"

【译文】

从绣帏中醒来，脸上的妆容已经残褪浅淡，却不想重新涂抹胭脂、画眉。天花板布满了尘土，金饰楼梯铺满了苔藓，凤楼闺房十分寂寞。柳絮在空中纷乱飘落，烟雾弥漫的草地苒苒茂盛，整天独自倚着栏杆独自神伤。遥望出远门的人，去洛阳的南面道路春天都要过去了，忧伤地盼望远行之人可以早日归来。

她凝神遥望，想不出其他可以消除离愁的方法，只好默默地拔去金钗换酒浇愁。面对良辰美酒，徒然独饮，无奈反而增加了眼泪，让自己变得更加忧伤。待你出游寻乐归来，我就故意解开外衣，又重新系上薄纱下裳，让你看看我的细腰，相信我是如何为你憔悴消瘦的。

【赏析】

此词为代闺怨体，因为词中曾经提到"待伊游冶归来"，而柳永即常年在外"游冶"，由此推测这首词所代之人正是柳永之妻。

词中女子想念着离她而去的远行人，与一般闺怨诗词不同的是，这位远行人并非是为了追求功名利禄，或者戍边，而是去"游冶"，使女子处在了一个更加悲惨的境地，因为她思念之人不过是个抛弃她寻欢作乐之人。

上片，词人从"绣帏睡起"写起，描述了一整天的情况，而这一天的情况也可以看成是自爱人离开之后，女子若干日子的一个缩影。看似平淡无奇，却为下文的发展埋下了铺垫。"藻井凝尘"是说室内杂乱，无心打扫，"金梯铺鲜"则说门庭冷落，无人问津，这便是女子平时的生活。"寂寞凤楼十二"一句中的"寂寞"二字，既总结了前面所述，也是上片的核心意思。"风絮"二句用反衬的手法描绘了迷人的春景，与"藻井凝尘，金梯铺鲜"形成鲜明的对比。"永日画阑，沉吟独倚"是对她日常活动的概括，表明女子无暇欣赏美景，整日人恹恹。"望远行"二句写女子登高望远，期盼远游的心上人能够回心转意早日归来。春已归却不见远人归影，一个"悄"字，说明女主人公可能已经多次登高望远又失望而归，这种期望与失落交杂的场景更加凸显了她的寂寞。

过片"凝睇"二字有承上启下的作用，并非是她凝神远眺的目光，而是饱含期望却又落空的呆滞目光，这目光又开启了下片抒发内心情感的一连串行为。女子想要排遣愁苦，但又无计可施；只得拔下头上的金钗换酒，借助酒醉来暂时麻痹自己，得到暂时的解脱，无奈无聊的自斟自饮反更添愁情以至珠泪涟涟。"待伊游冶归来"五句是女子的内心所想，最后她依然寄望于远行人的重归，等到那时，她将故意换下宽大的衣饰，束紧薄薄的丝裙，让那薄情人看看瘦减的"纤腰"，让他相信我因思念他而变得如此憔悴。此五句虽化用了武则天《如意娘》："看朱成碧思纷纷，憔悴支离为忆君。不信比来长下泪，开箱验取石榴裙"诗意，但"青出于蓝而胜于蓝"，将思妇恨游子不归，盼游子快归，幻想游子归来之后悲喜交加的心态写的淋漓尽致。

这下片自"凝睇"开端以后，先以"无计"，继之"但……""空……""争奈……""待……"，一连串行动，从写实到设想，从行动到内心，写出了女子怨而不怒、自欺欺人的整个过程。但这个远行人会不会如她所愿归来呢？如果他真的归来了，是否会在看到女子的憔悴之后而心生怜惜，从而不再远游寻欢，待在女子身边呢？词结束了，女主人公的悲剧却并没有结束。

柳永作为一个男性词人，细腻地描写了女子被抛弃之后的无助。

凤衔杯①（有美瑶卿能染翰）

【原词】

有美瑶卿能染翰②。千里寄、小诗长简。想初襞苔笺③，旋挥翠管红窗畔④。渐玉箸、银钩满⑤。

锦囊收，犀轴卷⑥。常珍重、小斋吟玩。更宝若珠玑⑦，置之怀袖时时看。似频见、千娇面。

【注释】

①《凤衔杯》：词牌名，此调有平韵、仄韵两体。仄韵者，柳永《乐章集》注"大石调"（黄钟商）。此调宜于表达悲苦之情。本词表达了词人对瑶卿姑娘书寄诗简的真爱。

②瑶卿：一说，瑶卿是神话传说中王母的侍女，貌甚美。多数说法，则认为指的是一个叫作瑶卿的美丽姑娘。染翰：能文善墨。翰：原指羽毛，后借指毛笔、文字、书信等。

③襞（bì）：折叠。苔笺（tái jiān）：用苔纸制成的小笺。唐代已有，为浙江生产。

④翠管：翠竹制成的笔。

⑤玉箸（zhù）、银钩：分别指篆书和草书，这里虚指书法。

⑥锦囊：用锦布制成的袋子，古人多用来藏诗稿或者机密文件。犀轴：

犀角做的轴，用于书画装裱。

⑦珠玑（jī）：宝石，一般用来比喻优美的文章或词句。

【译文】

有一个叫作瑶卿的美人，她能诗善墨。从千里之外寄来了一封写着漂亮诗句的信。我可以想象出她在朱红色的窗下，仔细地折叠好浅绿色的笺纸，在朱窗之下挥运翠玉之管，笔势飞动，字如珠玑的模样。

将她的书信用锦囊收存，用犀角的轴头装裱。常常怀着珍重的心情，在书斋之中展视吟赏，把玩不已。更是将它当作珠玉宝贝一样看待，时常带在身上，藏在衣袖里，时不时地拿出来欣赏。每次翻看她的书信笔迹，就想念她一次。

【赏析】

本词是一首赠妓词，作者在词中赞美了自己擅长诗文书法的红颜知己瑶卿。

上片"有美瑶卿能染翰，千里寄、小诗长简"，采用了记叙的方式介绍瑶卿的才能和她在千里之外寄来的一封写着漂亮诗句的信。瑶卿这位佳人颇有文学造诣，她从千里之遥的京城，特意向"我"寄来亲笔书写的小诗和长信。"想初襞苔笺，旋挥翠管红窗畔"是作者想象的瑶卿的创作过程，"她在朱红色的窗下，仔细地折叠好浅绿色的笺纸，在朱窗之下挥运翠玉之管，笔势飞动，字如珠玑"。由此赞美她的才华，展现了一种文静与聪慧之美。"渐玉箸、银钩满"是对她书法的点评。她写的字体是玉箸小篆，行笔匀均沉稳而笔画道劲丰满，虚词"渐"展现了运笔的特点，"满"字则强调了笔画的苍劲充实。

下片由写瑶卿转而写词人对瑶卿所赠诗文的珍惜。"锦囊收，犀轴卷"，词人在收到书信之后，将她的书信用锦囊收存，用犀角的轴头装裱，足可见其珍视与喜爱程度。"常珍重、小斋吟玩"，词人常常怀着珍重的心情，在书斋之中展视吟赏，把玩不已。"更宝若珠玑，置之怀袖时时看"，层次更进一步，是说自己在小斋吟玩还不尽兴，更是将它当作珠玉宝贝一样看待，时常带在身上，藏在衣袖里，时不时地拿出来欣赏，可见作者对其爱不释手的程度。"似频见、千娇面"，词人睹物思人，每次翻看她的书信笔迹，就想念她一次。

通篇读下来，不难看出词人对瑶卿的感情与其说是男女之情，倒不如说是知己之情。古人云"书为心画，言为心声"，这份凝聚着瑶卿情意，千里寄来的表露出她的兰心蕙质的"小诗长简"，正是双方展开心灵对话的一个窗户。瑶卿寄信给词人并非是想卖弄文采，而是知道词人能够了解她的一片真情。而词人也正如瑶卿所料，对这份书信珍之重之。词人与瑶卿彼此欣赏，摆脱了当时环境下的种种束缚，是一份难得的知己之情。

凤衔杯^①（追悔当初孤深愿）

【原词】

追悔当初孤深愿^②。经年价、两成幽怨^③。任越水吴山，似屏如障堪游玩^④。奈独自、慵抬眼^⑤。

赏烟花^⑥，听弦管。图欢笑、转加肠断^⑦。更时展丹青^⑧，强拈书信频频看。又争似、亲相见^⑨。

【注释】

①《凤衔杯》：词牌名，此调有平韵、仄韵两体。仄韵者，柳永《乐章集》注"大石调"（黄钟商）。这首词写的是男子的相思之情。

②孤：同"辜"，辜负。

③经年价：整年都是如此。经年，一年或一年以上。价，张相《诗词曲语汇释》："价，估量某种光景之辞，犹云这般或那般，这个样儿或那个样儿。"

④似屏如障：是说吴越的山水秀丽如同画屏一般。堪：能、值得。

⑤奈：怎奈。慵抬眼：懒得看。

⑥烟花：这里指妓女，是说到烟花场所寻欢作乐。

⑦转加：反而更加。肠断：伤心欲绝的样子。

⑧更：纵使，虽然。丹青：红色与绿色，代指绘画，这里指的是所想

女子的画像。

⑨争似：怎如。

【译文】

后悔当初辜负了彼此深深的爱意。即便已经过去了多年，两人之间依然有愁云郁结于心。任凭吴越的山水如同屏风上的画一样美丽还可以游玩。奈何独自一人，懒得抬头去欣赏。

在烟花堆里纵情，听歌舞表演，原本是希望可以寻得一时欢笑，没想到却徒增了伤感。更时时展开你的画像，勤勉地频频看书信。但这又怎么能够与亲身相见相比呢。

【赏析】

这首词与上一首《凤衔杯·有美瑶卿能染翰》是相连贯的：上一首是说瑶卿从千里之外的京城给词人寄来了自己的诗文书信。这一首则说的是，词人独自一人在杭州当官，没有了瑶卿的陪伴，因此常常觉得百无聊赖。唯一的消遣就是打开瑶卿的书

信，来回来去地观看，细细品味。这一首在情感上的抒发比上一首更为浓烈。可以看出词人对这个知己的感情是十分真挚的，离开瑶卿一年多的时间里，从未趁着在异地可以寻欢作乐而忘记旧人。"经年价、两成幽怨"，足以看出词人的坚持。从这一点来看，如果把柳永简单地说成是留恋在烟花之地的浪子有些委屈了他。

下片词人对瑶卿的思念更深一层：过片两句承接上片的词意，"赏烟花"三句体现出了词人内心的挣扎，他试图从山水管弦中寻求新的欢乐，但是这种强迫自己忘记思念的做法，反而让忧思更深了一层。"更时展丹青，强拈书信频频看。"万般无奈之下，只好把对方的书信再次展开一遍遍翻看。"时展丹青""强拈书信"的动作细节极为生动传神，刻画出了词人的深情与愁苦。"又争似、亲相见"，即便看了一遍又一遍，终究比不上"亲相见"。就算是见字如面，然而二者却依然有着天壤之别，纵使将书画看穿，也不如与你相见来得更加惬意。

全词以一个"怨"字来引领，虽然不是每句都带"怨"字，但句句离不开"怨"，因为"怨"而哪堪那吴山越水；为解"怨"去赏美景，"听管弦"，谁知反添"肠断"；最后只好展开书信，不停翻看，但是终究比不上见上一面，其怨又深一层，可谓善于写怨也。

迷神引①（红板桥头秋光暮）

【原词】

红板桥头秋光暮②。淡月映烟方煦③。寒溪蘸碧，绕垂杨路④。重分飞，携纤手，泪如雨⑤。急波隋堤远⑥，片帆举。倏忽年华改⑦，向期阻⑧。

时觉春残⑨，渐渐飘花絮⑩。好夕良天长孤负。洞房闲掩，小屏空⑪、无心觑。指归云，仙乡杳、在何处⑫。遥夜香衾暖，算谁与⑬。和他深深约，记得否。

【注释】

①《迷神引》：词牌名，柳永自制曲，《乐章集》注"中吕调"。此词上片回忆在汴京分别的场景，下片写如今。柳永秋季离开汴京只有两次：一次是少年远游的时候，一次是庆历四年自苏州赴成都经过汴京的时候。庆历四年那次为西行，而词中谓"急波隋堤远"显然为先由汴水而东再由运河而南行之证，因此推测本词为柳永年少时远游江浙第二年春季所作。

②红板桥头秋光暮：红板桥头秋季的傍晚。红板桥，有泛指和专指两种说法，泛指是说红色栏杆的桥，专指则说的是汴京顺天门外之板桥，从词中推断，应当为专指。汴河穿汴京而过，城区有汴河桥共八座，板桥即为其一，位于新城西南门顺天门外。

③淡月映烟方煦：月色掩映在淡淡的雾气之中。烟，雨后初晴时升起的淡淡的雾气。

④寒溪蘸（zhàn）碧，绕垂杨路：堤边垂柳映照在水总，显现出一片绿色。寒，指秋寒。垂杨即垂柳，古人经常将杨柳混用。

⑤重分飞，携纤手，泪如雨：回忆与妻子分别的场景。分飞，古人常用鸟之分飞来比喻夫妻离散。

⑥隋堤：隋炀帝开通济渠，沿河筑堤植柳，故称隋堤。这里是为回忆从汴京出发时设想之词，所以说"隋堤远"。

⑦倏（shū）忽：忽然，时间飞快。

⑧向期阻：怎奈归期被阻。向，怎奈，怎向。

⑨春残：春天即将结束。

⑩花絮：这里指柳絮。

⑪小屏：小屏风，床上的陈设物，可以映出人影。

⑫指归云，仙乡杳、在何处：以归云托归心，是说自己归心似箭，但是佳人却在何方呢？仙乡，这里是指佳人的住所。

⑬算谁与：算来谁能与共呢？与，共。《诗词曲语辞汇释》："与，犹如也，比也，共也。"

【译文】

暮秋时节，淡淡的月色映着和煦的秋光，我站在红板桥头眺望。看到堤边垂柳映照在水中，显出一片碧色。不禁回忆起了当初离别时的场景：我拉起她的手，泪如雨下。刹那间，片帆高举，急流带着扁舟越行越远。转眼间岁月更替，怎奈归期被阻隔。

如今春天又要过去了，柳絮飘飞。如此美景却只能辜负。在想象中，她的房门虚掩，小屏空设。归心似箭，但恋人在何处呢？漫漫长夜香被温暖，却跟谁一起同眠呢？也不知她是否还记得我跟她的深情厚爱和海誓山盟。

【赏析】

本词上片回忆了词人与妻子当初分别的情况："红板桥"四句对当初分别的时间、地点、景物进行了回忆。着重渲染了秋季惨淡、清冷的自然景色，以及分别时的恋恋不舍、难舍难分的情景。首句"红板桥头"乃离别之地，"秋光暮"是分别之时。以下三句是分别之景：雾气笼罩之下月色惨淡，河堤旁垂柳成行，柳枝悬垂，沾浸着寒冷的碧水。之后写了分别的情景："重分飞，携纤手，泪如雨"。重新回忆起当初分别时的情景，他拉起妻子的手，泪水不停地往下流。这是动作与心理的描写，但无论怎样伤别，"分飞"毕竟是无法改变的事实，于是以下二句再写了登上水路的场景。"急波隋堤远，片帆举。"波之"急"，帆之"举"，意味着舟行之速，促使人快速远去，离人的身影快速消失在了眼前，离愁自在其中。堤之"远"，让人感

受到了离恨的绵长，同时这里也使用了"隋堤"的意象，遍植垂柳的"隋堤"作为一种送别"符号"，让这份离别之情更深一层。至此，秋日离别已写尽。最后以岁月的飞逝与旧日期约的受阻来结束，成为秋日分别与下片春日相思的过渡。

下片着重写了别后妻子独处的场景。过片换头"时觉春残"一句，写出了时间不知不觉已到了春天即将结束的时候。由后句可知，如今已经到了约定的归期，但是诗人的不归而"长辜负"了春日的"好夕良天"。因为没有心思欣赏春色，所以词中也并未有春天景色的描绘，只有"渐渐飘花絮"这一典型的残春景象，表现着春光的最后一抹印迹，又包含着青春流逝的悲哀，同时也暗示了对这一段爱情能否长久的担忧。春天即将过去，却懒得去欣赏美景，之后又将情景转为妻子的闺房之中："洞房闲掩，小屏空、无心觑。""闲掩"二字，明写洞房之门，实写门内之人的寂寞；"空"字明写小屏风的闲置，实写屏旁人的冷清、寂寞空虚，所以她对洞房中的一切都"无心觑"。"指归云"又回到了自身，发出"仙乡"无觅处的感叹。"摇夜"二句又设想了妻子深闺孤影，极尽反复之致。结句反问，更透相思之情。

迷神引①（一叶扁舟轻帆卷）

【原词】

一叶扁舟轻帆卷。暂泊楚江南岸②。孤城暮角③，引胡笳怨④。水茫茫，平沙雁、旋惊散⑤。烟敛寒林簇⑥，画屏展。天际遥山小，黛眉浅⑦。

旧赏轻抛⑧，到此成游宦⑨。觉客程劳⑩，年光晚。异乡风物，忍萧索、当愁眼。帝城赊，秦楼阻⑪，旅魂乱⑫。芳草连空阔，残照满。佳人无消息，断云远⑬。

【注释】

①《迷神引》：词牌名，柳永自制曲，《乐章集》注"中吕调"。这首词写的是旅思闺情。作于柳永入仕之后，地点为楚地。由"暂泊"二字，可知词人是过路。

②泊：停泊。楚江：楚境内的江河。

③暮角：日暮的号角声。

④引：逗引。胡笳（jiā）怨：胡笳是古代北方民族的一种管乐器，传闻是汉时张骞从西域引入，汉魏鼓吹乐中常用之，其声多哀怨。

⑤旋：随即、立刻。

⑥敛：收起，散尽。簇：丛聚。

⑦黛眉浅：古代女子以青涩黛螺画眉，所以常将眉毛比作青翠的远山。

此处正好相反，将远山比作黛眉。黛眉，女子的眉毛。浅，形容颜色浅淡。

⑧旧赏：指以前喜欢的人和物。

⑨游宦：在官场上奔波漂泊。

⑩劳：困顿疲惫。

⑪秦楼阻：心爱的佳人被阻隔在远方。秦楼，出自汉乐府《陌上桑》："日出东南隅，照我秦氏楼。"后以秦楼代指女子。

⑫旅魂乱：在宦途上奔波的征人心情沮丧，烦乱不堪。魂，心灵，情绪。

⑬断云：片云。

【译文】

我乘坐的一叶扁舟缓缓卷起轻帆，暂时停泊在楚江南岸。孤城中响起阵阵角声，引发了我羁旅怀人的愁思。江水白茫茫，在沙滩上栖息的大雁，瞬间便全部被惊散。暮霭消敛，显现出一片片秋林，如同展开了一幅水墨画屏。远看天边，遥遥群山，如同美人轻描的黛眉。

我轻易地抛弃了以前的赏心乐事，游宦天涯。深深感到旅途劳顿，而光阴荏苒。异乡的风物，在多愁善感的我看来，只是一片难以忍受的萧索。京城是这般遥远，秦楼楚馆被阻断难去，让我心烦意乱。夕阳照耀下，芳草萋萋伸向空阔的天边，佳人杳无音信，像被风吹走的浮云一样远去不返。

【赏析】

这首词是柳永在五十岁后游宦各地的心态写照，乃典型的羁旅行役之词。这首词抒发了柳永内心的挣扎与矛盾，尤其是作为一名不得志的封建文人的苦闷与不满。

上片词人写了泊舟江岸的情景。起句写柳永游宦途径楚江，将船帆慢慢收起，靠近江岸，做好停船靠岸的准备。"暂泊"表明了停泊的时间是傍晚，天色将晚，暂且止宿，明天继续赶路。从起两句来看，词人一下子就抓住了"帆卷""暂泊"这种行船的特点，淡淡地吐露出旅途的劳顿。随后，词人又用平铺直叙的方法，描写了楚江傍晚的景色。"孤城暮角，引胡笳怨"描写的是慢慢变暗的天色，边远的城市的角声与笳声自带着一种凄凉之感，勾起了漂泊在外的词人哀怨、寂寞的情绪。"暮角"与"胡笳"渲染出了秋季日暮时凄凉的格调。紧接着，词人的笔触又伸向了略带凉意的江水之上，自"水茫茫"始描绘了茫茫江水，平沙惊雁，漠漠寒林，淡淡远山。如此一幅自然天成的广袤之作，更衬托出游子愁怨和寂寞之感。上片从声响视听不同的感官角度与远近浓淡的不同层次，描绘出了江岸晚景，苍凉悲咽又平远阔大。给人身临其境之感。

下片直接抒发对游宦生涯的感慨。起始两句直抒胸臆，后悔当年轻易抛下喜欢的人和物，游宦至此。旅途劳顿，风月易逝，年事衰迟，是写行役之苦；"异乡风物"显得特别萧索，是写旅途的愁闷心情；帝都遥远，秦

楼阻隔，前欢难断，意乱神迷，是写伤怀念远的情绪。词人深感"旧赏"与"游宦"难以两全，为了"游宦"而不得不"旧赏轻抛"。"帝城"指北宋都城汴京，"秦楼"借指歌楼，这里当指歌楼里的女子。这些是词人青年时代困居京华、流连于坊曲的浪漫生活的象征。按宋代官制，初等地方职官要想转为京官是相当困难的，因而词人看来，帝城是遥不可及的。宋代不许朝廷命官到青楼坊曲与歌妓往来，不然会被弹劾，所以柳永便与歌妓及旧日生活断绝了关系。因此感叹"帝城赊，秦楼阻"。"芳草连空阔，残照满"是实景，形象地暗示了赊远阻隔之意。抒情中突然插入这样的实景描写，可见词人写作时善于转换。结句"佳人无消息，断云远"，补足了"秦楼阻"之意。"佳人"即"秦楼"中的人，由于种种原因断绝了联系，旧情像一片断云随风而逝。

全词情景交融，哀怨顿挫，称得上是柳永晚年的佳作。

八声甘州①（对潇潇）

【原词】

对潇潇、暮雨洒江天，一番洗清秋②。渐霜风凄紧③，关河冷落，残照当楼。是处红衰翠减④，苒苒物华休⑤。惟有长江水，无语东流。

不忍登高临远，望故乡渺邈⑥，归思难收⑦。叹年来踪迹，何事苦淹留⑧。想佳人、妆楼颙望⑨，误几回、天际识归舟⑩。争知我⑪，倚阑干处，正恁凝愁⑫！

【注释】

①《八声甘州》：词牌名，唐教坊大曲有《甘州》，杂曲有《甘州子》。因属边地乐曲，故以甘州为名。《八声甘州》是从大曲《甘州》截取一段而成的慢词。因全词前后共八韵，故名八声。又名《潇潇雨》《宴瑶沁池》等。

②对潇潇、暮雨洒江天，一番洗清秋：写词人眼前所看到的景象。傍晚下过一场雨之后，江天澄澈，如同洗了一遍，呈现出一派清秋景象。潇潇，下雨声。一说雨势急骤的样子。一作"萧萧"，义同。清秋，清冷的秋景。

③霜风：指秋风。凄紧：一作"凄惨"，凄凉紧迫，寒气逼人。

④是处：到处。红衰翠减：指花叶凋零。红，代指花。翠，代指绿叶。

这里采用的是借代的手法。

⑤苒苒（rǎn）：同"荏苒"，形容时间慢慢消逝。物华：美好的景物。休：这里是衰残的意思。

⑥渺邈：远远的样子。一作"渺渺"，义同。

⑦归思（旧读：sì，作心绪愁思讲）：渴望回家的心思。

⑧淹留：长期停留。

⑨佳人：美女。古诗文中常用以代指自己所怀念的对象。颙（yóng）望：抬头凝望。颙，一作"长"。

⑩误几回：多少次错将远处驶来的船只当作心上人的归舟。语意出温庭钧的《望江南》："过尽千帆皆不是，斜晖脉脉水悠悠，肠断白蘋洲。"天际：指目光所及之处。

⑪争（zěn）：怎。处：这里表示时间。"倚栏干处"即"倚栏杆时"。

⑫恁（nèn）：如此。凝愁：愁苦不已，愁恨深重。凝，表示一往情深，专注不已。

【译文】

我看见潇潇暮雨从江边洒落，一下子就洗去了夏日的炎热，显得格外清凉。凄凉的霜风一阵紧似一阵，关山江河一片冷落萧条，落日的余辉洒在高楼上。处处都是红叶凋零翠叶枯落，美好的光景慢慢消逝。只有那长江流水依旧，不声不响地向东流淌。

不忍心登高向远处遥看，望着那飘渺又遥远的故乡，想要回家的念头难以遏制。感叹这么多年来为了追名逐利，一直漂泊难驻，质问自己如此这般地长期在异乡漂泊是否值得？想起自己的心上人，也许此时正站在华丽的楼阁上抬头凝望，多少次错将远处驶来的船当作心上人回家的船。她哪里会知道我与她一样，倚着栏杆，正如此悲怆。

【赏析】

这首词写登高望远思乡怀人，乃柳永的名篇之一。

词的上片写作者登高所见之秋景。开篇总写秋季之景，雨后江天澄澈，如同被洗过一般，笔触大气洗练。头两句"对潇潇、暮雨洒江天，一番洗清秋。"用"对"字作领字，勾勒出一幅暮秋傍晚的秋江雨景。"洗"字颇具灵魂，生动真切，透着一股子灵性，像是把秋雨写活了。"潇"和"洒"字，用来形容暮雨，让人仿佛身临其境，听到了雨声，看到了雨落下的样子。接着写高处景象，连用三个排句："渐霜风凄紧，关何冷落，残照妆楼。"进一步渲染了凄凉、萧索的氛围，连一向鄙视柳词的苏轼也赞叹"此语于诗句不减唐人高处"（赵令畤《侯鲭录》）。所谓"不减唐人高处"，主要是指景中有情，情景交融，悲壮阔大；凄冷的寒风与潇潇暮雨相继出现，关山江河都冷落了，残阳照在词人所站在的高楼上，描绘的每一处景色里，都掺杂着词人复杂而深沉的情感。这三句由"渐"字领起。雨后傍晚的江边，寒风渐冷渐急，自己身上的感觉如此，眼前所见之景也透着这样的凄凉。山河是冷落的，词人所处的地方也被残阳所笼罩，一样透着一股冷清之意，景色苍凉辽阔，境界高远雄浑，将深秋雨后的悲凉勾勒了出来，同时也掺杂了身为游子的诗人无限的忧郁愁绪。"是处红衰翠减，苒苒物华休。"这两句写了低处所见之景，处处花残叶落，万物凋零，透着无法消散的凄凉。这不仅是在描写景物，更从侧面表达的了词人悲凉的心境。词人虽然没有明确点明自己的感触，只用"长江无语东流"来暗示出来。词人认为"无语"便是无情。"惟有"二字暗示"红衰翠减"的花木并非无语无情的，登高临远的旅人当然更非无语无情，只有长江水无语东流，对长江水的指责无理而有情。在无语东流的长江水中，寄托了韶华易逝的感慨。

89

上片以写景为主，不过景中有情，从高到低，由远及近，层层铺叙，将大自然的景物变化与自己的心境联系在一起，淋漓酣畅而又意境深远。

词的下片由写景转入抒情。表达了词人惦念家乡亲人的感情。起始处即景抒情，反映了词人由于过度惦念家乡，反而不忍登高，担心自己的思念之情会随着远望而不受控制的矛盾心理。从上片写到的景色看，词人原本是登高望远，而下片则用"不忍登高临远"一句，"不忍"二字领起，在文章方面是转折翻腾，在感情方面是委婉伸屈。登高望远是希望可以看到家乡，但家乡在千里之外，望而不见，看到的则更是引起相思的凄凉景物，自然让人产生不忍的感情。"望故乡渺邈，归思难收"，是本词的内核。"叹年来踪迹，何事苦淹留。"这两句看似是在逼问自己，但也流露出不得已而停留他乡的凄苦之情，回想自己在外漂泊的经历，不禁扪心自问，到底是为了什么。问

中带恨，抒发了词人被人曲意有家难归的深切的悲哀之情。有问无答，因为答案自在词人心中，却不愿说出。一个"叹"字抒发了多少无奈，准确而传神。"想佳人，妆楼颙望，误几回，天际识归舟？"又从对方写来，与自己倚楼凝望对照，进一步写出两地相思之苦，并与上片所描绘的凄凉孤寂的景象相呼应。虽说是自己思乡，此处却另辟蹊径，设想是亲人正在期盼自己归来。佳人怀念自己，是词人自己的想象，本来是虚写，但词人却用"妆楼颙望，误几回，天际识归舟"这样的细节来表达怀念之情。仿佛是确有其事，虚实相生，让情感表达得更加真切动人。结尾再由对方回到自己，说佳人在多少次希望和失望之后，肯定会埋怨自己不想家，却不知道"倚阑"远望之时的愁苦。"倚阑""凝愁"本是实情，但却从对方设想用"争知我"领起，化实为虚，显得十分空灵，感情如此丰富，文笔富于变化，实在难得。结尾与开头相呼应，理所当然地让人认为一切景象都是"倚阑"所见，一切归思都由"凝愁"引出，生动地表现了思乡之苦和怀人之情。

全词层层递进，环环相扣，以铺张扬厉的手段，曲折委婉地表现了登楼凭栏，望乡思亲的羁旅之情。通篇结构严密，迭宕开阖，呼应灵活，首尾照应，充分体现了柳永词的特点。

竹马子①（登孤垒荒凉）

【原词】

登孤垒荒凉②，危亭旷望③，静临烟渚④。对雌霓挂雨⑤，雄风拂槛⑥，微收烦暑⑦。渐觉一叶惊秋⑧，残蝉噪晚⑨，素商时序⑩。览景想前欢⑪，指神京，非雾非烟深处。

向此成追感，新愁易积，故人难聚。凭高尽日凝伫⑫。赢得消魂无语⑬。极目霁霭霏微⑭，暝鸦零乱⑮，萧索江城暮⑯。南楼画角⑰，又送残阳去。

【注释】

①《竹马子》：词牌名。《钦定词谱》中作《竹马儿》，柳永自制曲，《乐章集》注"中吕调"。纵观词义，未及宦情，当为词人少年远游时作于夏秋之交之际。

②孤垒：孤零零的昔日营垒。垒，军用建筑物。

③危亭旷望：高亭远眺。

④烟渚：笼罩着雾气的水中沙洲。

⑤雌霓挂雨：彩虹横空，天地间还带有雨水的湿气。雌霓，双彩虹中色彩鲜艳为主虹，色彩暗淡为副虹，雌霓是副虹。

⑥雄风拂槛：强劲的风吹拂着栏杆。

⑦微收烦暑：稍稍收敛了夏日的酷热。烦，一作"残"。

⑧一叶惊秋：见一片黄叶落下，突然意识到秋天来了。

⑨残蝉噪晚：经历了夏天后残余的蝉在夜幕时分叫得更加起劲。

⑩素商时序：秋天按照次序来代替夏天。素商，秋天。时序，春夏秋冬的代换次序。

⑪前欢：从前与故人欢聚的情景。

⑫尽日：整天。

⑬赢得：落得，剩的。消魂：情思惆怅。

⑭极目：尽力远望。霁霭：雨晴之后的雾气。霏微：朦胧的样子。

⑮暝：天黑。

⑯萧索：萧疏冷落。

⑰画角：古管乐器。传自西羌。形如竹筒，本细末大，以竹木或皮革等制成，因表面有彩绘，故得名。发声哀厉高亢，古时军中多用以警昏晓，振士气，肃军容。帝王出巡，亦用以报警戒严。

【译文】

登上孤立的营堡，满目荒凉，从高亭上眺望，远处是弥漫着雾气的水中沙洲。彩虹横空，天地间还带有雨水的湿气，突然一阵狂风吹拂栏杆，稍微赶走了夏日的炎热。见一片黄叶落下，突然意识到秋天来了。经历了夏天后残余的蝉在夜幕时分叫得更加起劲，夏去秋来。我看着眼前的景色不由想起了过往的欢情，指向那位于似烟非烟的彩云深处的京都。

面对此情此景，不由地追忆伤感，容易添新愁，故人难以相见。我登高凭栏整日里望远，最后百感交集。目光的尽头处雨后晴云，薄雾弥漫像迷蒙的细雨，黄昏里归巢的乌鸦乱纷纷聚在一起，萧瑟冷清的江城已是暮色迷离。城南角楼吹响了音乐，又送走一抹残阳沉入大地。

【赏析】

本词从意境上讲，属于柳永极为少见的雅词，是个人离愁别绪的抒发，以及对封建社会文人墨客命运的凭吊。苏轼说："世言柳耆卿曲俗，非也。如《八声甘州》云：'霜风凄紧，关河冷落，残照当楼。'此语于诗句，不减唐人高处。"这是就其雅词而言，本词也为柳永雅词，而且也达到了"唐人高处"的境界。

这首词是词人在江南漫游时抒写的离情别绪之作，表现出了苍凉雄厚的情境。词人将古垒残壁与酷暑新凉交替之际的特异景象串联在一起，抒写了壮士悲秋的感慨。

上片"登孤垒荒凉，危亭旷望，静临烟渚"三句写出了登高所见。"雌霓"是虹的一种，色泽偏暗。"雄风"是强劲的风。这两个词语看似随意却极考究，展现出了夏秋交替之际雨后特有的景象。孤垒危亭之上，江边烟渚之侧，更加能够感到时序变换。孤垒、烟渚、雌霓、雄风，这一组意象构成了初秋雄浑苍凉的艺术意境。"渐觉"两字为下面的抒情做足了铺垫，"一叶惊秋，残蝉噪晚"更是点明了时序。"素商"即秋令。这里，词人的悲秋情绪逐渐向离情别绪转变，于是他又"览景想前欢"了。从"前欢"一语来推测，词中所思念的应该是词人在汴京时交往甚密的一位歌妓。往事如风，汴京已遥不可及。

下片承接了上片"想前欢"的心情。"新愁易积，故人难聚"，意味深长，让人回味。离别之后，难忘旧情，因离别更添加新愁；又因难聚难忘，新愁愈加容易堆积，让人难以排遣。"易"和"难"互为因果，又互为对比。"尽日凝伫""消魂无语"淋漓尽致地将愁绪难以排遣的状态表现了出来，也表露出了词人最诚挚而深刻的思念。最后作者巧妙地以黄昏的霁蔼、归鸦、角声、残阳这些萧条的景象来衬托和强化悲苦的离情别绪。尤其结尾"南楼画角，又送残阳去"两句，意境深远，引人入胜。

　　本词的处理展现了词人熟练精妙的遣词造句的技巧，情景交融，虚实相生，展现了极高的文学修养。上片前九句写景，属实写；后三句写情属虚写。虚实相生，同时还抓住了时序的变化，把当时特有的景色完美地重现于笔下，奠定了全词的抒情基调。下片则相反，前五句抒情，属虚写；后五句写景，属实写，以景结情，情景交融。这种交错的布局，不仅使整体结构富于变化，而且如实地反映了作者的思想感情在特定环境中活动变化的过程。其间大量运用双声词及叠韵词，前者如"一叶""残蝉"等，后者如"荒凉""旷望"等；多处句间用韵，如"凉"与"望"、"雨"与"暑"等；句中平仄四声交错运用，从而使音律和谐委婉动人。全词意脉相承，结构严谨，情绪恰到好处，语言清丽，音律谐婉，丝丝入情，是不可多得的一首长调慢词。

玉蝴蝶①（望处雨收云断）

【原词】

望处雨收云断②，凭阑悄悄，目送秋光。晚景萧疏③，堪动宋玉悲凉④。水风轻、蘋花渐老⑤，月露冷、梧叶飘黄。遣情伤⑥。故人何在？烟水茫茫。

难忘。文期酒会⑦，几孤风月⑧，屡变星霜⑨。海阔山遥，未知何处是潇湘？念双燕、难凭远信，指暮天⑩、空识归航⑪。黯相望。断鸿声里，立尽斜阳⑫。

【注释】

①《玉蝴蝶》：小令始于温庭筠，长调始于柳永，《乐章集》中注"仙吕调"，一名《玉蝴蝶慢》。词既谓"屡变星霜"，说明该词写于远游第二年，也就是景德元年（1004年）秋。

②雨收云断：雨停云散。

③萧疏：萧条清冷。堪：可以。

④宋玉悲凉：指宋玉《九辩》，引申为悲秋。

⑤蘋（píng）花：一种大的浮萍，夏秋间开小白花，也被称为白萍。

⑥遣情伤：让人神伤。

⑦文期酒会：文人们相约一起饮酒赋诗的聚会。

⑧几孤风月：辜负了多少美景。几，多少回。孤，同"辜"，辜负。风

月，美好的风光景色。

⑨屡变星霜：经过了一年又一年。星，指岁星，亦名木星、太岁。

⑩暮天：傍晚时分。

⑪空：白白地。归航：返航的船。

⑫立尽斜阳：在傍晚西斜的太阳下站立了很久，直到太阳落山。

【译文】

忧心悄悄，我独自凭栏，目光所及处，雨住云开。目送这一片秋天暮景，让人产生了宋玉悲秋之叹。轻风拂过水面，白蘋花已经慢慢凋零，凄寒的月色露光中飘飞着梧桐的黄叶。此情此景，不禁让人神伤。我的故朋旧友，不知你们都在何方？眼前所见只有一望无际的秋水，烟雾迷茫。

难以忘怀，当时定期会举办的诗酒宴会。自分别之后，我不知道辜负了多少风月时光，斗转星移。我们隔着山和大海，相逢相会不知何处何年？让人感到凄苦彷徨。想那双双飞来飞去的燕子，难以靠它来给朋友传递音讯；企盼故友归来，遥指天际苍茫，认真辨认归来的航船，谁知过尽千帆皆不是，也是枉自空等企望。我默默伫立，黯然相望，只看到斜阳已尽，孤雁哀鸣声依然飘荡在天际。

【赏析】

本词是词人怀念湘中故人之作。全词以"望"统摄全篇。词以抒情为主，将景物描写与叙事、忆旧和怀人、羁旅和离别、时间和空间，完美地融合在了一起，浑然天成，极具感染力。

上片写词人远眺所看到的景象，"望处雨收云断"，词人望尽了天边的风云变幻，看到雨收云散。"凭阑悄悄"四字，写出了词人独自倚靠栏杆远眺时的忧思。这种情怀，又落脚到"目送秋光"上。"晚景萧疏，堪动宋玉悲凉"，傍晚的萧条秋景，引发词人无限感慨，想起了千古悲秋之祖的诗人宋玉。"水风轻、蘋花渐老，月露冷、梧叶飘黄"两句，似乎是用特写镜头展现了一幅很有诗意的画面：只见秋风轻轻地吹拂着水面，白蘋花渐渐衰败，秋天月寒露冷的时节，梧桐叶变黄了，正一片片飘落。萧条凄冷的秋季夜晚，让人不禁涌出了凄凉孤寂之感。"轻""冷"二字，将秋季这种清冷之感准确地表达了出来。"蘋花渐老"，既是写眼前所见景物，也寄寓着词人放浪江湖、华发渐增的感慨。"梧叶飘黄"的"黄"字用得好，突出了梧桐树叶衰败的形象。"飘"者有声，"黄"者有色，"飘黄"二字，声色俱全，让画面极具动感和色彩。词人成功抓到了水风、蘋花、月露、梧叶等秋日景物，并用"轻""老""冷""黄"四字烘托，勾勒出了一幅色彩鲜明且极具意境的秋日景物图，为下文抒情作了充分的铺垫。"遣情伤"一句，触景生情，直抒胸臆。之后，引出"故人何在，烟水茫茫"两句，既承上启下，又统摄全篇，为全词的主旨。"烟水茫茫"是迷茫不清的景色，也是词人由于怀念古人而不知所措的复杂情感。这几句短促凝重，大笔濡染，声情跌宕，苍莽横绝，为全篇之精华。

下片以"难忘"二字领起，唤起回忆，直接点明主题。词人回忆起跟好友们一起时举办的"文期酒会"。分离之后，斗转星移，过了一载又一载，不知有多少良辰美景因无心观赏而白白浪费。"几孤""屡变"，说明离别时间之长，旨加强离别之后的怅惘。"海阔山遥"句，又从回忆转到眼前的思念。"潇湘"这里指友人所在的地方，因为不知故人如何，所以说"未知何处是潇湘"。"念双燕、难凭远信，指暮天、空识归航"，写不能与思念之人相见而产生的无奈。眼前双双飞去的燕子无法将我的消息传递给故人，以寓与友人欲通音讯，无人可托。之后，转换角度，以友人的角度来写，期盼词人归来，却又一次次的落空，所以说"指暮天、空识归航"。词人将友人思念自己的情感发挥得淋漓尽致。看到远处归来的船只，怀疑是故人归来，到头来却是一场空欢喜。归舟只是空惹相思，好像嘲弄自己的痴情，一个"空"字，将盼望归来的心情发挥到了极致。词人这里替对方着想，从对方着笔，从而折射出自己长年羁旅、怅惘不堪的留滞之情。"黯相望"以下，笔锋一转，又回到自己身上。词人用断鸿的哀鸣来衬托自己的孤独怅惘，无比巧妙。"立尽斜阳"四字写出了词人沉浸在这种情感中无法自拔的状态。

柳永这首词层次分明，结构完整，脉络井然，有效地传达了诗人感情的律动。同时修辞上既不雕琢，又不轻率，而是俗中有雅，平中见奇，隽永有味，故能雅俗共赏。

玉蝴蝶（渐觉芳郊明媚）

【原词】

渐觉芳郊明媚①，夜来膏雨②，一洒尘埃。满目浅桃深杏③，露染风裁④。银塘静、鱼鳞簟展⑤，烟岫翠、龟甲屏开⑥。殷晴雷⑦，云中鼓吹，游遍蓬莱⑧。

徘徊。隼旗前后⑨，三千珠履⑩，十二金钗⑪。雅俗熙熙，下车成宴尽春台⑫。好雍容、东山妓女⑬，堪笑傲、北海尊罍⑭。且追陪，凤池归去，那更重来⑮。

【注释】

①渐觉：渐渐感觉到。芳郊：京郊的景色。明艳：明丽、绚丽多彩。

②膏雨：滋润农作物的及时雨，即春雨。古有谚语"春雨贵如油"，故称春雨为膏雨。膏，油脂，这里可理解为滋润。

③满目浅桃深杏：放眼看去入目的都是浅色的桃花和深色的杏花。因为桃花颜色相对浅淡，故称浅桃；而杏花颜色相对深艳，因此称深杏。

④露染风裁：露水将它们染色，春风为它们裁衣。

⑤"银塘"句：池塘的波纹涟漪，如鱼鳞闪烁，竹席铺展。银塘，水塘在阳光照耀下泛着银光，故称银塘。鱼鳞，形容水波的形状好像鱼鳞一样。簟（diàn）展，把卷着的竹席慢慢展开。簟，坐卧用的竹席。

⑥烟岫（xiù）：指云雾缭绕的山峰。龟甲：指地面隆起的像龟背一样的

丘陵。

⑦殷（yǐn）：象声词，震动的声音。晴雷：晴天之雷。殷晴雷，指鼓乐声如雷声一样洪亮。

⑧蓬莱：古代传说中的三仙山之一，这里比喻京郊外的山美丽得就好像蓬莱仙境一样。

⑨隼旟（yú）：画有隼鸟的旗帜，古时为州郡长官所建。《周礼·春官·司常》："鸟隼为旟，龟蛇为旐……州里建旟，县鄙建旐。"

⑩三千珠履：战国时春申君三千门客所穿之鞋均缀有明珠，以显示其门口众多且豪奢。后多用来代指宾客或门客。

⑪十二金钗：《玉台新咏》卷九《诗词二首》其二："河中之水向东流，洛阳女儿名莫愁。……头上金钗十二行，足下丝履五文章。""金钗十二行"本用来形容女子头上金钗之多，后以"金钗十二"或"十二金钗"来形容美女众多。

⑫"雅俗"两句：初到任便宴请宾客，雅士和俗子其乐融融，如登春台。雅俗是雅士俗子。熙熙，其乐融融的样子。下车，出自《礼记·乐记》："武王克殷反商，未及下车而封黄帝之后于蓟，封帝尧之后于祝，封帝舜之后于陈。下车而封夏后氏之后于杞，投殷之后于宋。"后人因此将刚到任、刚即位为下车。

⑬雍容：仪态温文尔雅。东山妓女：东山，位于今浙江上虞西南，谢安曾居住于此。《世说新语·识鉴》中曾言："谢公在东山畜妓，简文曰：'安石必出，既与人同乐，亦不得不与人同忧。'"后用来表述携妓女而游。

⑭笑傲：戏谑不敬。北海尊罍（léi）：北海，东汉末文学家孔融曾担任北海相，有"孔北海"之称。他曾反对曹操禁酒，而颂酒之德，常叹曰："座上客恒满，尊中酒不空，吾无忧矣。"尊罍，酒杯。罍，尊之大者也。后

世诗人常以"东山妓女"与"北海尊罍"对举。

⑮凤池归去，那更重来：此句承接上句而言，意为自己必须把握机会，及时追随孙知州。否则一旦知州入朝升官，哪里还会回到杭州。

【译文】

不知不觉间，京郊的景色已经变得绚丽多彩。昨夜下了一场春雨，洒湿凡尘。满眼都是浅色的桃花和深色的杏花，露水为它们染上了颜色，春风为它们裁剪了衣裳。池塘的波纹涟漪，如鱼鳞闪烁，竹席铺展。云雾缭绕的山峰已经染上绿色，龟背一样的丘陵就像孔雀开屏一样的美丽。权贵们郊游的乐队吹起鼓乐，声音如雷，在云雾间环绕。京郊外的山就好像蓬莱仙境一样美丽。

游人徘徊留恋在画有隼鸟的旗帜周围。门客、美女众多，您初次到任便宴请宾客，雅士和俗子，其乐融融，如登春台。您多么娴雅从容，如同东晋的谢安携妓女而游，您可以笑傲孔北海，和他一样极善饮酒赋诗。姑且让佳人美酒陪伴吧！我相信他日凤池归去，就再也没有机会重游此处了。

【赏析】

这是一首投献词。所投之人乃杭州知州孙沔（miǎn），这首词与柳永的另一首词《早梅芳·海霞红》属性相同。从"下车成宴尽春台"一句推测，这首词应当作于至和元年（1054年）春孙沔初任杭州之时。

词的开篇描写了雨后风景宜人的春日之景。词人专门将"芳郊"置于一场春雨之后，那时天是清澈的，地面是湿润的，天地之间，空气清朗，没有一丝浊气。之后又描写了桃花杏花，花朵争相开放，花瓣上还沾着清晨的露水，让人感觉心旷神怡。随后，词人将视角转到了湖面上面，银白色的湖面，波光粼粼；烟云里的远山如同画屏。之后，词人更是别出心裁地在一片寂静中用一声惊雷打破了这片平静。

　　下片开始转向对人的描写。刚刚就任的知州，隼旗高扬，门客众多，美女成行，好不气派。之后又选取谢安东山携妓的风流倜傥以及孔融一醉方休的豪迈，来树立知州的形象。末句用自己的谦卑来衬托出知州的伟岸，写得恰如其分，同时也能让读者清楚他要表达的潜在意思。

塞孤①（一声鸡）

【原词】

一声鸡，又报残更歇②。秣马巾车催发③。草草主人灯下别④。山路险，新霜滑。瑶珂响、起栖乌⑤，金镫冷、敲残月⑥。渐西风紧，襟袖凄冽⑦。

遥指白玉京，望断黄金阙⑧。还道何时行彻⑨。算得佳人凝恨切⑩。应念念⑪，归时节。相见了、执柔荑⑫，幽会处、偎香雪⑬。免鸳衾、两恁虚设。

【注释】

①《塞孤》：《词律》编入《塞姑》者误。但《乐府诗集》有无名氏《塞姑》："昨日卢梅塞口，整日诸人镇守。都护三年不归，折尽江边杨柳。"《乐章集》注"般涉调"，宋朝填此调者只有柳永和朱雍。

②一声鸡，又报残更歇：黎明时公鸡会打鸣，所以这样说。残更：旧时将一夜分为五更，第五更称为残更，是天即将破晓的时候。歇，尽。

③秣（mò）马巾车催发：喂饱了马，将要乘车出发。秣马，喂马。秣是牲口的饲料，这里名词用作动词，喂的意思。巾车，有帷幔装饰的车。

④草草主人灯下别：是"灯下草草别主人"的倒装。草草，匆忙仓促的样子。

⑤瑶珂响、起栖乌：马前行时，马珂的撞击声惊起了栖息在树上的乌。珂，白色似玉的美石，还有一种说法认为是贝壳，撞击有声，用来装饰

马勒。

⑥金镫（dèng）冷、敲残月：马镫声响在残月之中。金镫，挂在马鞍子两侧的脚蹬子，这里为美称。

⑦渐西风紧，襟袖凄冽：秋风正强劲，襟袖间都感到了一丝凄冽。渐：正。西风，秋风。

⑧遥指白玉京，望断黄金阙：思念佳人。白玉京、黄金阙，都是传说中仙人的住所，这里代指佳人所住的地方。

⑨行彻：行完。

⑩凝恨：凝聚的仇恨。

⑪念念：念，怜念，重复是为了表达强调。

⑫柔荑（tí）：女子柔软的双手。

⑬偎（wēi）香雪：紧靠在女子身上。香雪，原指女子所用的花粉，这里指女子又白又香的肌肤。

【译文】

一声鸡鸣，又报五更已尽天将亮。喂饱了马，将要乘车出发。在灯下匆匆与驿馆的主人道别。山路崎岖险峻，刚刚降下的薄霜让路面变得十分滑。马佩的瑶珂叮当作响，将栖息的飞鸟惊起了，金饰的脚踏泛着寒光，月光下，马蹄声响起。秋风越来越急促，吹开衣襟袖口感觉到阵阵的寒意。

遥指犹似白玉京的所欢之居，望断仿佛黄金阙的情人之所。千里迢迢的征途何时才能结束？料想心上人此时一定在埋怨我，心情焦急吧！是时候考虑一下回去的时间了。再次见面的时候，我要握住她柔嫩的双手，幽会时我要依偎着她似香雪的肌肤。不要让鸳鸯被就如此被闲置了。

【赏析】

本词应当写于柳永游宦数年打算回到汴京时，其意义十分明显。推测本词应当写于远游第三年，即景德二年（1005 年）自湘回京程出陆北行将至汴京时。

上片写行役，"一声鸡"引出全篇，直接用鸡鸣来开篇，从听觉上打破了静悄悄的夜幕，也将读者引入其中，鸡一叫，又报五更已尽天破晓，让人仿佛也看到一丝晨光划破天际，视觉上似乎也有所感受。"秣马巾车催发"车马已经备好催人上路。"草草主人灯下别"在灯下匆匆与驿馆的主人道别。这些都写出了临行前的情形。之后词人将笔触着眼在路途之中所见之景，"山路险，新霜滑。瑶珂响、起栖乌，金镫冷、敲残月。渐西风紧，襟袖凄冽"讲述了山路崎岖险恶，初霜路滑。马佩的瑶珂叮当作响，惊起了栖息的飞鸟，金饰的脚踏寒冷，马蹄声疾敲打着残月余晖。渐渐秋风急促，吹开衣襟袖口感觉到阵阵的寒冷。"险""滑""响""冷"等字，又用"渐西风"渲染，让词人行役的凄冷跃然纸上，读之如同身临其中，仿佛感受到了肌肤上的凉意。

下片抒情。"遥指白玉京，望断黄金阙。还道何时行彻"，遥指犹似白玉京的所欢之居，望断仿佛黄金阙的情人之所，遥远的征程何时是尽头？写出了词人的思念之情。接下来，词人打破了这种思念，开始设想远方的佳人如何看待自己的离去。"算得佳人凝恨切。应念念，归时节。"料想佳人此时一定非常怨恨、非常急切吧。是应该想一想回归的时候了。之后词人又开始设想双方见面之后的场景，"相见了、执柔荑，幽会处、偎香雪。免鸳衾、两恁虚设。"见面之后，我要握住她那似柔荑的双手，幽会时我要依偎着她似香雪的肌肤。不要让鸳鸯被就这样两处虚设。

全词虚实相生，情景交融，叙事娓娓道来，感情真挚。

鹤冲天①（黄金榜上）

【原词】

黄金榜上②，偶失龙头望③。明代暂遗贤④，如何向⑤？未遂风云便⑥，争不恣狂荡⑦。何须论得丧？才子词人，自是白衣卿相⑧。

烟花巷陌⑨，依约丹青屏障⑩。幸有意中人，堪寻访。且恁偎红翠，风流事、平生畅。青春都一饷⑪。忍把浮名⑫，换了浅斟低唱！

【注释】

①《鹤冲天》：词牌名，柳永自制曲。《乐章集》注"正平调"。此调有小令、长调两种。小令起于唐人，长调起于柳永。此词为柳永大中祥符元年（1008 年）初试落榜之作。

②黄金榜：参加科举考试时中进士的榜单。用黄纸书写，故名。

③偶失龙头望：因为偶然的原因而没有考中。唐宋时将状元称为龙头。

④明代：政治开明的时代。

⑤如何向：今后该怎么办呢？

⑥未遂风云便：没能实现自己宏伟志向的机会。风云便，成龙化虎的机会。

⑦争不恣（zì）狂荡：怎不恣意放荡。争不，怎不，何不。

⑧白衣卿相：没有卿相头衔的卿相，这里是词人的自我嘲解。白衣，

即布衣，平民百姓。

⑨烟花巷陌：妓院。因妓女常常浓妆艳抹，所以常将妓院称为烟花之地。

⑩丹青屏障：画着鲜艳图画的屏风。

⑪一饷：一顿饭的时间，一会儿，片刻。

⑫浮名：这里指功名。

【译文】

在科举的榜单上，我偶然地失去了一次取得状元的机会。就算是在政治清明的时期，君王也可能会错失贤能之人，我今后该怎么办呢？既然没有得到重用，何不恣意放荡呢！何必为了功名利禄而忧心忡忡呢？做一个风流才子为歌妓谱写词章，就算是一介平民，也不输给公卿将相。

在歌妓居住的妓院里，有摆放着丹青画屏的绣房。幸运的是那里住着我的心上人，值得我细细地追寻。与她缠绵在一起，尽享风流时光，才是我这一生中最大的快乐。青春不过是片刻，我宁愿把功名换作手中浅浅的一杯酒和耳畔低徊婉转的歌唱。

【赏析】

本词采用夹叙夹议的形式，一改柳词善于铺叙的风格，抒发了词人在初次名落孙山之后的失意情绪。

整首词可以看成是柳永在落榜之后的一份牢骚。传闻，柳永善作俗词，而宋仁宗则颇好雅词。有一次，宋仁宗临轩放榜时想起柳永这首词中那句"忍把浮名，换了浅斟低唱"，就说道："且去浅斟低唱，何要浮名。"就这样黜落了他。从此，柳永便自称"奉旨填词柳三变"而长期流连于坊曲之间、花柳丛中，寻找生活的方向和精神的寄托。

上片开篇两句点明词人作这首词时的心境，正值"黄金榜上，偶失龙头望"时。对于词人而言，考科举求功名时，他并不把考上进士当成目标，而是视状元为掌中之物，因此认为自己落榜只是"偶然"，由此可见柳永狂傲自负的性格。他自称是"明代遗贤"讽刺仁宗朝虽号称是开明盛世，却做不到"野无遗贤"。既然"未遂风云便"，理想落空了，于是他就转向了另一个极端，"争不恣狂荡"，表示要做一个无拘无束的放荡之人。"才子词人，自是白衣卿相"，看似词人进一步陷入了自我陶醉之中，实际上则是词人的自我嘲讽。

下片"烟花巷陌，依约丹青屏障。幸有意中人，堪寻访。且恁偎红翠，风流事，平生畅。"是对"自是白衣卿相"的具体延续之言，是解嘲之后的自我排解与自我满足。柳永如此写，里面也难免掺杂着赌气的心理，也是一种抗争的方式。科举落第，让他产生了一种逆反心理，打算破罐子破摔，以求平衡。所以，他故意要造成惊世骇俗的效果以保持自己心理上的优势。柳永的"狂荡"之中仍然有着严肃的一面，狂荡以傲世，严肃以自律，这才是"才子词人""白衣卿相"的真面目。柳永把他内心深处的矛盾想法表达出来，也正说明了这次名落孙山给他带来的打击与苦恼。写到最后，柳永得出结论："青春都一饷。忍把浮名，换了浅斟低唱！"说青春稍纵即逝，怎么能白白浪费，为了所谓的功名来牺牲赏心乐事。所以，只要快乐就行，"浮名"算不了什么。

这首词在宋元时代有着重大的意义和反响。它正面提倡文人士者与统治者分离，而与歌妓等下层人民接近，有一定的思想进步性。

这首词乃词人早期之作，字里行间透露出了词人的放荡不羁，同时也暗暗地表明了他初次参与进士科考落第之后心中的不甘与不满，是一篇揭露了词人内心世界，同时也关系到词人后面生涯的一部关键作品。

如鱼水①（帝里疏散）

【原词】

帝里疏散②，数载酒萦花系③，九陌狂游④。良景对珍筵恼⑤，佳人自有风流。劝琼瓯⑥。绛唇启、歌发清幽⑦。被举措⑧、艺足才高，在处别得艳姬留⑨。

浮名利，拟拚休⑩。是非莫挂心头。富贵岂由人，时会高志须酬⑪。莫闲愁。共绿蚁、红粉相尤⑫。向绣幄⑬，醉倚芳姿睡，算除此外何求。

【注释】

①《如鱼水》：柳永自制曲，《乐章集》注"仙吕调"。此词当作于大中祥符五年第二次应试败北之时。

②帝里：指北宋京城汴京。疏散（sǎn）：疏放、散漫，不受拘束。谢灵运在《过白岸亭》中曾有句："未若长疏散，万事恒抱朴。"

③酒萦（yíng）花系：被美酒佳人所约束。

④九陌：汉代长安街有八街、九陌。后来泛指都城大路。狂游：纵情游逛。高启在《送张员外从军越上》中有诗句："刀头装得愿酬恩，知是狂游广州客。"

⑤良景：美景，好景。珍筵（yán）：丰盛、华丽的宴会。恼：撩拨。王

安石在《夜宜》中有句："春色恼人眠不得，月移花影上栏干。"

⑥琼瓯（ōu）：玉杯，这里代指美酒。

⑦绛（jiàng）唇：红唇。清幽：形容歌声清脆悦耳。

⑧举措：举出而安置之，这里有重视、抬举的意思。

⑨在处：到处，处处。张籍《赠别王侍御赴任陕州司马》："京城在处闲人少，惟共君行并马蹄。"别得：特别得到。

⑩拚（pàn）：舍弃。休：句末语气助词。

⑪时：时运。酬：实现。李频在《春日思归》中有句："壮志未酬三尺剑，故乡空隔万重山。"

⑫绿蚁：刚刚酿的酒，还没有滤清的时候，酒面会浮起酒渣，色微绿（即绿酒），细如蚁（即酒的泡沫），所以也被称为"绿蚁"。白居易在《问刘十九》中曾著："绿蚁新醅酒，红泥小火炉。"红粉：本指女子化妆用的胭脂与铅粉，后引申代指女子。相尤：这里有相得益彰的意思。尤，优异，突出。

⑬绣幄（wò）：绣花的帷帐。这里指女子的闺房。

【译文】

在汴京，多年来一直沉迷于花天酒地，在都城的大道闹市中纵情恣意。被良辰美景与珍馐以及佳人浑然天成的风韵所撩动。佳人朱唇轻启，一边唱着悦耳动听的歌声，一边不停地劝着美酒。我被抬举为多才多艺的人，所以走到哪里都能得到美女的青睐。

名利如同浮云，我打算将其舍去。是非不要挂在心头，富贵岂能听命于人，时运来的时候我的志向一定可以实现。不要无缘无故地忧愁，与佳人共醉相恋，醉后前往佳人华丽闺房与之相依而眠，想来也没有别的要求了。

【赏析】

柳永一生从未放弃追求功名，但每每遇挫，就沉迷于歌舞酒楼，通过一时的享乐来抚平自己内心的不甘与失落。本词便是一首反映柳永这种人生态度与心路历程的词。

词的上片写柳永在汴京无拘无束，花天酒地的生活，按照词意可以分为三层："帝里疏散"三句为第一层，简述了在帝都放荡不羁，"酒萦花系"的生活。宋太宗至道元年（公元995年），柳永自故里崇安来到汴京，一直到中进士之前，除了曾在宋真宗景德年间出游三年外，一直住在汴京。期间除了修行学业之外，常在歌妓酒馆中流连，大多数时候是以在妓女中填词讨润笔费为目的，但也不排除其浪荡的一面。因此这三句当为写实。接下来，"良景对珍筵恼"四句为第二层，有"良景"，

有"珍筵"，这些就是前面说的"酒萦"了，只有"酒萦"还不够，当然也要有"花系"，于是"佳人"出来"劝琼瓯"了，并且为了给饮酒助兴，又"绛唇启"，亮起了歌喉，歌声清脆悦耳。接下来，"被举措"二句为第三层，写此中的自己"艺足才高"，惹得"艳姬"分外青睐。

下片过片换头，词人虽直言"浮名利，拟拚休。是非莫挂心头"，要抛下功名利禄与是非，但是他却未能与凡尘脱离，因为他的才华是不肯轻易抛下的，所以加了一个"拟"字。接下来他又高唱"富贵岂由人，时会高志须酬。莫闲愁"，大似李白"长风破浪会有时""天生我才必有用"的气概。不过柳永没有李白那般张狂，他唱起这些高调显得有些底气不足，于是最后还是走向"绿蚁""红粉"的温柔乡中，进入"除此外"更"何求"的无奈境地。透过一个"算"字，我们可以猜想柳永曾经深思熟虑过种种其他活法，"算"的结果是路路难通，因此才不得不如此来活。这实在是柳永的无奈之举。

本词最难得的是，柳永愿意将一个真实的自己呈现在世人面前，我们也通过这首词更加深刻地认识到他的性格、生活、思想的一些重要侧面。

如鱼水^①（轻霭浮空）

【原词】

轻霭浮空^②，乱峰倒影，潋滟十里银塘^③。绕岸垂杨。红楼朱阁相望^④。芰荷香^⑤。双双戏、鸂鶒鸳鸯^⑥。乍雨过、兰芷汀洲^⑦，望中依约似潇湘^⑧。

风淡淡，水茫茫。动一片晴光。画舫相将^⑨。盈盈红粉清商^⑩。紫薇郎^⑪。修禊饮^⑫、且乐仙乡。更归去，遍历銮坡凤沼^⑬，此景也难忘。

【注释】

①《如鱼水》：词牌名，柳永于宝元元年（1038 年）正二月改官著作郎，授西京陵台令，既为清望之官，又为清闲之官，除四时祭祀及兼管永安县事者外（永安县还另有命官知县事），别无其他职守。吕夷简出判许州时，于宝元元年春视察颍州，柳永以陵台令之职也"追陪"至颍州，所以写了这首词赠与吕夷简。

②轻霭：淡淡的雾气。

③乱峰倒影，潋滟（liàn yàn）十里银塘：群山倒映在十里银塘中。颍州，位于今安徽阜阳，有西湖，长三里，广十里，十分符合词中所说的"潋滟十里银塘"的特点。银塘，古人常以金银名物，称池塘为金塘、银塘，柳永多喜称为银塘。

④相望：相对。

⑤荗（jì）荷：指菱叶与荷叶。

⑥鸂鶒（xī chì）：亦作" 鸂鶒 "。 水鸟名。形大于鸳鸯，而多紫色，好并游。俗称紫鸳鸯。

⑦兰芷汀（tīng）洲：水边陆地上长满了香草。兰、芷，指的都是香草。

⑧潇湘：潇水和湘水，均在湖南境内。这里指颍州（今安徽阜阳），阜阳有颍、汝二水与境内流入淮河，与潇、湘二水汇于零陵相似。

⑨相将：相共。

⑩盈盈红粉清商：姿态曼妙的女郎唱着歌曲。盈盈，姿态曼妙、美好。红粉，这里指妓女。清商，即《清商三调》，歌曲名，这里泛指歌曲。

⑪紫薇郎：即中书郎，全称为中书侍郎，位于中书令下，唐宋皆如此。

⑫修禊（xì）：古代民俗于农历三月上旬的巳日（ 三国魏以后始固定为三月初三）到水边嬉戏，以祓除不祥，称为修禊。按古人临水修禊不只行于春季三月，亦有行于秋季七月者，然以春禊为常。

⑬銮坡凤沼：翰林院与中书省。銮坡，即金銮破，唐时翰林院所在地。凤沼，即凤凰池，即中书院所在地。

【译文】

薄薄的雾气弥漫在天空中，群山倒映在十里银塘中。垂杨萦绕在湖边，红楼朱阁遥遥相望。随处都是菱叶与荷叶，一阵阵飘散着清香。鸂鶒鸳鸯成双成对地在池中嬉戏。一场雨后，水边陆地上长满了香草。青茫茫一片，看上去就像是我曾到过的美丽的潇湘。

淡淡的风儿，茫茫的湖水，一片阳光摇曳。一队队画船竞相追逐，船上美女如云，从船上传来了优美的管弦之声，这正是三月初三，您举办的修禊之饮，在仙乡行乐的景况。我相信您即便游历遍翰林院与中书省，这样的景色也会难忘。

【赏析】

本词描写了十里银塘的美丽景色，为一首投献词。

本词上片写景，"轻霭浮空，乱峰倒影，潋滟十里银塘。"三句总写了颍州西湖的美景，开头两句运用了对语，勾勒了一幅飘渺而壮丽的山水图。"绕岸垂杨。红楼朱阁相望。"从总观开始写局部，笔触落在了湖周围的景观上。"芰荷香。双双戏、鹦鹉鸳鸯。"这句又可以看出词人的关注点由静物转到了动态之物上，开始描写湖上的美禽。"乍雨过、兰芷汀洲，望中依约似潇湘。"这几句以潇湘为喻，写了雨过天晴之后的水中路上的景物。

上片的描写由大到小，由远到近，从白描到比喻，将颍州西湖的美景写得淋漓尽致，美不胜收。

下片词人开始写禊宴。"风淡淡，水茫茫。动一片晴光。"三句紧承上文，写了雨过天晴之后的湖上氛围。"画舫相将。盈盈红粉清商。"将视角投向了人的身上，写画舫的妓女在身旁劝酒、歌舞。"紫薇郎。修禊饮、且乐仙乡。"写了赠主与民修禊之乐。"更归去，遍历銮坡凤沼，此景也难忘。"总结全篇，既祝福赠主能够早日归朝，又赞颂了此时的欢乐景象，让人难忘。

柳初新①（东郊向晓星杓亚）

【原词】

东郊向晓星杓亚②。报帝里、春来也。柳抬烟眼③。花匀露脸④，渐觉绿娇红姹。妆点层台芳榭⑤。运神功、丹青无价⑥。

别有尧阶试罢⑦。新郎君、成行如画⑧。杏园风细⑨，桃花浪暖⑩，竞喜羽迁鳞化⑪。遍九陌、相将游冶⑫。骤香尘、宝鞍骄马⑬。

【注释】

①《柳初新》：柳永自制曲，以咏春而得名。《乐章集》注"大石调"。

②东郊：古时有迎春之俗，天子率朝臣迎春于东郊。向晓：黎明，天将要亮的时候。星杓（biāo）：指北斗星似杓柄的由玉衡、开阳、摇光三星所组成的那部分。亚：相对"冠"而言，指北斗星形似杓柄的三星居于其他四星之下，其他四星为冠，此三星即为亚，北斗星的此种排列形状是初春黎明时的排列形状。

③烟眼：柳树刚吐出的鹅黄色嫩芽，如灯笼中飘出的烟一般。眼，指柳树发芽之处的芽眼。

④花匀：本指女子均匀地在脸上涂抹胭脂水粉，这里指花朵犹如女人画过妆的脸蛋一般。露脸：指花瓣上沾满了露水。露，清晨的露水。

⑤层台芳榭（xiè）：高大而美丽的台榭。榭：建筑在高台之上类似凉亭

的敞屋。

⑥运神功：运用神奇的功力。神功，即"神工"，指大自然的创造力。丹青无价：指大自然创造出春天这幅无价的美丽图画。丹青，指图画，因为丹和青是中国古代绘画时最常用的两种颜料，因而就把图画称为丹青。无价，价值高昂到无法计算。

⑦别有：除此之外还有。尧阶：尧帝时古时的明君，备受人民爱戴，这里代指柳永所在朝代的皇帝，尧阶即指宋代皇宫里朝堂的台阶。试：殿试，举子经过笔试考中之后，还要经过皇帝的面试，称为殿试。

⑧新郎君：刚考中的进士，唐宋之时称新考中进士的人为新郎君。成行：指排列整齐。如画：人物俊美犹如画中之人。

⑨杏园风细：据《秦中岁时记》载："进士杏园初宴，谓之探花宴，差少俊二人为探花使。遍游名园，若他人先折花，二使皆被罚。"杏园，本为唐朝的御用园林的名称，其故址在今西安市郊大雁塔南，为新进士宴游之地，因而后世常以杏园游宴喻进士及第，此处以杏园指代宋朝的御用园林琼林苑。

⑩桃花：指琼林苑内的桃花。浪暖：微风吹动桃枝，因桃枝的颤动，桃花就犹如波浪一样上下翻动，又因桃花为粉红色，属暖色，因此称浪暖。

⑪竞喜：指杏园内的微风和桃浪都很高兴欢喜，是拟人写法。羽迁：本指人修道成仙，飞升天宫，此指新进士由平民百姓成为有功名的人。鳞化：本指鱼跃龙门而成龙，此亦指新进士由平民百姓一跃而为有功名的人。

⑫遍九陌：京城里的所有街道。九陌，汉长安街中有八街九陌，后来便用九陌指京城大道。相将：相互结伴。游冶（yě）：出游寻乐。

⑬骤：马奔驰。香尘：芳香的尘土。宝鞍骄马：指装饰豪华的骏马。

【译文】

东郊渐进拂晓，北斗星柄斗低垂，告知京城的人们，春天到了。柳树已经吐出了新绿，如灯笼中冒出的缕缕细烟一般；花朵噙着清晨的露珠迎风绽放，整个大地由于春天的到来而姹紫嫣红，处处生机勃勃。春天里花草树木郁郁葱葱，把高大的台榭装点得格外美丽动人。大自然的鬼斧神功，创造了这如画一般的绚丽多彩、充满生机的美好季节。

选中的进士们，列队走出考场，那景象就是一幅图画。御花园里微风习习，桃花浪暖，仿佛在庆祝新科进士们如鲤鱼跃入龙门一步登天。新科进士游遍了京都的大街小巷。他们骑马飞驰，在京城街区卷起了一路香尘。

【赏析】

这首词当写于柳永于景祐元年（1034 年）中进士时。

词的上片描绘了京城内外初春的如画景色。开篇两句先点明了京城迎来了春天。"东郊向晓星杓亚"，北斗星星柄低垂，是初春到来的迹象。之后一句"报帝里、春来也"让整幅画面变得生动起来，通过人们的活动来将"春来了"这一消息进行传递，仿佛春天也有了生命。句中语气词"也"，用得十分精到，洋溢着掩饰不住的喜气。之后四句转入写景，将春天到了这一现象通过特写的手法呈现在读者面前。"柳抬烟眼""花匀露脸"，清晨，柳树在蒙蒙的雾气中露出了新芽，美丽的花朵以露水洗脸装扮。这两句拟人化的描写，让我们仿佛置身其中，可以感受到那种春风拂面，春暖花开的美景。接下来一句中的"渐"字生动地写出了时间的推移。太阳升起了，雾气散去了，这时候再看一看春柳、春花，更觉得娇嫩欲滴，花更红、柳更绿。绿柳红花"妆点层台芳榭"，将层层台榭装扮得更加美丽。面对如此动人的景色，词人不禁发出了"运神功、丹青无价"的感叹，正是大自然的鬼斧神工，才创造出如画一样的春天。

　　词的下片写新进士宴游场面。过片以"别有"二字开端，自然过渡到下片。在风景如画的春日里，"新郎君"们出场了，他们骑在马上，整齐地排成一行，个个风度俊美，气宇轩昂，如同画里面的人一般。写到这里，人美、景美，相得益彰。"杏园风细"三句，又是用拟人化的手法，写汴京琼林苑内微风习习，河水猛涨，仿佛在为这些人高中而高兴。而喜得功名的新进士们，更难掩内心的喜悦之情，"遍九陌、相将游冶。骤香尘、宝鞍骄马"。出了琼林苑后，又结伴在京城内策马奔驰，各处游玩，所到之处扬起了阵阵香尘。词的下片把登第者的得意情态描写得淋漓尽致。

　　这首词以初春气象来表达内心的喜悦，颇为传神。整首词又宛如一幅画面极生动的新进士宴游图，给人留下了深刻的印象。

　　如果此词写于柳永进士及第之年，那时柳永已经不再是一个春风得意的翩翩少年郎，透过这首词光华绚烂的外表，似乎可以品味到历经二十余年的科考生涯，那隐藏于作者内心深处的苦涩。如果再联系柳永中进士后那惨淡的仕途，则此词中的欢乐就显得更为可悲可叹了。

满朝欢①（花隔铜壶）

【原词】

花隔铜壶②，露晞金掌③，都门十二清晓④。帝里风光烂漫⑤，偏爱春杪⑥。烟轻昼永，引莺啭上林⑦，鱼游灵沼⑧。巷陌乍晴，香尘染惹，垂杨芳草。

因念秦楼彩凤，楚观朝云⑨，往昔曾迷歌笑。别来岁久，偶忆欢盟重到。人面桃花，未知何处，但掩朱扉悄悄⑩。尽日伫立无言，赢得凄凉怀抱⑪。

【注释】

①《满朝欢》：词牌名，柳永自制曲，取满朝欢乐之意。《乐章集》注"大石调"。柳永之后再无人填此曲。

②花隔：隔夜之花，也就是朝花。铜壶：即"漏壶"，古时一种铜质的壶型计时器。

③露晞金掌：日出之后，铜铸的仙人承露盘上的露水也慢慢干了。典出《三辅黄图》："汉武帝以铜作承露盘，高二十丈，七围，上有仙人掌，承露，和玉屑，欲以求仙也。"晞，干。金掌，铜铸的仙人掌，擎盘以承甘露。

④清晓：清晨、破晓。

⑤帝里：指京都，这里指的是汴京。

⑥春杪（miǎo）：春末。杪，尽头，多指岁月或季节的末尾。

⑦莺啭（zhuàn）：黄莺婉转而鸣。上林：上林苑。

⑧灵沼：周时的池沼，在长安二十里处。这里指宋琼林苑中的金明池。

⑨因念秦楼彩凤，楚观朝云：是说想念中的心上人。秦楼、楚观，均为妓女住所。彩凤、朝云，都指的是美人。秦楼彩凤，典出《列仙传》："萧史者，秦穆公时人也，善吹箫，能致孔雀白鹤于庭。穆公有女字弄玉，好之。公遂以女妻焉，日数弄玉作凤鸣，居数年，吹似凤声，凤凰来止其屋。公为作凤台。夫归止其上，不下数年，一旦皆偕随凤凰飞去。"楚观朝云，典出《神女赋》："楚襄王与宋玉游于云梦之浦，使玉赋高唐之事。其夜王寝，梦与神女遇，其状甚丽。"

⑩人面桃花，未知何处，但掩朱扉悄悄：感叹时光飞逝，物是人非。典出《本事诗》：崔护清明日，独游都城南，得居人庄，一亩之宫，而花木丛萃，寂若无人。扣门久之，有女子自门隙窥之，问曰："谁耶？"以姓字对，曰："寻春独行，酒渴求饮。"女入，以杯水至，开门，设床命坐。独倚小桃斜柯伫立，而意属殊厚。妖姿媚态，绰有余妍。崔以言挑之，不对，目注者久之。崔辞去，送至门，如不胜情而入。崔亦眷盼而归，嗣后绝不复至。及来岁清明日，忽思之，情不可抑，径往寻之。门墙如故，而已锁扃之。因题诗于左扉曰："去年今日此山中，人面桃花相映红。人面不知何处去，桃花依旧笑春风。"

⑪赢得：落得。

【译文】

美好的光阴在滴漏中消逝，金掌中的露珠也已经晒干，这便是京都十二门的清晨。都城春色烂漫，使人偏爱。轻烟在漫长的白天飘动着，引得黄莺在上林苑婉转歌鸣，鱼儿在清澈的池沼中游弋。街巷天气初晴，尘土中透着芳香，街巷两旁垂杨芳草。

如此美景，让我想起了秦楼楚馆里那些漂亮的姑娘（歌妓），忆起了过去美好的时光，我曾与她们在一起，我曾贪恋她们的欢歌笑语。然而我已经离开都城这么多年，如今依然会不时想起当年欢爱时的山盟海誓，想要回到这里。当年那些人呀，如今已经不知身在何处了，只能看见半掩的红色门扉。面对这一切，我只有站在那里沉默无言，独剩自己一人凄凉。

【赏析】

纵观整首词，乃词人出仕之后再回汴京，寻找当年的红粉知己时所作。柳永出仕后再回汴京为官，仅庆历元年至二

年两年，因此猜测应当为庆历元年（1041 年）刚刚回汴京为官时。柳永在汴京时有红粉知己数人，其中与名虫虫者感情甚笃，这首词中所说的人去楼空的人，当为虫虫。

本词上片写景，层次分明，重点突出。"花隔铜壶，露晞金掌，都门十二清晓。"三句写汴京清晨时分的景色。"帝里风光烂漫，偏爱春杪。"这两句写春末的美好，也点明词人最喜欢的便是春末。"烟轻昼永，引莺啭上林，鱼游灵沼"三句写出了春末的各种美好景色，突出禁苑灵沼。"巷陌乍晴，香尘染惹，垂杨芳草"写出了汴京晴天的时候可以看到的种种美好景色。上片的景色描写节奏欢快，可以从侧面了解到词人当时心情不错，兴致高昂。

下片追忆旧日之欢，感慨物是人非。"因念秦楼彩凤，楚观朝云，往昔曾迷歌笑"三句，词人笔锋一转，开始追忆旧日之欢。"别来岁久，偶忆欢盟重到。"这两句则揭示了词人回忆过往的原因。原来词人久别重回往日欢愉之地。"人面桃花，未知何处，但掩朱扉悄悄。"这三句引用崔护的典故，来写明时移事异，物是人非。"尽日伫立无言，赢得凄凉怀抱"二句抒发了词人凄凉、孤寂的情绪。

上片之美景与下片之凄凉形成了鲜明的反差，让读者更能感受到词人情绪的变化。

破阵乐①（露花倒影）

【原词】

露花倒影②，烟芜蘸碧③，灵沼波暖。金柳摇风树树④，系彩舫龙舟遥岸⑤。千步虹桥⑥，参差雁齿⑦，直趋水殿⑧。绕金堤⑨、曼衍鱼龙戏，簇娇春罗绮⑩，喧天丝管⑪。霁色荣光⑫，望中似睹，蓬莱清浅⑬。

时见⑭。凤辇宸游⑮，鸾觞禊饮⑯，临翠水、开镐宴⑰。两两轻舠飞画楫⑱，竞夺锦标霞烂⑲。馨欢娱⑳，歌鱼藻㉑，徘徊宛转。别有盈盈游女，各委明珠㉒，争收翠羽，相将归远。渐觉云海沉沉㉓，洞天日晚㉔。

【注释】

①《破阵乐》：词牌名，原唐教坊曲名，《宋史·乐志》注"正宫调"，《乐章集》注"林钟商"。此调有数体，以柳词为正体。

②露花倒影：带着露水的花在水中映出了倒影。

③烟芜（wú）蘸（zhàn）碧：笼罩在薄雾中的青草，紧挨着池中的碧水。灵沼：这里指的是琼林苑，宋朝琼林苑中有金明池，池在顺天门街北，周围约九里三十步。

④金柳：垂柳呈现出一片金黄色。

⑤系彩舫龙舟遥岸：远远望去，对岸系着供皇帝乘坐的龙舟与准备供戏游的彩船。

⑥千步虹桥：长长的拱桥。古人以步为度量单位，一步为五尺。虹桥，拱桥。

⑦参差雁齿：拱桥上的台阶高低排列如雁齿般整齐。雁齿，比喻整齐之物。

⑧水殿：在水中建造的亭殿，金明池有水殿。

⑨金堤：种植着柳树的堤。

⑩簇娇春：聚集着一群穿着娇艳来闹春的美女。罗绮：指丝绸衣裳。

⑪喧天丝管：音乐声喧天。

⑫霁（jì）色荣光：天气晴朗，花木沐浴在春风中光泽鲜亮。荣光：花木的光泽。

⑬蓬莱：指蓬莱池，在陕西长安县东蓬莱宫附近。蓬莱宫，唐宫名，原名大明宫，高宗时改为蓬莱宫。清浅：水浅而清澈。此处为偏义，指清澈。

⑭时见：意谓突然看见，不期然而看见。

⑮凤辇（niǎn）宸（chén）游：指的是皇帝出游。凤辇，皇帝所乘坐的车。宸（chén），北极星所在为宸，皇帝如北极之尊，故后借用为皇帝所居，又引申为皇帝的代称。

⑯鸾觞禊饮（luán shāng xì yǐn）：举杯与群臣共饮禊宴酒。鸾觞，刻有龙鸟花纹的酒杯。禊饮，祓禊之后的饮宴。

⑰翠水：清莹的水。镐（gǎo）宴：即天下太平，君臣同乐戢（jí）御宴。《诗经·小雅·鱼藻》："王在镐，其乐饮酒。"郑杰笺："天下平安，万物得其性。武王何所处乎？处于镐京，乐八音之乐，与群臣饮酒而已。"后以"镐宴""镐饮"代指天下太平，君臣同乐。此指皇帝宴群僚的禊宴。

⑱舠（dāo）：形状像刀一样的小船。

⑲竞夺锦标霞烂：夺锦标之戏的场面，就像彩霞般烂漫。

⑳罄（qìng）欢娱：尽情欢娱。

㉑《鱼藻》：出自《诗经》中歌颂武王的诗篇。《诗序》曰："王居镐京，特不能以自乐，故君子思古之武王焉。"

㉒各委明珠，争收翠羽：游女各自争夺以明珠为信物遗赠所欢，以翠鸟的羽毛作为自己的修饰。委，委佩，委垂。翠羽，翠鸟的羽毛，可作饰物。

㉓云海沉沉：广阔高远的天空逐渐暗了下来。云海，指广阔高远的天空。

㉔洞天：道教称神仙居处，意谓洞中别有天地。后泛指风景胜地。

【译文】

带着露珠的花朵在水中映出了倒影，笼罩在薄雾中的青草，紧挨着池中的碧水。金明池的水波荡漾出丝丝暖意。岸边的垂柳呈现出一片金黄，在风中摇曳，远远望去，对岸停靠着供皇帝乘坐的龙舟以及准备供戏游的彩船。长长的拱桥，台柱如雁齿般整齐地高低排列着，一直延伸到水殿。在栽满了柳树的堤岸旁边，正在演出曼衍鱼龙百戏。那里聚集着一群穿着娇艳来闹春的美女，管乐声喧天。天气晴朗，花草树木都沐浴在春风之中，色彩绚丽；一眼望去，金明池如同唐代的蓬莱池水一般清澈。

不时还能瞻仰到皇帝乘坐御用车驾来此处巡游的景况，举杯与群臣共饮禊宴酒。在清澈的池水边，大摆御宴。池面上，龙舟竞渡已经开始，两两轻快的小船飞快地划动双桨，争先恐后去争夺那如彩霞般烂漫的标竿。游人尽情欢娱，歌颂《鱼藻》佳曲，乐声婉转动听。游女各自争夺以明珠为信物遗赠所欢，以翠鸟的羽毛作为自己的修饰，慢慢散去。傍晚白云弥漫空际，广阔深邃，池上巍峨精巧的殿台楼阁渐渐被笼罩在一片昏暗的暮色之中，如同神仙所居的洞府。

【赏析】

这首词描写了君臣士庶游览观赏汴京金明池的盛况。

上片，以"露花倒影，烟芜蘸碧，灵沼波暖"三个四字句开头，为读者描绘了金明池让人流连忘返的美景——含露的鲜花在池中倒映出清晰的倒影，烟雾朦胧的草地一直延伸到碧绿的池边，池水暖洋洋的。通过"露花""烟芜"和"波暖"这些景致，将一个阳光和熙的春日晨光之景呈现在人们面前。"倒影""蘸碧"和"灵沼"，则让读者感受到了池水的清澈明净和广阔，这三句不仅写景如画，而且让人仿佛置身其中。"山抹微云秦学士，露花倒影柳屯田"，这是苏轼的赞语（叶梦得《避暑录话》），可见此词的开头何等地脍炙人口。"金柳摇风树树，系彩舫龙舟遥岸"，这两句继续写金明池周围的景色——岸边垂柳摇曳的树上系有许多装饰华丽的彩舟龙船，颇为好看。然后又开始写金明池上的拱桥："千步虹桥，参差雁齿，直趋水殿。"词句所云，不仅写实，也将拱桥凌波而起，雄跨池上，直通水殿的气势写活了。"绕金堤"四句着重描写了金明池上游乐场面。"曼衍鱼龙戏"写上演的百戏花样繁多，变化莫测；"簇娇春罗绮，喧天丝管"，突出美女成群，一片歌舞升平的景象，虽为实写，却也写得绘声绘色，历历在目。上片结语说："霁色荣光，望中似睹，蓬莱清浅。"是此前现实描写的升华葛洪《神仙传》记麻姑语云："向到蓬莱，水又浅于往者，会时略半也。"词语本此。词人运用丰富想象进入仙境，但见景色晴明，云气泛彩，好似海中的蓬莱仙山。

下片以"时见"二字突兀而起。"凤辇宸游"描写了皇帝驾临金明池并与群臣共宴的景象，之后又写了君臣一同观看竞渡夺标。词中"两两轻舠飞画楫，竞夺锦标霞烂"两句，生动地将龙舟双桨飞举，奋力夺标的情形刻画出来。笔法自然灵活，让人印象深刻。"馨欢娱"三句则写了群臣歌颂赞美天子的诗歌的盛况，有一点歌功颂德的味道。

"别有盈盈游女，各委明珠，争收翠羽，相将归远"四句，由写皇帝临幸而转入叙士庶游赏情景。其中"各委"二句化用曹植《洛神赋》之典，是说游女各自争夺以明珠为信物遗赠所欢，以翠鸟的羽毛作为自己的修饰，形容其游春情态十分传神。"相将归远"，相偕兴尽而散。这一层描述，意味深长。"渐觉云海沈沈，洞天日晚"以想象中的仙境结束下片：傍晚白云弥漫空际，广阔深邃，池上巍峨精巧的殿台楼阁渐渐笼罩一片昏暗的暮色之中，仿佛如同神仙所居的洞府，从而把汴京金明池上繁华景色的赞颂推到了顶点。

全词以写晨景开始，以写晚景结束，完整地描绘了金明池一天游览的情况，读者可以跟随词人的笔触，了解这一日间词人所见之景，所叙之事。本词前后连贯，首尾照应，充分体现了柳词"层层铺叙，情景兼融，一笔到底，始终不懈"（夏敬观《手评乐章集》）和"音律谐婉，语意妥帖，承平气象，形容曲尽"（《直斋书录解题》）的特点。

送征衣①（过韶阳）

【原词】

过韶阳②，璇枢电绕③，华渚虹流④，运应千载会昌⑤。罄寰宇⑥、荐殊祥⑦。吾皇。诞弥月⑧，瑶图缵庆⑨，玉叶腾芳⑩。并景贶⑪、三灵眷祐，挺英哲⑫、掩前王⑬。遇年年、嘉节清和⑭，颁率土称觞⑮。

无间要荒华夏⑯，尽万里、走梯航⑰。彤庭舜张大乐⑱，禹会群方。臚行⑲。望上国⑳，山呼鳌抃㉑，遥爇炉香㉒。竟就日㉓、瞻云献寿㉔，指南山、等无疆。愿巍巍㉕、宝历鸿基㉖，齐天地遥长。

【注释】

①《送征衣》：词牌名，柳永《乐章集》注"中吕宫"。

②过韶阳：美好的春天才刚过去。韶，美好；阳，温暖，指春天。

③璇（xuán）枢电绕：璇是北斗七星第二星，枢为第一星，这里代指北斗七星；电绕，电光环绕。古人认为电绕北斗星的异常天象是祥瑞的征兆，传说黄帝降生的时候，曾经电光绕北斗。这里是说仁宗皇帝如同黄帝轩辕氏一样，感召祥瑞而生。

④华渚（zhǔ）虹流：华渚，古代传说中的地名；虹流，像流动的长虹。传说有星如虹，流于华渚，则少昊生。

⑤运：时运，国运。

⑥磬（qìng）：一种容器，这里指尽。环宇：整个宇宙。

⑦荐：进献。

⑧诞弥月：足月出生。

⑨瑶图：指天空上出现的美好图画。缵（zuǎn）：继续。

⑩玉叶：这里指皇室子孙。腾芳：散发的淡淡香气。这里指人的才华横溢。

⑪景贶（kuàng）：即贶景，上天赐予的奇异美景。

⑫挺：突出。

⑬掩：掩盖。

⑭清和：农历四月的别称。白居易在《初夏闲吟兼呈韦宾客》中有句："孟夏清和月，东都闲散官。"

⑮率土：普天之下的土地。《诗·小雅·北山》："率土之滨，莫非王臣。"称觞：举杯庆祝。

⑯无间：没有间隔，这里指关系亲密，没有隔阂。要荒，偏远的荒芜之地。张衡《东京赋》："藩国奉聘，要荒来质。"

⑰梯航：梯山航海，比喻长途跋涉、历经险阻的旅程。

⑱彤庭：皇宫大殿，汉代皇宫的中庭都漆成红色，称彤庭，后泛指皇宫。班固《西京赋》："于是玄墀扣砌，玉阶彤庭。"舜张大乐：像舜那样举行盛大宴会。

⑲鹓（yuān）行：比喻朝臣上朝时序列井然的样子。鹓，传说中与鸾凤同类的鸟，其飞行序列井然。

⑳上国：宋代之时，宋朝的附属国人把宋朝称为上国。

㉑山呼：旧时臣子对君主祝颂的礼节，指臣子向君主三叩头，每叩一头喊一声万岁，第三次叩头则喊万岁万万岁，称为山呼。抃（biàn）：鼓掌。

㉒爇（ruò）：点燃。

㉓就日：古时人们将皇帝比作太阳，就日就是接近皇帝。

㉔瞻云：仰视，把宋仁宗比作高立于云端之上的神。

㉕巍巍：高大的样子。

㉖宝历：指国祚，一个王朝理论上应该维持的时间。鸿基：伟大的基业。

【译文】

美好的春天才刚过去，便天降瑞兆电光环绕北斗，星如虹流于华渚，国运必将千载昌盛。全天下都呈现出了祥瑞之兆。这时，我皇足十月而出生，皇图有继，喜事连连，普天同庆。金枝玉叶芬芳，五色云气升腾，并赐予祥瑞的天、地、人之灵眷顾，保佑皇子超英哲，盖前王。每逢皇子诞辰的清明佳节，颁布赏赐，让全天下的人为他举杯祝福。

不论身处荒远边境还是华夏中原，都不远万里翻山渡海而来。大家聚在朝廷之内奏起象征教平音和、君圣臣贤的舜之"韶"乐，像大禹一样聚齐了各路诸侯。朝班如鸂鹭井然有序。附属国仰望宗主国的皇帝，如山之欢呼，鳌之鼓舞。远远地爇起香炉。我皇犹如尧帝，其仁如天，其知如神。就之如日，望之如云。仰望祝寿：祝我皇寿比南山，万寿无疆。愿崇高的皇位和帝王基业，和天地一般长久！

【赏析】

这是柳永为宋仁宗祝寿而写的一首词。本词引经据典，将《诗经》《史记》《汉书》《宋书》等书中溢美之词统统堆砌在里面，把仁宗的诞生与黄帝轩辕氏、颛顼高阳氏的诞生等而视之，极尽讨好之事。据考，柳永恰当仁宗亲政之第一年及第的，其受仁宗沾溉则无疑，三年之后，柳永写了这首词。由此可推知，柳永因所谓"薄于操行"，常作"浮艳淫冶"之词而被"深斥"不第，决其事者应当为章献刘皇后而非仁宗。千年冤屈，柳永洗之。

仁宗生于大中祥符三年（1010 年）四月十四日，当时已是初夏，所以首句以"过韶阳"开始。本词开篇五句极尽称赞之言，赞颂仁宗应祥瑞之兆而生，这里多用典故，分别以古圣王黄帝、少昊、后稷比附当朝天子宋仁宗，赞颂仁宗的诞生可以使江山昌盛，普天同庆。"并景贶、三灵眷佑，挺英哲、掩前王"数句，词意更深一层，赞颂天帝对百姓格外怜悯，使当今圣上可以得到天、地、人三界神灵的保佑与帮助，君主开明，超越了前代的君王。

下片承接上片赞颂之语，层层铺叙说明政治清明，百姓和乐，描写朝野上下，为仁宗祝寿一片祥和的场面。首三句写使臣无论远近，都航海越山而来。"彤庭"二句写朝廷款待使者。"鹓行"四句写使臣为仁宗祝寿。"竟就日"三句写臣下祝寿。"愿巍巍"二句祝仁宗万寿无疆，收束全篇。

在写法上，本词引用典故颇多，辞藻雍容华贵，极尽铺陈之能事。但因受祝寿颂圣题材的限制，带有浓厚的"应制"色彩，所以多歌功颂圣之语，但见学问，少有性情，属于柳永词中的"别调"。

少年游①（参差烟树灞陵桥）

【原词】

参差烟树灞陵桥②，风物尽前朝③。衰杨古柳，几经攀折④，憔悴楚宫腰⑤。

夕阳闲淡秋光老⑥，离思满蘅皋⑦。一曲阳关⑧，断肠声尽，独自凭兰桡⑨。

【注释】

①《少年游》：词牌名，因词中有"长似少年时"而得名。《乐章集》注"林钟商"。

②灞（bà）陵桥：即灞桥，在长安东（今陕西西安）。古人送客至此，折杨柳枝赠别。参差：长短、高低不齐。这里形容杨柳树高低错落。

③风物：风光和景物。

④"衰杨"两句：古老而衰飒的杨柳，不知道经过了多少攀折。

⑤楚宫腰：以楚腰喻柳。楚灵王好细腰，后人故谓细腰为楚腰。

⑥秋光老：深秋。

⑦蘅皋（héng gāo）：长满杜蘅的水边陆地。蘅，即杜蘅，一种香草。

⑧阳关：王维之诗《渭城曲》翻入乐内《阳关三曲》，为古人送别之曲。

⑨兰桡（ráo）：桡即船桨，兰桡指代船。

【译文】

杨柳树高低错落地如烟一般掩映着灞陵桥。这里的风光与景物还如同前朝一般。衰败古杨柳，不知经过了多少次攀折，如今已经憔悴得如同楚宫中女子的细腰。

夕阳悠闲照大地，秋光逐渐退去，离别的忧思如蘅草铺满江岸望不尽。一首送别阳关曲，曲尽人肠断，独留我一人久久地倚靠着船栏杆。

【赏析】

此词为柳词中的名篇，历来为词家所称道。本词乃柳永在长安漫游之时一时兴起所写的怀古伤今之作。

上片写景怀古，所写乃词人坐船离开长安之时所见的景色。"参差"二句，开门见山，直截了当地描写景色。回首遥望长安、灞桥一带，参差的柳树笼罩在迷雾之中。风景与汉、唐时代别无二致。词人触景生情，思绪万千。

135

"衰杨"三句，进一步写灞桥风物的沧桑之变，既"古"且"衰"的杨柳，几经攀折，那婀娜多姿的细腰早已憔悴不堪了。这里词人将柳枝比喻成细腰，不仅形象生动，而且也增强了表达效果。上片通过描绘眼中景、心中事、事中情的顿挫，写出了词人伤别中的怀古，及怀古心中的伤今。

下片因怀古而抒发离情。"夕阳"句，点明离别之时正值深秋傍晚，一抹残阳斜照着古城烟柳。为写离情渲染了环境。词人连用三个形容词"闲""淡""老"，将"夕阳"的凋残之感描写得淋漓尽致，"秋光"更是"老"而不振，萧条孤寂的环境，让人难以振作精神，衰败的景物与词人的心情交叉在一起，让他更加惆怅。"离思"句写了离思之多、之密，如长满杜蘅的郊野。然后以"阳关曲"和"断肠声"相呼应，烘托出苍凉孤寂的氛围。结句"独自凭兰桡"，以词人独自倚在画船船舷上的画面为全篇画上句号，透露出一种孤寂难耐的情怀。

本词由景入情，词人将自己的心情透过富有深意的景物表露出来，透过景物的描写表现出词人感情的波澜，虚实相生，情景交融，描写恰到好处，意境深远。

少年游（长安古道马迟迟）

【原词】

长安古道马迟迟①，高柳乱蝉嘶②。夕阳鸟外③，秋风原上④，目断四天垂⑤。

归云一去无踪迹⑥，何处是前期⑦？狎兴生疏⑧，酒徒萧索⑨，不似少年时⑩。

【注释】

①长安古道：汉、唐旧都长安的古老街道。马迟迟：马慢慢前行的样子。

②高柳：北方高大的旱柳，枝上挺，与垂柳不同。乱蝉嘶：一作"乱蝉栖"。寒蝉栖无定所，鸣声杂乱。

③鸟：又作"岛"，指河流中的洲岛。

④原上：白鹿原上，白鹿原位于陕西长安东，地形开阔。

⑤目断：极目望到尽头。四天垂：天的四周夜幕垂下。

⑥归云：飘逝的云彩。这里指的是离去的美人。

⑦前期：对未来的设想、打算。

⑧狎（xiá）兴：游乐的兴致。狎，亲昵而轻佻。

⑨酒徒：酒友。萧索：零散，稀少，冷落，寂寞。

⑩少年时：又作"去年时"，虚指过去。

【译文】

我在长安古道上骑马慢行，秋蝉在高高的柳树上不停地嘶鸣。夕阳在河流中的洲岛处慢慢沉落，旷野荒原之上秋风习习，极目远眺，看到四周的夜幕慢慢垂下。

离开的美人一走便没有了消息，过去对未来的承诺和约定到哪里去追寻？寻欢作乐的兴致早已淡漠，那些一起喝酒的朋友也散去，再也不像少年之时狂放不羁。

【赏析】

这首词，将"秋士易感"的失志之悲写得淋漓尽致，乃柳永的代表作之一。柳永对于仕途的追求其实是矛盾的，他一边希望自己的才华得以施展，另一面又天生爱自由，向往自由自在的浪漫生活。当他早年不得志之时，看似是通过"浅斟低唱"来表达自己的不满，其实也是借此来加以排遣。而当他年华老去之后，则对于冶游之事已经失去了当年的意兴，所以在不得志之时，又增添了一种失去了寄托的感慨。

上片以"长安古道马迟迟，高柳乱蝉嘶"开篇，营造了一种浓厚肃穆的氛围，在长安古道上骑着瘦马慢慢地走着，高高的柳树上秋蝉胡乱地嘶鸣着。"长安"原为中国历史上著名的古都，前代诗人往往以"长安"借指首都所在之地，而长安古道上来往的车马，往往也被借指为对于追逐名利的一种象征。不过柳永却反其道而行之，只"迟迟"而行，似乎对那份功名利禄并无太大兴趣。秋蝉的嘶鸣则平添了一种独特的凄凉之美，"蝉嘶"之上还加了一个"乱"字，不仅表现了秋蝉声的缭乱众多，也表现了被蝉嘶而引起哀感的词人之心情的杂乱。至于"高柳"二字，一则表示了蝉嘶所在之地，再则以"高"字表现了"柳"之零落萧疏，是因其低垂的浓枝密叶已经凋零，所以才显得树高。"夕阳鸟外，秋风原上，目断四天垂"三句是说，夕阳西下之时，秋风在原野上肆意地吹着，举目远望，看见天幕从四方垂下。写出了秋日词人所见郊外之萧瑟的景象。

下片依然从写景开始，借景抒情，"归云一去无踪迹，何处是前期？"归去的云一去便难以寻觅踪迹，明天的期待又在哪里呢？词人借写云朵的飘忽不定、不知前路，来表达自己如今居无定所与前景不知何处的感慨。"狎兴生疏，酒徒萧索，不似少年时。"这最后三句是说，冶游饮宴的兴致已经衰减，曾经的酒友也寥寥无几，自己也不似当年那般年轻。末三句写自己今日的寂寥落寞，志向和意愿一无所成，岁月流逝，只剩下"不似少年时"的悲哀和叹息。

本词上片由写景开始，借景抒情，来表达自己的悲叹。下片以"归云"为喻象，写一切期望之落空，最后三句感慨年华老去，一事无成。全词情景相生，虚实互应，是一首极能表现柳永一生之悲剧而艺术造诣又极高的好词。

曲玉管①（陇首云飞）

【原词】

陇首云飞②，江边日晚，烟波满目凭阑久③。一望关河④萧索，千里清秋，忍凝眸⑤？

杳杳神京⑥，盈盈仙子⑦，别来锦字终难偶⑧。断雁无凭⑨，冉冉飞下汀洲⑩，思悠悠⑪。

暗想当初，有多少、幽欢佳会，岂知聚散难期，翻成雨恨云愁⑫？阻追游⑬。每登山临水，惹起平生心事，一场消黯⑭，永日无言⑮，却下层楼⑯。

【注释】

①《曲玉管》：词牌名，原唐教坊曲名，《乐章集》注"大石调"。此调仅柳永一人，后再无填此调者。凡长调、中调的第一段与第二段的句数、字数相同，谓之"双拽头"。此调分为三片，即为双拽头。本词写于庆历三年秋，柳永赴成都途经关陇之时。

②陇首：即陇首山。

③凭阑：倚靠着楼台的栏杆。阑，同"栏"，栏杆。

④关河：指函谷关与黄河。

⑤忍：如何承受。凝眸：目光凝聚在一起。

⑥杳（yǎo）杳：遥远渺茫。神京：帝京，京都，这里指汴京（今开封）。

⑦盈盈：形容女子娇媚可爱的神态。仙子：比喻美女，这里指词人所爱的歌女。

⑧锦字：又称织锦回文。事见《晋书·窦滔妻苏氏传》，云"窦滔妻苏氏，始平人也。名蕙，字若兰。善属文。滔，符坚时为秦州刺史，被徙流沙。苏氏思之，织锦为回文旋图诗以赠滔，宛转循环以读之，词甚凄惋，凡八百四十字"。后用以指妻寄夫之书信。难偶：难以相遇。

⑨断雁：鸿雁传书，这里指鸿雁没有担负起传递书信的任务。

⑩冉冉：慢慢，渐渐。汀：水中或水边之平地。

⑪思悠悠：深深的思念之情。

⑫雨恨云愁：指两人无法在一起，故而心中布满愁云。

⑬阻追游：被某种力量阻碍而不能自由追寻自己的所爱。

⑭消黯：黯然销魂。

⑮永日：终日。

⑯却下层楼：只得无精打采地走下高楼。

【译文】

陇首山上，黄昏的云彩纷飞，夜晚的江边暮色沉沉。烟波万里，我久久倚靠着栏杆望去，只见山河萧瑟冷清，清秋时节处处透着凄凉，让人心中不禁难受。

在千里迢迢之外的京城里，有一位娇媚可爱的如仙佳人。自从分别之后，便再也没有收到她的音讯，令我止不住地思念。我望断南飞的大雁，也没有等来她的任何消息，只会让自己的愁思更加绵长。

回忆过去相见时的美好时光，谁能料到聚散不由人，当时的欢乐如今反而造就了今日的无限愁思。千里之外我们无从相见，只剩下彼此的惦念。每当我看到山水美景，都禁不住勾起我的回忆，只好默默无语，独自下楼去。

【赏析】

此词乃写景抒情之作，刻画了词人在途中所见之景，表达了词人怀旧伤离之情。词的上片描写了词人所见之景，中片写了自己心中所思之人，又将此平列的两段情景交织起来，使其成为有内在联系的篇章。

上片开始三句交代了时间、地点、人物和环境，写了暮秋登高望远，山头暮云乱飞，江边日头已落，我长久地靠着栏杆凝望着暮霭烟波。云、日、烟波均为词人凭栏所见之景，而有远近之分。之后词人又对所见之景再做展开，"一望"三句承接上文，继续写所见之景，同时又淡淡表达了一些情绪，只见山河是如此清冷萧条，清秋处处透着凄凉，让人心中不忍难受。由近及远，由实而虚，千里关河，可见而不尽可见，逼出"忍凝眸"三字，极写对景怀人、不堪久望之意。上片前五句都是写景，最后却用"忍凝眸"三字，一针见血地道出了自己的思念之情，做到了融情于景的境界。

中片反过来，先写情，后写景。"杳杳"三句承接了上片的"忍凝眸"。"杳杳神京"，说明了自己魂牵梦绕之人在遥远的汴京。"盈盈仙子"，道明了所思之人的身份。唐代时习惯用仙女来代称女子，通常是指妓女。这里也就道明了女子的身份乃汴京的一位妓女。"锦字"化用窦滔、苏蕙夫妻之典，写自从分别之后自己就没有收到过女子寄来的信件，可以看出词人其实一直期盼着可以得到女子的只言片语。所以词人开始埋怨鸿雁没有承担起送信的职责，"冉冉飞下汀洲"。看到鸿雁没有捎来女子的消息，词人心中的惆怅又加深了一层。最后，词人用"思悠悠"三个字来总结中片，与上片的"忍凝眸"相照应，同时也写出自己的愁情更浓了。

下片围绕"思悠悠"展开铺叙。正是由于过去的欢乐时光总是让人难以忘却，以致想到自己凄冷的现在更加惆怅。"暗想"四句由当时的相爱写到后来的相离，进而写到如今的愁绪。"阻追游"写出了现在的无可奈何与辛酸。接着，词人宕开一笔，写到自己其实并非只在今天才产生这种"忍凝眸""思悠悠"的情绪，其实"每登山临水"，都会"惹起平生心事"。可是对此，自己又无计可施，只好"一场消黯，永日无言"，最后默默地"却下层楼"。这里"下层楼"正好与上片"凭阑久"相照应，使整首词有始有终，表述自然。

本词铺叙自然，结构完整，情景交融，虚实相生，环环相扣，抒发感情真挚。

戚氏①（晚秋天）

【原词】

晚秋天，一霎微雨洒庭轩②。槛菊萧疏③，井梧零乱惹残烟。凄然。望江关④，飞云黯淡夕阳间。当时宋玉悲感⑤，向此临水与登山。远道迢递⑥，行人凄楚，倦听陇水潺湲⑦。正蝉吟败叶，蛩响衰草⑧，相应喧喧。

孤馆度日如年。风露渐变，悄悄至更阑⑨。长天净，绛河清浅⑩，皓月婵娟⑪。思绵绵。夜永对景⑫，那堪屈指，暗想从前。未名未禄，绮陌红楼⑬，往往经岁迁延⑭。

帝里风光好⑮，当年少日，暮宴朝欢。况有狂朋怪侣⑯，遇当歌、对酒竟留连⑰。别来迅景如梭⑱，旧游似梦，烟水程何限⑲。念利名、憔悴长萦绊⑳。追往事、空惨愁颜。漏箭移㉑、稍觉轻寒。渐呜咽、画角数声残㉒。对闲窗畔，停灯向晓㉓，抱影无眠㉔。

【注释】

①《戚氏》：词牌名，柳永自制曲，长调慢词，《乐章集》注"中吕调"。全词三片，共计二百一十二字，为北宋长调慢词之最，堪称柳词压轴之作。

②一霎：一阵儿，瞬间。庭轩：庭院的长廊。

③槛菊萧疏：花池里的菊花稀稀落落的。槛，菊田周围的护栏。

④江关：故乡。

⑤宋玉悲感：战国时楚国的宋玉作《九辩》，曾以悲秋起兴，抒孤身逆旅之寂寞，发生不逢时之感慨。

⑥迢递：千里迢迢，遥不可及。

⑦陇水：陇头流水的意思。北朝乐府有《陇头歌辞》，词曰："陇头流水，流离山下。念吾一身，飘然旷野。""陇头流水，鸣声呜咽。遥望秦川，心肝断绝。"潺湲（chán yuán）：水缓缓流动的样子。

⑧蛩（qióng）：蟋蟀。

⑨更（gēng）阑：五更将近，天要亮了。犹言夜深。

⑩绛河：即银河。天空称为绛霄，银河称为绛河。

⑪婵娟：美好的样子。

⑫夜永：夜长。

⑬绮陌红楼：花街青楼。绮陌，华丽的街道。

⑭经岁：经年，以年为期。迁延：羁留。

⑮帝里：京城。

⑯狂朋怪侣：狂放狷傲的朋友。

⑰竞：竞相。

⑱迅景：岁月，时光易逝，所以这样说。

⑲程：即路程。

⑳萦（yíng）绊：纠缠。

㉑漏箭：古时以漏壶滴水计时，漏箭移是时间流逝的意思。

㉒画角：古时军用管乐器，以竹木或皮革制成，发声哀厉高亢，多用于晨昏报时或报警，因表面有彩绘，故称画角。

㉓停灯：熄灭灯火。

㉔抱影无眠：守着自己的孤影，一夜没有睡着。

【译文】

正值深秋，急促的细雨飘落在庭院之中。花池里的菊花稀稀落落的，天井旁的梧桐也已开始凋零，与暮烟相掩映。我心境凄苦地遥望着乡关，只见黯淡的飞云轻绕着徐徐下山的落日。想当年，当时宋玉登临山水产生的羁旅悲秋之思绪如今也涌向了我的心头。回乡的路千里迢迢，行路者的心情是那么的凄惨哀楚，以致于懒得去听陇水潺潺的水声。这个时候，正在落叶中哀鸣的秋蝉和在枯草中不停嘶鸣的蟋蟀，此起彼伏地相互喧闹着。

我在孤寂的驿馆里，度日如年。秋风与露水已经开始带有寒意，在深夜时分，胸中的愁苦更浓了。浩瀚的天空万里无云，清浅的银河中一轮皓月明亮。我不禁思绪绵绵，不堪忍受在长夜中面对这样的美景，掐指细算，回忆往昔。那时功名未就，常常出入歌楼妓院，一年一年地延误着光阴。

美景无限的京城，让我回忆起了年少时光，每日只想着寻欢作乐。况且又有一群放荡不羁的朋友，遇到对酒当歌的场景就流连忘返。然而分别之后，时光如梭，那些曾经的玩乐寻欢情景就像是在梦境，前方一片烟雾渺茫，什么时候才能到岸？想到那些功名利禄的长期羁绊，让我十分憔悴。追忆过去，空留下满脸愁容。滴漏的箭头轻移，寒意微微，画角的呜咽之声从远方徐徐飘来，余音袅袅。默默无言地对着窗户，把青灯熄灭等候黎明，形影单只彻夜难眠。

【赏析】

从词中"宋玉悲感，向此临水与登山"来看，这首词应该写于湖北江陵，当时柳永外放荆南，年过半百，却只当了一个相当于县令的小官，本胸怀大志的他内心十分苦闷。

全词共分三片：上片写景，中片写情，下片写意。

上片开头描写秋季微雨过后的薄暮景色。先写出了驿馆内的衰败残破之景。"凄然"之后的句子又写出了在外登临所见之远景。"当时宋玉悲感，向此临水与登山"暗示作者也正在临水与登山。前后所写皆为所见所闻。"倦听"以下写所闻，有声有色，渲染出悲秋之气氛。

中片时间上紧承上片，由傍晚而入深夜。先景后情。"夜永对景"转入忆旧，虽无名禄，却有红粉知己，尚可在欢乐中度日。欣悦中似有悔意，感情很复杂。

下片继续写狂放不羁的少年生活，与前片衔接细密，有陇断云连之妙。"别来迅景如梭"以下转写眼前实景，以往日之欢娱，衬今日之落寞。引出"念利名、憔悴长萦绊"这一痛苦的根源，作者并未有明确的态度。结尾又以长夜不眠的景语结束，写尽孤苦伶仃之滋味，极为传神。

《戚氏》一调为柳永所创，全词以时间为线索，从傍晚、入夜，写到翌日破晓，脉络清晰。音律和谐，句法活泼，韵位错落有致。全词内容上略显凄凉，情景交融。

宋人将之与《离骚》媲美，认为是前后辉映之作，可见其时誉之盛。宋王灼《碧鸡漫志》："离骚寂寞千载后，戚氏凄凉一曲终。"

双声子①（晚天萧索）

【原词】

晚天萧索，断蓬踪迹②，乘兴兰棹东游③。三吴风景，姑苏台榭④，牢落暮霭初收⑤。夫差旧国，香径没⑥、徒有荒丘。繁华处，悄无睹，惟闻麋鹿呦呦⑦。

想当年、空运筹决战，图王取霸无休⑧。江山如画，云涛烟浪，翻输范蠡扁舟⑨。验前经旧史⑩，嗟漫载、当日风流⑪。斜阳暮草茫茫，尽成万古遗愁。

【注释】

①《双声子》：柳永自制曲，其后再无以此调填词者。《乐章集》注"林钟商"。

②断蓬踪迹：行踪如断根的蓬草一般不定。

③乘兴：趁一时兴起。兰棹：木兰木所做的船。东游：向东南一带漫游。

④姑苏：山名，在江苏吴县西南。姑苏台位于其上，乃吴王夫差所造，或谓吴王阖闾所造，以山来名州，所以也将吴县称为姑苏。这里指的是苏州。

⑤牢落：稀疏。

⑥香径：指采香径，位于灵岩山上，是当年吴国宫女采集花草所走的路。

⑦麋鹿呦呦：呦呦，鹿鸣之声。出自《诗经·小雅·鹿鸣》："呦呦鹿鸣，食野之萍。"

⑧图王取霸：指吴越为建立雄图霸业而纷争图谋。

⑨翻输：反不如。范蠡，春秋末政治家，曾协助越王勾践复国灭吴，功成后乘扁舟泛游于太湖中，避免了杀身之祸。

⑩前经旧史：前人的重要著作和史记。

⑪当日风流：吴王当年争霸。

【译文】

晚来天气萧索，如断蓬一般四处漂泊的我，如今兴致一来，又乘船向东游荡。傍晚的雾霭慢慢飘散，三吴地区的风景历历在目，苏州一带的亭台楼榭稀疏地错落着，远不及以前漂亮。这片曾经属于夫差的国土，还有美人采香的小径，空自留下座座荒凉的小山岗。繁荣的景色已经难以寻见，只听见麋鹿呦呦地叫嚷。

遥想当年，徒然运筹帷幄，不停指挥战斗，为建立雄图霸业而纷争图谋。江山如画一般美丽，天空云涛翻滚，江中水波茫茫，但威风凛凛的夫差，却不如坐着小船远游的范蠡。细细品读过去的历史，当时的风云、成败只能使人嗟叹神伤。夕阳斜照在无垠的草地上。就像那永不消逝的愁情，一片苍凉。

【赏析】

本词为怀古词，柳永词中怀古词寥寥，本词为其一。

本词以晚秋作为创作背景，借景抒情，抒发了词人吊古伤今的历史感慨。柳永从汴京出发，经汴河东下至江淮一带，再向南到镇江、苏州、杭

149

州，随着行程路线越来越长，他的内心也由于游宦而出现了动荡，到达苏州时游览姑苏台时便写下了这首《双声子》。

上片一开始就用"晚天萧索"来渲染气氛，交代了时间的线索，引起下文。接着两句"断蓬踪迹，乘兴兰棹东游"，前句写自己似断根的蓬草随风飘荡，由于仕途多坎坷，而发出的牢骚之语。后句则表示自己是个随遇而安之人，不妨尽情欢笑，所以乘坐兰棹东游。接下来"三吴风景，姑苏台榭，牢落暮霭初收"，写出了出游时所看到的景色。喧嚣的城市已经慢慢消失，映入眼帘的则是充满了清冷荒凉气息的历史陈迹，让人触目惊心，将人瞬间拉入历史的长河中。紧接着便以层层铺叙之法，推出"夫差旧国"的典故，过去的香径如今已成荒丘，繁华似锦的姑苏台榭如伍子胥所预言的那样成了野鹿出没之所，那些风流豪奢都随着时间的推移而烟消云散了，可

以感受到时间的残酷。

下片专门叙写了西施之事，透露出了"美人误国"的主旨。"想当年"三句，一下子将读者带入当年的故事里，为大家诉说历史之事。吴王夫差与越王勾践的你争我夺，到头来只是一场空！用一"空"字冠于"运筹决战"之前，如一把利刃穿透了时空，让词作的主题得到深化。而当人们从历史的纷争中又回到现实时，放眼远眺，只见"江山如画，云涛烟浪"，山河依旧，物是人非，只有那激流勇退的范蠡，在越国胜利之后，便远离纷争逍遥自在去了，如今想来依然让人叹服。在这样的历史反思之中，功名、利禄，一切都被淡化了，当然词人所遭遇的坎坷不平也随之消解了。"验前经旧史"三句，写以"前经旧史"验之，当时记载的风流人物和他们那轰轰烈烈的事业早已消失在历史的长河之中，现在只剩下"斜阳暮草茫茫"，勾起人的"万古遗愁"。

柳永词通常带着一些放荡不羁的艳媚，常常叙写一些儿女情长的小事，而本词却一改过去的风格，显得沉稳而老练，叙事上颇为宏大，所表达的情感十分深刻。本词以深秋萧条衰败的景色为背景，加以历史的沉重深厚，从不同角度描写了历史与现实、繁华与荒凉、图王取霸与江湖隐者之间错综的对比，具有极强的艺术感染力。项安世在《平斋杂说》中说他的"长调尤能以沉雄之魄，清劲之气，寄奇丽之情，作挥绰之声"。这个评价是比较客观准确的。

望海潮①（东南形胜）

【原词】

东南形胜②，三吴都会③，钱塘自古繁华④。烟柳画桥⑤，风帘翠幕，参差十万人家。云树绕堤沙⑥，怒涛卷霜雪，天堑无涯⑦。市列珠玑⑧，户盈罗绮，竞豪奢。

重湖叠巘清嘉⑨。有三秋桂子⑩，十里荷花。羌管弄晴⑪，菱歌泛夜，嬉嬉钓叟莲娃。千骑拥高牙⑫，乘醉听箫鼓⑬，吟赏烟霞。异日图将好景，归去凤池夸⑭。

【注释】

①《望海潮》：词牌名，柳永自制曲，《乐章集》注"仙吕调"，一百零七字，双调，前片五平韵，后片六平韵，一韵到底。也有于过片二字增一韵的。

②东南形胜：杭州在北宋为两浙路治所，当东南要冲。形胜：具备地理优势的地方。《荀子·强国》中记载："其固塞险，形势便，山林川谷美，天材之利多，是形胜也。"

③三吴：即吴兴、吴郡、会稽三郡，这里泛指今江苏南部和浙江的部分地区。

④钱塘：即今浙江杭州，古时候的吴国的一个郡。

⑤烟柳：如烟的柳树。画桥：有画装饰的桥。

⑥云树：形容树木茂密如云。

⑦天堑（qiàn）：天然形成的隔断交通的大沟，形容地势险要，不能越过，多指长江，此处指钱塘江。

⑧珠玑：珠是珍珠，玑是一种不圆的珠子。这里泛指珍贵的商品。

⑨重（chóng）湖：以白堤为界，西湖分为里湖和外湖，所以也叫重湖。巘（yǎn）：一作"巚"：重重叠叠的山峦。清嘉：形容风景秀丽优美。

⑩三秋桂子：三秋时节有桂子掉落。三秋，秋季。桂子，唐宋时传闻，杭州灵隐寺多丹桂，为月中佳人种植移到人间，每到中秋夜便有桂子掉落。

⑪羌管弄晴：羌笛之声响彻晴空。羌（qiāng）管，即羌笛，羌族之簧管乐器。

⑫千骑（jì）拥高牙：州郡长官游湖，随从众多。骑，一人一马合称为一骑。高牙，高矗之军旗，高官出行时的仪仗旗帜。牙，军旗，竿上以象牙饰之。

⑬箫鼓：箫和鼓。

⑭凤池：全称凤凰池，原指皇宫禁苑中的池沼。此处指朝廷。

【译文】

杭州地理位置优越，风景优美，是三吴的都会。自古这里便是繁荣之地。如烟的柳树、彩绘的桥梁，高高低低的楼阁，挂着各种颜色的帘子，大约有十万户人家。高耸入云的大树环绕着钱塘江沙堤，澎湃的潮水翻起如霜雪一样洁白的浪花，宽广的江面一望无垠。市场上陈列着琳琅满目的珠玉珍宝，家家户户都有绫罗绸缎，展现着自己的富贵豪奢。

里湖、外湖与层层叠叠的山峦十分美丽。秋天桂花飘香，夏季十里荷花。晴天欢快地吹奏羌笛，夜晚划船采菱唱歌，钓鱼的老翁、采莲的姑娘喜笑颜开。千名骑兵拥护着巡察归来的长官，趁着醉意袭来听着箫鼓管弦，吟诗作词，赞美着秀丽的山水风光。以后一定要将这番美景描绘出来，回京升官时向朝中的人们夸耀。

【赏析】

这首词描绘了杭州的繁华景象与西湖的秀丽风光，是柳永投赠杭州地方官所著。

上片一开篇就突出了杭州地理位置的优越性与繁华，以及杭州的悠久而厚重的历史。其中"形胜""繁华"四字乃全文的点睛之笔。自"烟柳"以下，便开始从各个方面来说明杭州地理位置的重要性与繁华。"烟柳画桥"，写的是街巷河桥的美丽；"风帘翠幕"，写居民住宅的雅致。"参差十万人家"一句，转弱调为强音，突出了这个城市人口众多。"参差"为大约之义。"云树"三句，从市内说到郊外，只见钱塘江堤上，树木成排，远远望去，郁郁苍苍，如同云雾一般。一个"绕"字，写尽了长堤迤逦曲折的态势。"怒涛"二句，写钱塘江水的汹涌与浩荡。"天堑"，原意为天然的深沟，这里突出钱塘江地势的险要。钱塘江八月观潮，历来称为盛举，因此描写钱塘江潮是不可或缺的一笔。"市列"三句，只抓住"珠玑"和"罗绮"两个细节，将街市的繁荣与百姓的富足反映了出来。珠玑和罗绮均是妇女所用的东西，也暗示杭州声色之盛。"竞豪奢"三个字明写肆间商品琳琅满目，暗写商人比夸争耀，反映了杭州这个繁华都市穷奢极欲的一面。

下片重点描写西湖的美丽景色。重湖，是指西湖中的白堤将湖面分割成的里湖和外湖。叠巘，是指灵隐山、南屏山、慧日峰等重重叠叠的山岭。湖山之美，词人先用"清嘉"二字概括，之后写了秋季的桂子和湖中的荷花这两种代表了杭州的典型景物。"三秋桂子，十里荷花"这两句确实写得极其凝炼，将西湖乃至杭州的美概括了出来。"羌管弄晴，菱歌泛夜"，用乐曲与歌声突出了西湖之上的繁荣。"泛夜""弄晴"，互文见义，说明不论白天或是夜晚，湖面上都荡漾着动人的笛声与采菱的歌声。"嬉嬉钓叟莲娃"，是说吹羌笛的渔翁与采莲姑娘都很欢乐。"嬉嬉"二字，巧妙地将他们的愉悦刻画了出来，同时也将其中的氛围传达了出来，为我们绘制了一幅国泰民安的欢乐图景。紧接着，词人描写了达官贵人在此游乐的场景。成群结队的马队簇拥着高高的牙旗，缓缓而来，声势浩大。洋洋洒洒间仿佛看到一位威武而又风流的地方长官，饮酒赏乐，笑傲于山水之间。"异日图将好景，归去凤池夸。"是这首词的结束语。凤池，即凤凰池，本是皇帝禁苑中的池沼。魏晋时中书省地近宫禁，因以为名。"好景"二字，将如上所写和不及写的，尽数包拢。意谓当达官贵人们召还之日，合将好景画成图本，献与朝廷，夸示于同僚，谓世间真存如此一人间仙境。以达官贵人的不思离去，烘托出西湖之美。

　　本词用语极为凝练，虽未献词，但是所描绘的意象丰富且十分真实，富有生命力与感染力，让整首词读起来十分欢快，节奏和谐。

雪梅香①（景萧索）

【原词】

景萧索，危楼独立面晴空。动悲秋情绪，当时宋玉应同②。渔市孤烟袅寒碧③，水村残叶舞愁红。楚天阔，浪浸斜阳，千里溶溶④。

临风。想佳丽，别后愁颜，镇敛眉峰⑤。可惜当年，顿乖雨迹云踪⑥。雅态妍姿正欢洽，落花流水忽西东。无憀恨⑦、相思意，尽分付征鸿⑧。

【注释】

①《雪梅香》：词牌名。又名《雪梅春》，柳永自制曲，《乐章集》注"正宫"。双调，九十四字。前段九句四平韵，后段十一句五平韵。

②"动悲秋"二句：宋玉《九辩》首句为："悲哉，秋之为气也。"后人常将悲秋情绪与宋玉相联系。宋玉，又名子渊，宋国公族后裔，楚国文人。

③袅：缭绕的烟雾。

④溶溶：水流动的样子。

⑤镇敛眉峰：双眉紧锁的样子。

⑥乖：相违。雨迹云踪：男女欢爱。宋玉曾在《高唐赋》中写楚王与巫山神女欢会，神女称自己"旦为朝云，暮为行雨"。

⑦无憀：无奈。

⑧分付：托付。征鸿：远飞的鸿雁，即凭书信相互问候。

【译文】

在景色萧索的秋日，我独自登上高楼遥望万里晴空。悲秋的情怀突然涌上心头，如同当年宋玉因悲秋而写《九辩》的心情一般。渔市里的一缕青烟摇曳着寒意；水村中霜林残叶在秋风中舞动。楚天分外辽阔，一望无际，江水浸泡着尚未落尽的夕阳，浪打浪波涛翻滚。

倚靠在栏杆吹风。回忆起了梦中的佳人，离别之后她是否满脸愁容，久锁双眉呢？可惜当初，我们忽然间雨散云飞停止了欢会，天各一方。优雅的举止，美丽的容颜，正是两情相悦，无比欢愉时，骤然如流水落花东飘西散，遥守天涯一方，望眼欲穿。无奈，我对你的思念无法挣脱，只能这份相思托付给远行的大雁。

【赏析】

本词抒发了游子的相思之情，在柳词中虽属雅词，但由于情感丰沛，直抒胸臆，所以风格与其俚词是一致的。

上片，首句直接总结了自己所见之景的特点。"景萧索"一句直接点明了秋日之景的特点，也为全词奠定了萧瑟冷清的基调。词人登高远望面对着秋日高朗的天空，情绪不禁悲凉起来，想起了当年宋玉作《九辩》时，心绪大抵也是如此吧！"渔市孤烟袅寒碧，水村残叶舞愁红"，对仗工整，渔市、水村勾画出一幅江边的萧索秋景：渔市中孤独地飘着袅袅烟气，在寒意逼人的秋之中尤为显眼，水村里斑斓的落叶，随着萧瑟的秋风上下飞舞。这里，词人用浓郁的色彩将秋日之景表现了出来。"愁红"本多用于被风雨摧残的鲜花，这里却用来指落叶，立意新颖，让人仿佛看到了红叶飞舞的场景。前一句的"寒碧"是描摹孤烟的色彩，那么，这一句的"愁红"也当是形容残叶的颜色，而不应脱离"残叶"去牵扯落花。然而，这里似乎还有更深一层的含义，即"寒碧"和"愁红"这两个表现色彩的词还能引起人们进一步的联想："寒碧"，暗示情人紧蹙的双眉；"愁红"借指情人憔悴的愁容。之后词人又转换角度，将视线从岸边移到江上：广阔的江天，一抹斜阳浸入万顷波涛之中，江水慢慢流向远方。

词人在下片直抒胸臆，回忆当年与情人在一起时的快乐，再想到当下自己独身于天涯，无比惆怅，思念之情也越来越深。词人迎着江风而立，脑海中浮现出情人的音容笑貌，雅态妍姿。或许当日正在相聚小饮，清歌婉转，妙舞翩翩；或许正在花前月下，两情缱绻，欢度春宵，然而，突然到来的别离，使热恋的情人"顿乖雨迹云踪"。过去的幸福已成为美好的回忆。在这肃杀的秋天里，暮色苍茫，客居他乡的词人只能独倚危楼，悲思绵绵，怅憾难言，相思难遣。这复杂的情感在胸中汹涌，犹如面前奔腾的大江。无可奈何的词人只能托付远飞的大雁把这相思之情、悲秋之感、游子之心带过江去，传达给自己的心上人。结语包容了词人的欢乐、忧伤、回忆、希望、幻想，总括全词意蕴，韵味深长。

尾犯①（夜雨滴空阶）

【原词】

夜雨滴空阶，孤馆梦回②，情绪萧索。一片闲愁，想丹青难貌③。秋渐老④、蛩声正苦⑤，夜将阑⑥、灯花旋落。最无端处⑦，总把良宵，只恁孤眠却。

佳人应怪我⑧，别后寡信轻诺⑨。记得当初，翦香云为约⑩。甚时向⑪、幽闺深处⑫，按新词⑬、流霞共酌⑭。再同欢笑，肯把金玉珠珍博⑮。

【注释】

①《尾犯》：词牌名。又名"碧芙蓉"。《乐章集》注"正宫"。双调，以九十四字为较常见，仄韵。

②梦回：从梦中醒来。南唐李璟在《摊破浣溪沙·菡萏香销翠叶残》中有句："细雨梦回鸡塞远，小楼吹彻玉笙寒。多少泪珠无限恨，依阑干。"

③丹青难貌：用图画难以描绘。丹青，本是两种可作颜料的矿物，因为中国古代绘画常用朱红色和青色两种颜色，因此丹青成为绘画的代称。貌，描绘。

④秋渐老：秋意浓。

⑤蛩（qióng）声：蟋蟀的鸣叫声。

⑥阑：尽，残。

⑦无端：无聊，没有情绪。

⑧佳人：美女。

⑨寡信轻诺：轻易许诺，很少讲信用。随便用语言欺骗的意思。

⑩翦（jiǎn）香云：剪下一绺头发。古代女子与情人相别，因情无所托，即剪发以赠。翦，同"剪"。香云，指女子的头发。

⑪甚时向：什么时候。向，语助词。

⑫幽闺：深闺。多指女子的卧室。

⑬按新词：创作新词。填词应当倚声按律，所以这样说。

⑭流霞：酒仙名。晋葛洪在《抱朴子·祛惑》记载，项曼都入山学仙，称"仙人但以流霞一杯，与我饮之，辄不饥渴"。

⑮博：换取。

【译文】

夜晚窗外的雨滴落在空空的台阶之上，我孤独地在旅舍中惊醒，情绪萧索。这种愁苦是难以用图画来描绘的。秋意渐浓，蟋蟀声透着凄苦，夜色将尽，灯花不久就落了。百无聊赖之间，总是让良宵从孤眠的寂寞中溜走。

千里之遥的佳人应该会责怪我，分别之后不遵守诺言。记得当初，她剪下了一绺头发来作为别后重聚的约定，如今看来已经难以实现了。什么时候才能回到幽闺深处，填写新词，共饮美酒。如若可以再次一起欢笑，我愿意拿出金玉珍珠来换取这样的机会。

【赏析】

这首词描写了词人孤馆独眠的愁苦。

上片，词人从自己入笔，写了自己在雨夜半夜惊醒的萧索愁绪。作者一起笔便渲染了氛围。"夜雨"透着寒凉，"空阶"透着冷落，"孤馆"透着寂寞。孤馆梦醒之际，雨打"空阶"，让人更觉寂寞难耐，千头万绪涌上心头。故以"情绪萧索"四字收煞，将人物的孤寂与环境的凄冷融在一处，全词也笼罩在这伤感的氛围中。之后将这份"情绪"展开。"闲愁"本无形，词人暗自挣扎，打算通过图画来表达出来，无奈"闲愁"太深重了，他只好发出这样的感喟："想丹青难貌。"接下来是一个工整的对句："秋渐老、蛩声正苦，夜将阑、灯花旋落。"写深秋时节蟋蟀悲鸣，又收回来，将视点落在房间里很快落下的灯花上，自然引出下文，直抒抱影孤眠，辜负良宵的无聊。然后引出下片对佳人的思念。

下片"佳人应怪我，别后寡信轻诺"是词人设想对方在与自己分别之后可能出现的情况。这种设想其实也带着词人对自己的责备，而这种自责中也带着无奈与悲哀。也正是如此，他对与佳人在一起的美好时光是如此留恋与向往。昔日"翦香云为约"的情景仿佛还在昨日，而再相偎相伴，填新词，酌美酒的愿望不知何时可以实现。词人虽表示愿意用"金玉珠珍"换取再次"同欢笑"，但这种表白同样透着无力，透着悲哀，透着无奈。

柳永不仅词写得一绝，画技也十分惊人。这位曾经有过无数经典画作的大师，在面对"情绪萧索""一片闲愁"时却"丹青难貌"了。这充分表现了羁旅在外、孤馆回梦的词人离情之深、离愁之浓。词人所谓"难画"的"闲愁"就这样被表现得淋漓尽致。而这"闲愁"融进了词人太多的人生感悟，很苦涩，很沉重。

早梅芳^①（海霞红）

【原词】

海霞红，山烟翠。故都风景繁华地^②。谯门画戟^③，下临万井，金碧楼台相倚。芰荷浦溆^④，杨柳汀洲^⑤，映虹桥倒影^⑥，兰舟飞棹^⑦，游人聚散，一片湖光里。

汉元侯^⑧，自从破虏征蛮，峻陟枢庭贵^⑨。筹帷厌久^⑩，盛年昼锦^⑪，归来吾乡我里。铃斋少讼^⑫，宴馆多欢，未周星^⑬，便恐皇家，图任勋贤^⑭，又作登庸计^⑮。

【注释】

①《早梅芳》：词牌名。《花草粹编》收录此词，在词牌下有题"上孙资政"。资政，全称为资政殿大学士，是宋代为功勋重臣所设置的闲职官名，此种闲职多授予那些被褫夺实权的罢职宰相或其他重臣。

②故都：指杭州。五代时吴越王钱镠建都于此。

③谯（qiáo）门：建有瞭望楼的城门，古代为防盗和御敌。

④芰（jì）荷：出水的菱与荷。浦溆（pǔ xù）：水边。

⑤杨柳汀洲：汀和洲均指水中的陆地，杨柳汀洲指长满了杨柳树的汀洲。

⑥虹桥：状若霓虹的拱桥。

⑦兰舟飞棹（zhào）：兰舟，指船，是船之美称；棹为船桨的别名，飞棹，是指快速划动船桨，形容船走得很快。

⑧元侯：诸侯之长。《左传》："天子所以享元侯也。"此颂扬地方官地位显赫。

⑨峻陟（zhì）：威严地登上。枢庭：犹枢府，政权的中枢，宋代多用以指枢密院。

⑩筹帷厌久：厌倦在军中。筹，筹划；帷，帷幄，行军打战的帐篷。筹帷，是指对战略战术的谋划，也不仅仅是指对战争的谋划，包括对治理国家的谋划。厌久，久而生厌之意。

⑪昼锦：白天穿锦绣服装，以示显赫。

⑫铃斋少讼：即铃阁，将帅或州郡长官办事的地方。少讼，本意为很少有官司公案需要处理，这里则指退居田园就不必再为国家之事操心费力了。

⑬周星：岁星。岁星十二年在天空循环一周。

⑭图任勋贤：计划任用功臣贤人。

⑮登庸：举用。

【译文】

红彤彤的朝霞照在西湖上，翠绿的山峦云雾缭绕。杭州风景秀丽而繁华。谯楼城门的左右画戟林立，下面紧挨着开阔而有序的街市，金黄与碧绿色的楼台一座挨着一座。水边荷叶菱角，汀洲上的杨柳飘絮，水面上倒映着拱桥的影子，小船快速地划行，游人聚集在一片湖光山色之中。

孙沔如同当年首功封侯的三国魏将张既，自从破虏征蛮，便快速被提拔重用至显贵的枢密院。由于厌倦在军中，选择壮年衣绣昼行，回到故乡任杭州太守。身居铃斋闲暇起来，不再为国家大事操劳，游冶之所多欢乐，还没有到一年，恐怕朝廷又有了重新起用有功之能士的念头，征召他去朝廷做官啊！

【赏析】

据薛瑞生先生《乐章集校注》中考，本词为柳永赠与初知杭州的孙沔所作。本词的上片描写了杭州的繁荣富丽，下片则展示了对孙沔功绩前途的赞扬。上片开头先从大处落笔，以自然界中的烟霞来渲染气氛：西湖上映着似火的红霞，远山上有青色的烟雾笼罩着。如此境界，高远辽阔，色彩鲜明。接下来开始由景色开始转移到具体的城市风光，"故都风景繁华地"一句点明了自己要写的对象——杭州，又是一句总的概括，将"繁华"的杭州置于"海红霞，山烟翠"的大背景中，让人感觉到杭州的富丽与繁华。接下来数句是对杭州城美丽、繁华的具体描绘。首先映入读者眼帘的

是壮观雄伟的城门，城门上望楼高高耸立，画戟尽显威仪。然后词人再以城门为立足点自上而下分写了杭州城内、城外的景色。写城内，主要描绘静态的人文景观。"万井""金碧楼台相倚"，只用八个字就写出了杭州城内人声鼎沸，市容严整，建筑华美。写城外，用荷花、杨柳、拱桥、船等组合出一幅动静结合的风景图。至此，故都的山光水色，已呈现在眼前。

词的下片是对孙沔功名、前途的赞美。下片五十二字，仅三处用韵，从内容上看，恰可分为三个层次：一为征战立功，二为衣锦还乡，三为政绩卓著，并预祝升迁。写得舒徐有致，雍容闲雅。

此词作为一首投献词，难免有赞颂之词，但词中所描绘的杭州社会生活图景与自然风光的确是北宋前期"承平气象"的真实写照。再者，从"贡谀"的角度说，上片只是作为背景与陪衬；但若从反映都市生活的角度说，上片正是此词的精华。写景的视角由远及近，自上而下，笔触亦随之由阔大旷远至精细俊美，自然景观与人文景观相谐相映，确是柳永词中极具审美价值的雅词。

迎新春①（嶰管变青律）

【原词】

嶰管变青律②，帝里阳和新布③。晴景回轻煦④。庆嘉节、当三五⑤。列华灯、千门万户。遍九陌、罗绮香风微度⑥。十里然绛树⑦。鳌山耸⑧、喧天箫鼓。

渐天如水，素月当午⑨。香径里、绝缨掷果无数⑩。更阑烛影花阴下⑪，少年人、往往奇遇。太平时、朝野多欢民康阜⑫。随分良聚⑬。堪对此景，争忍独醒归去。

【注释】

①《迎新春》：词牌名，《乐章集》注"大石调"。

②嶰（xiè）管：以嶰谷所生的竹子而做的律本，大概相当于现在的定声器。《汉书·律历志》："黄帝使泠伦自大夏之西，昆仑之阴，取竹之嶰谷，生其窍厚均者，断两节间而吹之，以为黄钟之宫。制十二箭，以听凤之鸣，其雄鸣为六，雌鸣亦六，此黄钟之宫，而皆可以生之。是为律本。"青律：青帝所司之律，中国神话中青帝为司春之神，青律也就是冬去春来的意思。

③帝里：指汴京。阳和：和熙的阳光。

④轻煦：微暖。

⑤嘉节：指元宵节。三五：正月十五。

⑥九陌：汉代长安街有八街、九陌。后来泛指都城大路。罗绮：本为丝织品，这里指男女成群。

⑦然：同"燃"，点燃。绛树：神话传说中仙宫树名。《淮南子·墜形训》："（昆仑山）上有木禾，其修五寻，珠树、玉树、璇树、不死树在其西，沙棠、琅玕在其东，绛树在其南，碧树、瑶树在其北。"这里指经过人工装饰的树。

⑧鳌（áo）山：宋代元宵节，人们会将花灯堆成山，形状像传说中的巨鳌，亦作"鳌山"。

⑨素月：皎洁的月亮。

⑩绝缨掷果：绝缨，扯断结冠的带。据《韩诗外传》卷七载："楚庄王宴群臣，日暮酒酣，灯烛灭。有人引美人之衣。美人援绝其冠缨，以告王，命上火，欲得绝缨之人。王不从，令群臣尽绝缨而上火，尽欢而罢。后三年，晋与楚战，有楚将奋死赴敌，卒胜晋军。王问之，始知即前之绝缨者。"掷果，《晋书·潘岳传》："岳美姿仪，辞藻绝丽，尤善为哀诔之文。少时常挟弹出洛阳道，妇人遇之者，皆连手萦绕，投之以果，遂满车而归。时张载甚丑，每行，小儿以瓦石掷之，委顿而反。岳从子尼。"后用以表达女子爱慕男子之情。

⑪更阑（lán）：夜深。

⑫康阜（fù）：安乐富足。

⑬随分：随便。

【译文】

冬去春来，天气逐渐变暖，汴京城里充斥着暖暖的气息。晴朗的日光让天气重回温暖。正值庆祝元宵佳节之时，千家万户都挂起了彩灯。汴京城内到处都是庆祝佳节的人们，人群中散发着阵阵香风。十里花灯如珊瑚一般美丽。有彩灯装饰的假山耸立着，各种乐器声音震天响。

渐渐地天水一色，皓洁的月亮正当中天。大街小巷，年轻的男女们狂欢忘形。到了夜深时刻，他们会走到竹阴花影下互相诉说情意。太平盛世，自上而下一派欢乐景象，百姓生活安乐富足。到处都可以举行盛会。面对如此佳景，谁又忍心独自离去呢？

【赏析】

这首词描写了都城汴京元宵节的盛况。

上片以节令变化开头，道出了汴京冬去春来，逐渐温暖。接着写天气晴朗气候宜人。"庆嘉节、当三五"，点明正值元宵佳节。十五元宵，实际上是灯节，"列华灯"三句描写家家户户张灯结彩，也暗写了赏灯的人数之多。之后，以"罗绮""香风"代替男女人群。"九陌""十里"说明其广。

"十里"三句，再写花灯挂得错落有致，"箫鼓"，从听觉上让人感受到这份热闹。美丽的花灯配合着乐曲，可以让读者感受到现场的热闹非凡。上片大部分是写元宵节时的天气、灯景、乐器，而人只是在这环境中以衣锦飘香、若隐若现地浮动着，虚中有实，以某些特征而代表全人，而人又是"遍九陌"之多的。

下片以"天"接"天"，从"喧天箫鼓"过渡到"渐天如水"，一个"渐"字，拉开了时间的线索。天色渐晚，"天如水"，天清而静。"素月当午"，月照正中。人们都是过来赏灯的，赏完灯就各自寻欢去了。"绝缨掷果无数"用了两个典故，这里说此二艳遇故事，但已非一人之艳遇，而是"无数"之多。"更阑"二句，写景极美，写事动人。"烛影花阴"，明明暗暗，朦朦胧胧。"少年人、往往奇遇"，有多少风流韵事，然而乐而不淫，就此煞住。"太平"二句推广开来，写当时承平气象。词的最后，对景"争忍独醒归去"是乐而忘返了。

这首词以铺叙见长，气象渲染，浓淡适宜。写景则时疏时密，用典则结合时宜。人物都是在良辰美景中出现而又活跃着的，呈现出太平景象，结合起来含有欢乐常存的意义。

采莲令①（月华收）

【原词】

月华收②，云淡霜天曙。西征客、此时情苦。翠娥执手送临歧，轧轧开朱户③。千娇面、盈盈伫立，无言有泪，断肠争忍回顾④。

一叶兰舟，便恁急桨凌波去。贪行色、岂知离绪，万般方寸⑤，但饮恨，脉脉同谁语⑥。更回首、重城不见，寒江天外，隐隐两三烟树。

【注释】

①《采莲令》：词牌名。该词牌名在宋代仅此一首词流传下来。

②月华收：指月亮落下，天色将晓。

③临歧：岔路口。此指临别。轧轧：象声词，门轴转动的声音。

④争忍：怎忍。

⑤方寸：指心绪，心情。

⑥脉脉：含情的模样。

【译文】

月亮落下，天色将晓，天上飘着淡淡的云，霜天曙促。准备西行的游子，这时正被离别之情困扰。咿呀呀的开门声，心上的人儿紧牵着我的手，将我送到了临行的路旁。她姿态婀娜地站在那里，那张千娇百媚的面孔上止不住地落泪，相视无言，如此让人肝肠寸断的时刻我怎么忍心回顾呢？

我乘着一叶扁舟，快速地驶向了远方。一心只知道向前赶路，怎能清楚我心中离别的情绪，万种忧伤。我只能默默饮恨，柔情蜜意，这时又能向谁诉说呢？回头望去，城池已经没了踪迹，隐约只能看到三两棵绿树，孤独地挺立在水天相接的地方。

【赏析】

本词描绘了词人与心上人分别之情。

上片词人主要描绘了与心上人分别之时的场景。词人开篇先交代了写这首词的背景，正是月亮落下，天蒙蒙亮的时候，从此时间点不难推断，词人应当彻夜难眠。之后一句"西征客、此时情苦"正式交代了自己作为远游之人，情绪十分悲苦。为何情绪低落，彻夜难眠呢？原来是与情人分别了。之后重点刻画的是分别时女子的情态，"千娇面，盈盈伫立，无言有泪"，这十一个字，对那个美丽多情女子的

形象描写十分到位，使之从外貌到动作再到表情，都一一展现在读者面前，令人怜爱。为了烘托离别的凄苦，作者在描写这位纯情女子之前，还特意将开门声写了出来，起到增加气氛的作用。开门有"轧轧"之声，而女子的送行却"无言有泪"，有声与无声前后照应，构成了一种极具感染力的分别画面。

下片主要描写的是分别之后的场景。主要写自己的落寞情绪，通过内心独白，诉说自己的无可奈何，十分细腻，极尽人情。与自己心爱之人分离，是让人肝肠寸断的。可惜那不解人意的扁舟匆匆前行，没过多久，心上人所居住的城市就不见了。全词写到这里，作者已经把离别之苦倾诉殆尽了，为了更强调凄苦悲切的气氛，作者用写景作为结束语：清寒的江流那边，只剩下烟云笼罩的两三棵树！这种以景言情的写法在古词曲中并不少见，但此词把景致的描写放在全词的末尾，这就好比古歌曲中的"乱"，把此前所铺排的种种情绪推向了最高潮。

这首送别之词，将送行者的无限依恋以及远行者的无可奈何、恋恋不舍写得十分动人、细腻，层层铺开。让人仿佛身在其中，极具画面感，最后以景结情，倍觉有情。全词铺叙展衍，层次分明而又曲折婉转，不仅情景"妙合"，而且写景、抒情、叙事自然融合，完美一致。

迷仙引①（才过笄年）

【原词】

才过笄年②，初绾云鬟③，便学歌舞。席上尊前，王孙随分相许④。算等闲、酬一笑⑤，便千金慵觑⑥。常只恐、容易蕣华偷换⑦，光阴虚度。

已受君恩顾⑧，好与花为主⑨。万里丹霄⑩，何妨携手同归去。永弃却、烟花伴侣⑪。免教人见妾，朝云暮雨⑫。

【注释】

①《迷仙引》：词牌名。《乐章集》注"双调"。

②笄（jī）年：十五岁。笄，簪子。古时女子会在十五岁举行戴笄的成年礼。

③绾（wǎn）：将头发盘旋起来打成结。云鬟（huán）：高耸入云的发髻。女子成年后发式由下垂改为绾结耸立。

④随分：随便、随意。

⑤等闲：平常。"酬一笑"两句，即一笑千金，也懒得再看。

⑥慵觑（yōng qù）：懒得看，不屑一顾。

⑦蕣（shùn）华：指朝开暮落的木槿花，这里借指容易消逝的青春年华。"华"，同"花"。

⑧君：指这位歌妓遇到的倾吐对象。

⑨花：这里指的是年轻貌美的歌妓。

⑩丹霄：布满红霞的天空。

⑪烟花伴侣：青楼卖唱生涯。

⑫朝云暮雨：语出宋玉《高唐赋》中的巫山神女典故，这里比喻歌妓爱情难以长久的卖唱生涯。

【译文】

刚刚才满十五岁，初次学会梳绾发髻的时候，我便开始学习歌舞了。酒宴上酒杯前，曲意迎奉王孙公子。算起来，就算他们一笑酬千金我也懒得看上一眼。我时常只是担心，韶华易逝，虚度了青春时光。

想我已经受到郎君您的照顾，您要好好为我做主。万里晴空，何不一同牵手归去呢。让我永远地离开那些烟花伴侣。免得叫人们见了我，说我是一个朝云暮雨的青楼女子。

【赏析】

歌妓这种在封建社会中最底层的人物，在柳永的词作里变得鲜活起来。本词摹拟一个妙龄歌妓的口吻，道出她厌倦风尘、追求爱情的内心世界，刻画了一位身处泥沼却向往自由、光明、高洁的不幸歌妓形象。

词的上片以刻画冷漠无情的现实起笔，展现了这位歌妓厌倦风尘的心理活动，下片由未来的强烈愿望发挥开去，写她对自由生活和美好爱情的渴望与追求。

上片开头道出了女子的年纪，正值花样年华，年满十五岁，开始梳绾发髻，插上簪子，装成大人模样。由于她身隶娼籍，学习伎艺是为了歌筵舞席之上"娱宾"，以便能够成为娼家牟利的工具。她在华灯初上的酒席之前为王孙公子们歌舞。由于她年轻美貌，色艺俱佳，随处博得王孙公子的称赞，一笑千金。可是她并不会为此而欣喜，对千金更是不屑一顾。从这些描写不难看出，女子对当下生活的不满，她对自己的处境有着清醒的认识，所以不屑千金相酬，只担心青春易逝，有如"蕣华"的命运一样，虚度此生。

下片写到女子终于遇到了一位可以信任和托付的男子，想让他救自己于苦海之中。之后几句，便是女子对未来生活的向往。在晴朗的天空下，与男子携手而去，回归正常的家庭生活。从良之后，将永远舍弃过去的生活以及那些风尘中邂逅的伴侣，改变自己的形象。"朝云暮雨"，典出自宋玉《高唐赋》。歌妓由于特殊的职业，送往迎来，相识者甚多，给人以感情不专、反复无常的印象。所以，这位歌妓不停地承诺、发誓，来表达自己内心绝非花心之人，自己更想要像寻常女子一般，去过普通人的生活。

作者似乎只是客观如实道来，字里行间却流露出对备受凌辱的妓女的深切同情，理解她渴望跳出火坑获得自由的心情。全词纯用白描，全以歌妓之口道出、读来情真意切、真挚动人、干净利落、通俗易懂，是柳词中的上乘之作。

御街行①（前时小饮春庭院）

【原词】

前时小饮春庭院②。悔放笙歌散③。归来中夜酒醺醺④，惹起旧愁无限。虽看坠楼换马⑤，争奈不是鸳鸯伴⑥。

朦胧暗想如花面。欲梦还惊断。和衣拥被不成眠⑦，一枕万回千转。惟有画梁，新来双燕，彻曙闻长叹⑧。

【注释】

①《御街行》：词牌名，《乐章集》注"夹钟宫"。

②前时：过去，以往。

③笙歌：这里指酒宴歌舞。

④中夜：半夜。《尚书·冏命》中有云："怵惕惟厉，中夜以兴，思免厥愆。"醺醺：形容醉酒的样子。

⑤坠楼换马：坠楼，指石崇爱妾绿珠曾为石崇坠楼而死。换马，指用马换爱妾。据《异闻集》载："酒徒鲍生多蓄声妓，外弟韦生好乘骏马，各求所好。一日相遇，两易所好，乃以女婢善四弦者换紫叱拨。"

⑥争奈：怎奈。

⑦和衣拥被：穿着衣服，裹着被子。

⑧彻曙：直至天明。

【译文】

前段时间，在春天的庭院里小酌。有点后悔遣散了酒宴歌舞。半夜醉醺醺地归来，引起了对过去无限的愁绪。虽然石崇所爱的绿珠可以为石崇坠楼而死，韦生的爱妾可以以身换取韦生所喜爱的骏马紫叱拨，无奈他们都没能同鸳鸯一般相伴终身。

醉意朦胧中默默想起了她如花似玉的面容。想要在梦中与她相聚，却从梦中惊醒。我穿着衣服裹着被子难以入睡，不断地辗转反侧。只有栖息在那屋梁上新来的一对燕子，才知道我在通宵达旦地叹息。

【赏析】

此乃酒后怀人之作。

上片，词人直接从回忆写起，写在妓院饮酒听歌的场景："前时小饮春庭院。"悠闲地喝着美酒，欣赏妙龄歌妓展现才艺，吹笙唱歌，兴尽而归，对古时的风流才子来说，绝对是件乐事。之后，词人笔锋一转，写到"悔放笙歌散"，一个"悔"字引人思索，明明是件乐事，为何而悔呢？接下来，词人揭开了"悔"的原因——"归来中夜酒醺醺，惹起旧愁无限。"原来，他夜半时分醉醺醺地回到住处，回忆刚才的情景，引起了对往事的无限愁思。但是，这两句对"悔"仍然解释不了，"不放笙歌散"就不会"惹起旧愁"了吗？所谓的"旧愁"到底指的是什么？然后进一步解说，"虽看坠楼换马，争奈不是鸳鸯伴。"到了这里大家才明白，词人"悔"的真正原因是那酒席上的歌妓虽色艺双绝，却并非自己的心上人，无法与自己出双入对。词人先肯定有绿珠、换马爱妾这类资质美艳而又多才多艺的歌妓，但是笔锋一转，写出了这些女子再如何优秀，也并非是自己的心上人，表现了他对所爱者的一往情深，既解释了"旧愁无限"的根由，也自然地引出了词作怀人的主题。

下片"朦胧暗想如花面，欲梦还惊"承接了上片结尾两句的内容，开始抒发词人对心中所思之人的挂念之情。实际上，此句也与上面两句形成了鲜明的对照：一个是"虽看……争奈不是……"一个是"暗想""欲梦"，词人对后者的深情厚谊可以窥见一二。由酒意"醺醺"中的"旧愁无限"，到朦朦胧胧间的凝神"暗想"，再到梦中欲见却被惊醒，行文自然流畅，环环相扣，彰显了柳永铺叙委婉的词风。接下来"和衣拥被不成眠，一枕万回千转"，两句采用了白描手法写出了词人孤枕难眠，辗转反侧，郁郁难眠的情况。将词人饱受相思之苦，思绪万千的情况刻画得入骨三分。不禁让人想起了《诗经》中的句子"求之不得，寤寐思服。优哉优哉，辗转反侧"。"惟有画梁，新来双燕，彻曙闻长叹。"人人都说时间是最好的治愈药，但是随着时间的推移，黑夜过去了，黎明来到了，一双刚飞来的燕子映入了词人的眼帘，词人依然睡意全无。"新来双燕"不但照应了上片的"春"，也反衬了词人的形单影孤，更加深了对心上人铭心刻骨的相思之情。以之收束全词，妙不可言。

本词行文结构严谨，用字恰到好处，层层递进，又极具戏剧性，让人读之不觉乏味，且表意精准。刘熙载所谓"耆卿词，细密而妥溜，明白而家常，善于叙事，有过前人"，实非虚语也。

归朝欢①（别岸扁舟三两只）

【原词】

别岸扁舟三两只②。葭苇萧萧风淅淅③。沙汀宿雁破烟飞④，溪桥残月和霜白⑤。渐渐分曙色。路遥山远多行役⑥。往来人，只轮双桨⑦，尽是利名客⑧。

一望乡关烟水隔⑨。转觉归心生羽翼⑩。愁云恨雨两牵萦⑪，新春残腊相催逼⑫。岁华都瞬息⑬？浪萍风梗诚何益⑭？归去来⑮，玉楼深处，有个人相忆。

【注释】

①《归朝欢》：词牌名，柳永自制曲，《乐章集》注"双调"。双调一百零四字，上下片各九句，六仄韵。

②别岸：离岸。

③葭（jiā）苇：芦苇。班固《汉书·李广传》："引兵东南，循故龙城道行，四五日，抵大泽葭苇中。"萧萧：象声词，草木摇晃落下的声音。杜甫在《登高》中写道："无边落木萧萧下，不尽长江滚滚来。"淅淅：风声。

④沙汀：水中的小块陆地。破烟：穿破烟雾。

⑤"溪桥"句：悬挂在溪桥边的残月的月色与霜色连成一片。

⑥行役：旧指因服兵役、劳役或公务而出外跋涉，这里泛称行旅，

出行。

⑦只轮双桨：意为坐车乘船。轮，代指马车。桨，代指船只。

⑧利名客：追名逐利的人。辛弃疾《霜天晓角·暮山层碧》："一叶软红深处，应不是，利名客。"

⑨一望：一眼望去。乡关：家乡。崔颢《黄鹤楼》："日暮乡关何处是，烟波江上使人愁。"

⑩归心：回家的念头。梅尧臣《送庭老归河阳》："五月驰乘车，归心岂畏暑？"

⑪愁云恨雨：指色彩惨淡，容易引起愁思的云雨。牵萦（yíng）：牵挂。

⑫残腊：腊月将尽。

⑬岁华：年华。

⑭浪萍风梗：浪中的浮萍，风中的断梗。形容人漂泊不定。

⑮归去来：赶紧回去吧。陶潜曾在《归去来兮辞》以抒归隐之志，故后用"归去来"为归隐之典。但此处仅用其表面意义，无归隐之意。

【译文】

三三两两的小船驶离岸边，渐渐的风吹着刚长出来的芦苇萧萧作响。在江心沙洲栖息的大雁突破了晨霭，开始了一天的飞行。残月照在小桥上，小桥上的白霜显得更加白了。天慢慢亮了，只见许多人行色匆匆，在迢迢的道边和山路上奔走。过往的人群，不管是坐车的还是乘船的，都是追名逐利的人。

我遥望被重重山水阻隔的家乡。突然有一种归心似箭的感觉，恨不得生出双翅飞回家去。我想到心上之人，雨恨云愁，空牢牵挂，加上春来冬去时光相逼，年华转眼就过去。我还像浮萍和断梗一样随风水飘荡，又有什么好处呢？还是回家去吧。家中的玉楼里，有人还在牵挂着我。

【赏析】

这是一首羁旅行役之作，抒发了词人的思乡之情。

词的上片首句词人就交代了自己所见之景，暗中点明这是羁旅行役思乡之作。"别岸扁舟三两只"四句以密集的意象，展现了船上所见之景，三三两两的船只停靠在离别的岸边，风吹芦苇发出沙沙的声音；水中沙洲上昨夜栖落的大雁受到惊吓，破雾而飞；天上一弯残月和溪桥上的晨霜上下辉映，发出冷暗的白光……这四句将江上清冷、萧瑟之感表现得淋漓尽致。"沙汀"是南来过冬的大雁所居之地，大雁受到惊扰，应当是行人所致。"别岸""葭苇""沙汀""宿雁"，这些景物极为协调，互相补衬，构成了一幅江南水乡图。"溪桥"与"别岸"相对，旅居于外的人远望江岸，走过溪桥。"残月"表明启程的时间很早，与"明月如霜"之以月色比霜之白者不同，"月和霜白"是月白霜亦白。残月与晨霜并见，点出时节约是初冬下旬，与上文风苇、宿雁均为应时之景。三、四两句准确地抓住了寒冬早行所见之景的特征。"渐渐分曙色"为写景之总括，暗示天色渐亮，行人已经走了一段路程。"路遥山远多行役"为转笔，从写景转写旅人。由于天色已亮，路上的行人渐渐多了起来。水陆往来尽是"利名客"，他们追名逐利，来去匆匆，为下文做好了铺垫。从整个上片来看，词人笔下之景全为萧瑟凄凉之景，词人笔下之人尽是追名逐利之人，这些已显示出他对羁旅生涯的厌倦。词作自然地转入下片，抒发羁旅漂泊的哀伤和浓浓的思归之情。

下片开始"一望乡关烟水隔"，承接上片的写景转而开始抒情，写词人厌倦了在外奔波的生活开始思念家乡。"一望"一词带着些许无奈与期盼，想要看到却看不到的家乡，那个回不去的地方，引起了词人的深思，恨不能插上羽翼立刻飞回故乡。对于这种迫切念头的产生，词人作了层层铺叙，细致地揭示了内心的活动。"愁云恨雨两牵萦"道出了词人与妻子相隔两地，愁苦如云雨般惨淡；"新春残腊相催逼"是说明时序代谢，日月相催，新春甫过，残腊又至，客旅日久，于岁月飞逝自易惊心，有岁月逼人老的感叹。"岁华都瞬息。浪萍风梗诚何益"，如此容易消逝的时光，自己却不懂得珍惜，还如浮萍与断梗一般肆意飘摇。柳永深感这种漫无目的的游荡是徒劳无果的，只会白白浪费青春，因此心生悔意，想要回乡。于是逼出最后三句："归去来，玉楼深处，有个人相忆。"这是思乡的主要原因，补足了"愁云恨雨"之意。家乡的"玉楼深处，有个人相忆"，设想妻子常年在家饱受思念之苦。柳永本人就是一个矛盾体：他离家之后再也没有回去过，但是思念之情却也未曾断过。他曾与许多歌妓恋爱，但对家中的妻子牵挂万千也是真情流露。

秋夜月① （当初聚散）

【原词】

当初聚散②。便唤作③、无由再逢伊面。近日来、不期而会重欢宴④。向尊前⑤、闲暇里，敛著眉儿长叹。惹起旧愁无限⑦。

盈盈泪眼⑧。漫向我耳边⑨，作万般幽怨⑩。奈你自家心下⑪，有事难见。待信真个⑫，恁别无萦绊⑬。不免收心⑭，共伊长远。

【注释】

①《秋夜月》：词牌名。《乐章集》注"夹钟商"。因尹鹗词起句有"三秋佳节"及"夜深，窗透数条斜月"句，取以为名。以尹鹗体为正体。

②聚散：离开。

③唤作：口语，认为的意思。再逢：再次相逢。伊：第二人称代词，相当于"你"。

④不期而会：没有约定而遇见。《谷梁传·隐公八年》："不期而会曰遇。"

⑤尊前：酒杯的前面。尊，同"樽"。马戴在《赠友人边游回》中写道："尊前语尽北风起，秋色萧条胡雁来。"

⑥长叹：长长地叹气。鲍照在《拟行路难》写道："如今君心一朝异，

183

对此长叹终百年。"

⑦惹起：招惹，引起。戴复古在《钓台》中有句："平生误识刘文叔，惹起虚名满世间。"

⑧盈盈：本用于形容水的清澈，这里指泪光闪闪。张先《临江仙·自古伤心惟远别》："况与佳人分凤侣，盈盈粉泪难收。"

⑨漫向：空向。漫，徒然。

⑩万般：各种各样，多种多样。元稹《岳阳楼》："怅望残春万般意，满棂湖水入西江。"

⑪奈：无可奈何。自家：自己。施肩吾《望夫词》："自家夫婿无消息，却恨桥头卖卜人。"心下：心里，心中。黄庭坚《品令·茶词》："口不能言，心下快活自省。"

⑫待信：以诚信相待。真个：口语，真的。个，语助词。

⑬恁：你。别无萦绊：没有别的感情牵绊。

⑭收心：收起猜忌之心。

【译文】

当初分别的时候，便以为再也不会有机会与你相见了。最近，却没想到在此处相遇。趁着闲暇的空档，喝着酒，你不禁皱眉叹气。情不自禁地想起了过去的伤心。

你眼中泛着泪光，在我耳边诉说着自己的千愁万恨。无奈你心中有着难言之隐。要是我相信了你真的在感情上了无牵挂，那么我就抛开猜疑，与你长久相爱。

【赏析】

这首词描写了词人在一次宴会上，与一位已经分手的歌妓不期而遇，对当年的不欢而散达成和解的情形。

　　词的上片写男女在宴会上意外相遇的场景。"当初聚散。便唤作、无由再逢伊面。近日来、不期而会重欢宴。"开篇五句交代了事情发展的背景。当初分别的时候，以为此生再也不会与其相遇，没想到最近却在一次宴席上不期而遇。"向尊前、闲暇里，敛著眉儿长叹。惹起旧愁无限。"这几句点明了女子的近况，大家都没有说什么，她在别人面前也作出一副若无其事的样子，闲暇的时候却一直愁眉不展，长吁短叹。她这种楚楚可怜的情态，引起了我对往日恩爱之情的无限愁思。

　　上片只做了简单的平铺直叙，情节却多有起伏，描写了一段与旧人重逢的场面，让人想要细品其中滋味。

　　下片则写了女子对词人的倾诉。"盈盈泪眼"直接与上片的"敛著眉儿长叹"相连，词作自然过渡到下片，主要描写了重逢之后，男女双方的语言与心理变化。"盈盈泪眼"三句写了女子含泪诉怨。女子显然有很多话要说，所以见到词人便往事涌上心头，开始倾诉衷肠。不过对于她的诉说，词人通过一个"漫"字表达了自己的疑惑，毕竟已经分手多时，不知女子为何突然这般亲热。果然，"奈你自家心下，有事难见"。词人猜她应当有难

言之隐，不过他也并不将"难见"之"事"说破。他想的是："待信真个，恁别无牵绊，不免收心，共伊长远。"要是我相信了你真的在感情上了无牵挂，那么我就抛开猜疑，与你长久相爱。可见词人的心理是多么复杂、微妙。至此，读者才恍有所悟，原来，词中男女双方"当初聚散"的原因是女子有难言之隐，是她别有萦绊。而其"万般幽怨"的解释，也正表明她作为一个歌妓的无奈：一方面，她深爱着词人；另一方面，她又身不由己地去讨好其他男人。她深爱的男子虽然有着"收心""共伊长远"的打算，但前提是她可以抛开一切，不然他们也不过是聚而复散。那么，歌妓是否真的能摆脱一切羁绊，与词人重修旧好呢？词人并未表述。

本词中词人巧妙地点到为止，让这个叙述充满了曲折，结尾也让人回味无穷，意犹未尽。

法曲献仙音①（追想秦楼心事）

【原词】

追想秦楼心事②，当年便约，于飞比翼③。每恨临歧处④，正携手、翻成云雨离拆⑤。念倚玉偎香⑥，前事顿轻掷⑦。

惯怜惜。饶心性⑧，镇厌厌多病⑨，柳腰花态娇无力。早是乍清减⑩，别后忍教愁寂。记取盟言，少孜煎⑪、剩好将息。遇佳景、临风对月，事须时恁相忆⑫。

【注释】

①《法曲献仙音》：词牌名。陈旸在《乐书》中记载："法曲兴于唐，其声始出清商部，比正律差四律，有铙、钹、钟、磬之音。

②秦楼：亦名凤楼。相传秦穆公女弄玉，好乐。萧史善吹箫作凤鸣。秦穆公以弄玉妻之，为之作凤楼。二人吹箫，凤凰来集，后乘凤飞升而去。

③于飞比翼：即比翼双飞，翅膀挨着翅膀，一同飞翔，常用来形容结成夫妻。于，语助词。《诗大雅卷阿》："凤凰于飞，翙翙其羽。"

④临歧：指到了分别的路口。

⑤翻成：反而成了。离拆：分离。

⑥倚玉偎香：指男女风情之事。

⑦顿：即时，顿时。

187

⑧饶心性：情感丰富，多愁善感。

⑨镇：常常。厌厌：同"恹恹"，提不起精神。

⑩乍清减：突然消瘦。

⑪孜煎：忧虑，思念之极。剩：多。将息：养息，将养。

⑫事须：每须，时时要。

【赏析】

这是一首写相思之词。

词人在上片主要追忆往事，开篇便明言自己此为追忆，想与这位女子曾经立下誓言，比翼双飞。之后，又交代了自己终究辜负了对方的期望，于是有了"每恨临歧处，正携手、翻成云雨离拆"的行为，诉说每每到了分别的时候，就辜负对方一次。"正携手、翻成云雨离拆"的痛苦与无奈，一个"恨"字，透出了内心的不安与自责。所以分别后，柳永总是在回念着过去的情爱，责怪着自己的"轻掷"。这上片全是追述前事前情，所以，上片三韵分别用"追想""每恨""念"三个词儿开头，引出内心的层层波澜。

下片主要写思念家人。正是由于词人心存悔恨，所以一直忘不掉对方。下片在上片抒写内心情愫的基础上，先转入对这位女子情态的描摹：这位自己念念不忘的女子，她多愁善感，所以常常提不起精神，变得娇柔多病。已"早是乍清减"；从侧面又表现了词人的自责：都怪我，你才会如此不爱惜自己，身体才会清减了不少。同时也表现了词人的不忍：我怎忍心让你在离别后这样悲愁孤寂！字里行间透着词人对她的怜爱。于是接下来再进一步转入对这位女子的怜惜、挂念以及近乎絮叨的嘱咐：让她牢牢记住过去的"盟言"，潜台词则是我是不会忘却这盟言的；劝她"少孜煎"，多

"将息"，潜台词则是好好保重，来日方长，以待相聚；嘱她每遇"佳景"良时，时时相忆，潜台词则是我也定是如此相忆。设若柳永对这位女子没有一片真情，是不可能如此愈转愈深、如此细密温存、体贴入微的。

由于上下两片叙写的角度有所不同——上片是自抒情愫，下片是诉向伊人，故而上片的语言近于雅，甚至化用了前人诗句；下片的语言则近俗，多用当时口语。还值得一提的是，柳永恁般俚俗的一句"少孜煎、剩好将息"，在较他晚半个世纪的词人晁端礼笔下，却化作郑重的一句："古人言语分明道，剩须将息少孜煎。"（见晁词《踏莎行》）

西平乐①（尽日凭高目）

【原词】

尽日凭高目②，脉脉春情绪③。嘉景清明渐近，时节轻寒乍暖④，天气才晴又雨。烟光淡荡⑤，妆点平芜远树⑥。黯凝伫⑦。台榭好、莺燕语。

正是和风丽日，几许繁红嫩绿，雅称嬉游去⑧。奈阻隔、寻芳伴侣⑨。秦楼凤吹⑩，楚馆云约⑪，空怅望、在何处。寂寞韶华暗度⑫。可堪向晚⑬，村落声声杜宇⑭。

【注释】

①《西平乐》：词牌名，此调有仄韵、平韵两体。仄韵者始自柳永，《乐章集》注"小石调"。

②凭高目：登高望远。

③脉脉春情绪：这句不仅写出了春天的暖意，也写出了词人的心境，"脉脉"二字又可作脉脉相视解，则春色与我心相融为一，彼此相许。

④"嘉景"三句：清楚地写出了清明前后的天气多变的特点，忽而变暖，又有轻寒，刚刚放晴转而又下雨。轻寒乍暖，天气突然变暖，但依然略带寒意。

⑤淡荡：轻轻飘荡。

⑥平芜（wú）：开阔平坦的原野。

⑦黯：黯然伤神。

⑧雅称：对人称说。

⑨"奈阻隔"句：原本想要找人一起同游，无奈被山川所阻隔，意为与情人天各一方。

⑩秦楼：亦名凤楼。相传秦穆公女弄玉，好乐。萧史善吹箫作凤鸣。秦穆公以弄玉妻之，为之作凤楼。二人吹箫，凤凰来集，后乘凤飞升而去。凤吹：彩凤吹箫。

⑪云约：朝云相约。彩凤、朝云，都是当时妓女喜用名。

⑫韶华：美好的年华。

⑬可堪：如何忍受。

⑭杜宇：指杜鹃，传说为望帝魂魄所化。杜宇为传说中的古蜀国开国国王。公元前 1057 年，鱼凫王杜宇参加了武王伐纣的战争，号称蜀。杜宇始称帝于蜀，号曰望帝。杜宇退而隐居西山，传说死后化作鹃鸟。每年春耕时节，子鹃鸟鸣，蜀人闻之曰"我望帝魂也"，因呼鹃鸟为杜鹃。一说因通于其相之妻，惭而亡去，其魂化作鹃鸟，后因称杜鹃为"杜宇"。

【译文】

整日里凭高远望，引发了绵长无尽的春愁。时节渐进清明，满眼都是美丽的景色。天气一会儿晴朗一会儿又细雨绵绵，使刚刚有些暖意的天气带着一丝微寒，自己的心情也随之微妙地变化着。春日的淡淡雾气飘散在平原的草地和远方的树林上，犹如盖上了一层轻纱，隐隐约约、朦朦胧胧，将景色妆扮得十分美丽。默默地长久凝神伫立着观看。近处，台阁亭榭是那般精美，莺歌燕语又是多么悦耳。

正是风和日丽的好天气，百花绽放，草树嫩绿，多么适合结伴郊游啊。怎奈跟我一起寻芳的伴侣却被阻隔在千里之外。曾经有过的秦楼楚馆的歌舞生涯、云雨之约，都如烟云消逝，只剩下白白的惆怅，不知佳人在何处。美好的时光也只能在孤寂中度过。如何能忍受黄昏渐近时，村落里传来的声声杜鹃的悲鸣声。

【赏析】

词的上片主要将笔墨放在了春天的美景上。起两句总摄上片。"尽日凭高目"，点明全词的立足点，这些都是词人登高远望所见之景。之后的四句则点明了时节与气候，"嘉景清明渐近，时节轻寒乍暖，天气才晴又雨。"这六言三句，看似平平无奇，却透着一种娴熟。描写自然，一气呵成，其句中节奏皆为"二二二"，显得悠然、平稳，与春景相称。意思是说清明佳节将至，天气开始变暖，但是又略带寒意，有些阴晴不定。"雨"字是为了协韵。不一定指此刻正在下雨。下面两句写春光，"烟光淡荡，妆点平芜远树"。这是词人远望所见之景。春日的淡淡雾气飘散在平原的草地和远方的树林上，犹如盖上了一层轻纱，隐隐约约、朦朦胧胧，将景色装扮得十分美丽。词人被眼前的美景所触动，心生隐言，不禁暗自神伤起来；但是他既被吸引住，不忍离去，故末韵为"黯凝伫，台榭好，莺燕语。"他还是久久凝神伫立着观看。近处，台阁亭榭是那般精美，莺歌燕语又是多么悦耳。这段三言三句，节奏急促，隐含内心情绪的激动。

下片抒发了词人触景伤情、孤独无伴的悲哀。过片三句承上启下。"正是风和日丽"，是对上片的总承，"几许繁红嫩绿"开始从视觉上来填充春色之美。因春天红花茂盛、绿叶还浅，"繁红嫩绿"用得十分恰当。"雅称嬉游去"，开启下文，意思是很适合去春游。接着，笔锋一转，"奈阻隔、寻芳伴侣"，词人感慨出游却因无伴而被阻隔，言外之意就是自己由于无伴相陪也失去了赏春的兴趣。这和上片"黯凝伫"的"黯"字遥相呼应。以下进一层为自己的惆怅。"秦楼风吹，楚馆云约。空怅望、在何处。"前两句是对句，意义相同。秦楼楚馆都是妓楼歌院，可以看出词人所想之人应当是一位青楼女子。风吹散、云隐约，是借喻佳人已被阻隔、分离而难以相见。以"空怅望"中可知可能还在同一城市，但已不知"在何处"了。"寂寞韶华暗度"，点明了伤春伤别。煞拍"可堪向晚，村落声声杜宇。"以杜鹃鸟的悲啼渲染悲伤的气氛；在这寂寞的春日黄昏，声声从村外传来，使诗人原本已经寂寞空冷的心再也禁不住这样的伤感。以景结情，耐人寻味。

这首词极尽借景抒情之极致，感情深厚而凝重，毫无轻佻之态，可见词人用情至深。全词情景交融，丝丝入扣，让人读之容易产生共鸣。

一寸金①（井络天开）

【原词】

井络天开②，剑岭云横控西夏③。地胜异④、锦里风流，蚕市繁华⑤，簇簇歌台舞榭⑥。雅俗多游赏⑦，轻裘俊⑧、靓妆艳冶⑨。当春昼，摸石江边⑩，浣花溪畔景如画⑪。

梦应三刀⑫，桥名万里⑬，中和政多暇⑭。仗汉节、揽辔澄清⑮。高掩武侯勋业，文翁风化⑯。台鼎须贤久⑰，方镇静⑱、又思命驾。空遗爱⑲，两蜀三川⑳，异日成嘉话㉑。

【注释】

①《一寸金》：词牌名。《乐章集》入"小石调"，即"中吕商"。

②井：星宿名，即井宿，古时二十八宿之一。络：笼罩。古时会按照天空星宿位置划分地上相应区域，井星恰好对应蜀地，所以井络指蜀地。

③剑岭：指大小剑山，位于川陕之间，中有剑阁，势为天险。控，控制。西夏：宋朝时党项羌所建的政权，它和辽、金先后与宋鼎峙。

④胜异：与他处不同的奇丽。锦里：地名，在四川成都市南，后泛指成都。风流：风物奇异美妙。

⑤蚕市：买卖蚕具的集市。成都自古盛产蚕桑，古时将其称为蚕市。

⑥簇簇：一丛丛的。

⑦雅俗：风雅之士与流俗之人。游赏：游览观赏。

⑧轻裘：轻暖的皮衣。这里代指富贵或权贵之人。俊：英俊的少年。靓妆：漂亮的打扮，此代指美女。

⑨艳冶：艳丽。

⑩摸石：据《月令广义》载，成都三月有海云山摸石之游，占生子之兆。得石者男，得瓦者女。

⑪浣花溪：又名百花潭，位于成都市西郊，属于锦江的支流。

⑫梦应三刀：《晋书王濬传》："濬夜梦悬三刀于卧屋梁上，须臾又益一刀，濬惊觉，意甚恶之。主簿李毅再拜贺曰：'三刀为州字，又益一者，明府其临益州乎？'……果迁濬为益州刺史"后常用为官吏升调的典故。益州，所治为今成都市。

⑬桥名万里：万里桥位于成都市南锦江上。三国时蜀费祎出使吴，诸葛亮在此处践行，祎曰："万里之路，始于此桥。"因此而得名。

⑭"中和"句：意为以中庸之道理政，万物和谐，政事十分闲暇。

⑮仗汉节：这里指奉旨赴任，管理蜀地。仗，执持。节，符节，古代使者所持，以作凭证。揽辔（pèi）澄清：《后汉书范滂传》："时冀州饮荒，盗贼群起，乃以滂为清诏使，案察之。滂登车揽辔，慨然有澄清天下之志。"后用来指官吏初到任即能澄清政治，稳定局面。

⑯"高掩"二句：超过了诸葛亮治理蜀地的功勋和文翁在蜀推行教育感化的业绩。武侯，诸葛亮的封号。文翁，汉庐江舒（今安徽庐江西南）人，景帝时担任蜀郡守，于成都市中办起官学，招属县弟子入学。风化，旧指教育感化。

⑰台鼎：古代称三公或宰相为台鼎。此指朝廷。须：等待。

⑱镇静：安定。命驾：意为启程出发。

195

⑲空：只，仅。遗爱：此指将仁爱遗留于蜀地。

⑳两蜀三川：泛指蜀地。两蜀，指东蜀、西蜀。三川，唐以剑南东、剑南西、山南西三道为三川。

㉑异日：他日，来日。

【译文】

处于井络分野的益州，其地有大、小剑山，似与云天接，地势险要，乃防控西夏国的一道天然屏障。成都地势优越独特，锦官城内风光景物更是奇异美妙，正值城内蚕市昌盛之时，到处都有歌台舞榭，歌曲声与喧嚣声不绝于耳。城内游览的观光客众多，文人雅士市井小民均在其间，轻裘肥马的英俊少年，打扮入时，娇艳美丽的女子，在摸石江边、浣花溪畔流连，看上去如同一幅美丽的图画。

您高升的梦已然应验，您的万里鹏程也于此处展开。自从您赴任益州太守以来，政治清明，四境无事，百姓安居乐业，万物和谐。自从你上任以来，没过多久便让蜀地局面稳定，政通人和，功勋之高胜过诸葛武侯，而且您还像文翁一般，教化子民。但是朝廷宰辅之位等待贤才已久，因此你刚刚使这里安定，就又被另授重任。离开蜀地回到朝廷，以后也会成为一段佳话。

【赏析】

这是一首献给蜀地地方官员的作品，虽然里面不乏"贡谀"的成分，但其以赋体形式极力铺陈，景物风情的描绘、对句和典故的运用都极其优秀。

词的上片着重描写了蜀地的自然风光与风土人情。"井络天开，剑岭云横"，突出了蜀地地理位置的重要性以及地势的险峻。"井络""剑岭"暗扣蜀地，"天开""云横""控西夏"，写得颇有气势。"地胜异"以下则将笔墨多放在了写成都风物的奇特上。"簇簇歌台舞榭"六字又托起一组四字对句——"锦里风流，蚕市繁华"，将成都城市的繁荣之景呈现在读者面前。"锦里""蚕市"均是成都古时的称谓，如此称呼也可以让人从侧面去了解成都浓厚的历史气息。之后，从景到人，开始描写成都的人情风貌——"雅俗多游赏，轻裘俊、靓妆艳冶。"游人如织，熙熙攘攘，那些穿着俊美服饰的俊男靓女，本身就是一道风景线。末句又以"景如画"三字托起"摸石江边，浣花溪畔"两个四字对句，直接点出蜀地风景如画。

下片称颂当地官员的治理。"梦应三刀，桥名万里"用王浚迁为益州刺史和诸葛亮送费祎出使吴国的典故，点出这位官员奉命成为了成都地方长官的事实。"中和政多暇"，赞扬他中正和平，政事闲暇。"仗汉节"三句，赞扬他奉命来到成都当官，带着对未来的抱负在地方上实施了利民政策，超过了当年诸葛亮的治蜀功勋和文翁在蜀地教育感化的业绩。"台鼎须贤久"两句，意思是说朝廷十分需要这般有才干的人，所以用不了多久，这位官员可能就要高升。"空遗爱"三句，写他的治绩必将被蜀地百姓谨记于心，在百姓中传为佳话。整个下片多用典故，显得词格高俊，不失大气。不过"揽辔澄清。高掩武侯勋业"难免有过誉之嫌。

卜算子慢^①（江枫渐老）

【原词】

江枫渐老^②，汀蕙半凋^③，满目败红衰翠^④。楚客登临^⑤，正是暮秋天气。引疏砧、断续残阳里^⑥。对晚景、伤怀念远，新愁旧恨相继。

脉脉人千里。念两处风情，万重烟水^⑦。雨歇天高，望断翠峰十二^⑧。尽无言、谁会凭高意^⑨？纵写得、离肠万种，奈归云谁寄^⑩？

【注释】

①《卜算子慢》：词牌名，《乐章集》注"歇指调"。双调八十九字，前段八句四仄韵，后段八句五仄韵。

②江枫：江边的枫树。

③汀蕙：水边平地上长的一种香草。

④败红衰翠：深秋季节，花草树木都逐渐衰败。"败红"承接上句的"江枫"，"衰翠"承接上句的"半凋"的"汀蕙"。

⑤楚客：原指屈原，楚人屈原因为被他人诬陷，身遭放逐，流落他乡，被称为"楚客"，也泛指客居他乡的人。另有说法，认为楚客指的是楚国的宋玉，其客居京邑，作《九辨》抒发登高临水悲秋怀古之情，词人有以宋玉自比之意。

⑥"引疏砧"句：是说稀稀疏疏的捣衣声，在残阳里断断续续地传过来。疏砧（zhēn），稀稀疏疏的捣衣声。砧，捣衣石。

⑦"脉脉"句：相爱之人远隔千里，两地相思，烟水阻隔。

⑧望断：向远处望，直到看不见。翠峰十二：即巫山十二峰。《天中记》："巫山十二峰，曰：望霞、翠屏、朝云、松峦、集仙、聚鹤、净坛、上升、起云、飞凤、登龙、圣泉。"宋玉在《高唐赋》中写了巫山神女化为朝云暮雨与楚襄王相会的故事——楚襄王田猎于高唐，夜梦一神女自称为炎帝之女瑶姬，现为巫山之神，与楚襄王成就了一夜的夫妻情爱，到天明临走之时告诉楚襄王："妾在巫山之阳，高丘之阻，旦为朝云，暮为行雨，朝朝暮暮，阳台之下。"后来人们就以朝云暮雨比喻男女之性爱。此处暗用其意，云疏雨散，天高气清，能够化成"朝云暮雨"的神女自然难寻了。

⑨谁会：谁能理解。

⑩归云：归思。唐薛能《麟中寓居寄蒲中友人》诗："边心生落日，乡思羡归云。更在相思处，子规灯下闻。"

【译文】

江岸的枫叶慢慢凋零，水洲上的蕙草也差不多开始凋零了，满目双百的红花绿叶。客居他乡，登高望远，恰逢这样的暮秋天气。稀稀疏疏的捣衣声，断断续续在残阳中传来。面对傍晚如此景象，不禁感伤怀人，新愁与旧恨，不断涌现。

相爱之人远隔千里，两地相思，烟水阻隔。雨消云散天空高远，望不尽远处十二座苍翠山峰。无言相诉，谁能理解登高望远抒发心中的情意？即便写出了千万种离别之苦，谁又能驾驭行云寄去我的相思情书？

【赏析】

这是一首借景抒情之作。

上片词人描绘了江水周围的景色，奠定了凄凉、苍茫的基调，烘托出怀人的氛围。开篇三句"江枫渐老、汀蕙半凋，满目败红衰翠"描绘了江边有些惨败的秋景。"败红"就是"渐老"的"江枫"，"衰翠"就是"半凋"的"汀蕙"，而曰"满目"，则是举枫树、蕙草以概其余，点明正值深秋时节，所以看上去都是红和绿两种颜色。不是鲜红嫩绿，而是惨败的红和绿。"渐"和"半"意味正老、正凋，还将不断地老下去、凋下去。"楚客登临，正是暮秋天气。"点明了上面所写的景色均为登高临江所见，而当时正值暮秋天气。"引疏砧，断续残阳里。"词人开始写所闻。深秋万物开始凋零，让人触景生情，心生愁怨，何况在这"满目败红衰翠"之中，耳中又听到了稀稀疏疏的捣衣声。在夕阳的映照下，更显出了词人独在异乡为异客的清苦。"对晚景，伤怀念远，新愁旧恨相继。"进一步点明了词人所伤之情乃思念之情。"对晚景"三字，承上文的所见所闻，启下文的"伤怀念远"，是对主旨的补充，说明这种"伤"和"念"并非偶然触发，而是心上本就有的。从写景过渡到抒情、"新愁旧恨相继"，此刻先后涌上心头，加深了这种愁怨的重量。

下片承接上文，直接道明了愁恨的缘由。"脉脉人千里。念两处风情，万重烟水。"词人与所思之人远隔千里，山水重重，两相怀念。一个"念"字，令作者怀人之情顿生层澜。"雨歇天高，望断翠峰十二。""雨歇"一句，不仅说明了登临时的天气实况，而且点出是风吹雨打才会让红败翠衰，写出了暮秋雨后的情景，秋雨初停，词人站在高山之上，看着雨后惨败的风景。"望断"句既是写实，又是寓意。就写实方面说，写出了雨停云散之后，天高气朗，极目所见，只有重重叠叠的山峰。就寓意方面说，则是讲那位"旦为朝云，暮为行雨"的巫山神女，由于云散雨收，此时也难以寻觅了。"望断翠峰十二"，也是徒然。巫山有十二峰，诗人常在诗中使用李唐神女的传说。这里词人暗中抒发了对恋人的思念，侧面表达了那个女子是如同天仙一般的人物。"尽无言，谁会凭高意？"更近一层，写出了自己的思念无人可以理会，只能默然无语。最后以"纵写得，离肠万种，奈归云谁寄？"结尾，表达了词人的两种感情，一是无人理会的"离肠万种"，二是纵然写下了相思也无法寄出的无可奈何。

本词极具渲染效果，上片从正面写情，然后将这种凄苦的情绪带到了客观的景物里面，让整个氛围变得更加凄凉寂寞。下片着重描写了词人的情绪上变化，采取了总起总收、间以分述的笔法，环环相扣，让感情得到了进一步的抒发，将情感抒发得淋漓尽致。

201

浪淘沙慢①（梦觉、透窗风一线）

【原词】

梦觉、透窗风一线，寒灯吹息。那堪酒醒，又闻空阶，夜雨频滴。嗟因循②、久作天涯客。负佳人、几许盟言③，便忍把、从前欢会，陡顿翻成忧戚④。

愁极。再三追思，洞房深处，几度饮散歌阑。香暖鸳鸯被，岂暂时疏散，费伊心力。殢云尤雨⑤，有万般千种，相怜相惜。

恰到如今、天长漏永⑥，无端自家疏隔⑦。知何时、却拥秦云态⑧？愿低帏昵枕⑨，轻轻细说与，江乡夜夜，数寒更思忆⑩。

【注释】

①《浪淘沙慢》：柳永创制慢词，《乐章集》注"歇指调"。柳永这首慢词为一百三十五字之长篇。

②因循：迟延拖拉，做事漫不经心，蹉跎岁月，引申为漂泊。

③几许盟言：多少山盟海誓的话。

④陡顿：突然，指一下子突然改变。

⑤殢（tì）云尤雨：沉迷于男欢女爱。殢，贪恋，沉迷。尤，相娱、相恋之意。

⑥漏永：古人以铜壶滴漏计时，这里指时间过得慢。

⑦自家：自己。疏隔：疏远阻隔。

⑧秦云态：这里指女子的体态。秦指的是春秋时代秦穆公的女儿弄玉，也叫秦娥。相传秦娥嫁给萧史，跟他学习吹箫，后来双双得道升天。云态，应当指传说中的"旦为朝云，暮为行雨"的巫山神女那般的体态。

⑨低帏：放下帏帐。昵：亲近，亲昵。

⑩数（shuò）：多次。

【译文】

从梦中醒来，一丝寒风穿过窗缝钻进了房间内，将孤灯吹灭了。宿醉初醒，凄凉原本已经难以忍耐，此时又听到了房间外面的台阶上渐渐沥沥的雨声。可叹我只能按历来的习俗去谋求功名利禄，以至于漂泊天涯。如今想起来，真是辜负了佳人的一片真情，让多少海誓山盟都变成了空诺，又怎能忍心将过去的两情相悦，陡然间变成如今这般孤独悲戚。

犯愁到了极点！不断地回想，当年那洞房深处，多少次畅饮欢歌，双双寻欢于鸳鸯被底。谁料由于我一时的疏狂散漫，竟然你颇费心力。想到当时缠绵时的万种柔情，千般亲昵，有多少浓情蜜意。

再看如今，漫漫长夜只能听取铜壶滴漏计时，就这样两地相思隔绝千里。我真是自寻离愁，却让你牵肠挂肚徒增悲愁。不知要等到何时，我才能重新和你在一起重拥鸳鸯被，共度欢情，如胶似漆。到那时，希望能够在低垂的幕帐中，和你共枕亲昵。我会悄悄告诉你，曾在这偏远的寒江水乡，我每每彻夜难眠，数着寒更将你思念。

【赏析】

本词当为词人游宦途中思念情人之作。因为写了男欢女爱，所以显得尤为缠绵悱恻，情深意浓。

上片词人写了主人公夜半酒醒时的忧戚情思。词从"梦觉"写起，说窗风吹灭了寒灯，渲染了清冷的氛围，引出抒情主人公的满腔的愁绪，开始两句直接写出了主人公梦寐不安与满腔愁绪。"那堪酒醒"三句，写出了酒醒之后难以入睡的寂寞空冷。"那堪""又"，及"频"，层层递进，将主人公当时的心境表露无疑，让人读之倍觉凄凉孤寂。接着，主人公直接发出感叹："嗟因循、久作天涯客"开始道出了自己难眠，以及心境凄苦的缘由。因为久作天涯客，辜负了当时和佳人的山盟海誓，从前的欢会情景，在这个夜里一下子都变成了忧愁与凄戚。至此，主人公才算吐完了心中的情思。

中片，词人由上片之"忧戚"导入，说"愁极"，十分自然地转入对于欢爱的"追思"。"愁极"两个字很好地引入了词人的情绪，为回忆做铺垫。"再三追思"三句，写出了词人深陷于对过去欢乐的回忆之中无法自拔。"几度"一词，用反问的手法，点明了欢乐之多。"洞房深处"将回忆的场景引入到了床帏之上。"香暖鸳鸯被"三句描绘了男女双方欢爱无厌之状，可以窥视出双方相爱至深。"殢云尤雨"三句，则概括表达了其相爱之缠绵。

下片从回忆过去的相欢相爱中脱离，再次回到眼下"天长漏永"，通夜不眠的现实当中来。"恰如今日"转换时空并总括了事态的始终。"无端自家疏隔"，悔恨当初不该出游，这份疏隔乃自己所造成的，但是内心依然觉得十分委屈。因此，主人公又设想两人相聚之时，他就要在低垂的帏幕下，玉枕上，轻轻地向她详细述说自己是如何一个人在此夜夜数着寒更，默默地思念着她。至此，主人公的情思活动进入高潮，但作者的笔立刻刹住，就此结束全词。

从谋篇布局上看，上片和中片花开两枝，分别讲述了现在与过去的情事；到了下片，又从过去的回忆里回到了现实，开始设想未来，设想将来如何回忆现在，使情感活动向前推进一层。全词三片，从不同角度、不同方位，多层次、多姿态地展现主人公的心理状态和情思活动，具有一定的立体感。

彩云归①（蘅皋向晚舣轻航）

柳永词全鉴

【原词】

蘅皋向晚舣轻航②。卸云帆、水驿鱼乡③。当暮天、霁色如晴昼④，江练静、皎月飞光⑤。那堪听、远村羌管⑥，引离人断肠⑦。此际浪萍风梗⑧，度岁茫茫⑨。

堪伤。朝欢暮宴，被多情、赋与凄凉。别来最苦，襟袖依约⑩，尚有余香。算得伊、鸳衾凤枕⑪，夜永争不思量⑫。牵情处⑬，惟有临歧⑭，一句难忘。

【注释】

①《彩云归》：词牌名，柳永自制曲。《宋史·乐志》注"仙吕调"，《乐章集》注"中吕调"。双调一百零一字，上片八句五平韵，下片十句五平韵。

②蘅（héng）皋（gāo）：生长香草的水边高地。曹植在《洛神赋》中写过："尔乃税驾乎蘅皋，秣驷乎芝田。"向晚：接近晚上的时候。舣（yǐ）：使船靠岸。

③云帆：高帆。水驿：以船为主要交通工具的驿站。

④暮天：傍晚的天空。王昌龄在《潞府客亭寄崔凤童》中有写："秋月对愁客，山钟摇暮天。"霁（jì）色：晴朗的天色。元稹《饮致用神曲酒

三十韵》："雪映烟光薄，霜涵霁色泠。"

⑤江练静：江水像白色绸缎一样又白又静。飞光：闪闪发光。 江淹《别赋》："日下壁而沉彩，月上轩而飞光。"

⑥羌管：即羌笛，是出自古代西部羌族的一种簧管乐器，古老的六声阶双管竖笛。据传为秦汉古羌人发明，音色清脆高亢，流传于四川羌族地区。

⑦断肠：形容伤心至极。

⑧浪萍风梗：浪中的浮萍，风中的断梗。形容人居无定所，漂泊不定。

⑨度岁：过年。茫茫：迷茫，模糊不清。

⑩依约：依稀隐约。

⑪鸳衾（qīn）：绣着鸳鸯的锦被。凤枕：绣着凤凰的枕头。

⑫夜永：夜长。争：怎，如何。

⑬牵情：牵动感情。

⑭临歧：歧路，岔路。古人送别常在岔路口处分手，故把临别称为临歧。

【译文】

傍晚，整理轻舟停靠在长满杜衡的岸边。将白色的船帆降下，走进盛产鱼米的水路驿站。当时傍晚的天空、晴朗的天色如同一幅画一般，江水像白色绸缎一样又白又静，皎月耀光。如何忍受去听那遥远的村落传来的悠悠羌笛声，引发了心中离开家乡与亲人的无限悲情。此时，感觉自己就像是水中的浮萍，风中的断梗，过着漂泊不定的生活，马上要过年了，思绪愈加烦乱了。

怎能忍受朝欢暮散的伤悲，多情让自己徒增了凄凉孤独。自从分别之后，我痛苦至极，衣襟衣袖隐约还残留着你的余香。猜想你此时应当坐在我们同眠共枕的床头，面对漫漫长夜，如何不像我一般思念。动情处，唯有赠别之辞，一句也难以忘记。

【赏析】

本词用词讲究，十分文雅，夜色苍茫中带着凄美，极具画面感，且抒情十分到位。

上片开篇，"蘋皋向晚舣轻航"两句为我们刻画了一个匆匆赶路的旅人，在傍晚十分，将船靠岸，准备"卸"下"云帆"，宿于船上。开头两句就大概交代了时间、地点以及人物的状态。之后，开始描绘周围的景色："当暮天、霁色如晴昼，江练静、皎月飞光"，词人用短短几句，就为我们勾勒了一幅江边傍晚月色图。在清朗的夜色中，皎洁月光的照射下，平静的江水宛如一条白色的绸带，散发着皎洁的光彩，月光水色上下辉映，激滟无际。词人所描绘的意境虽是优美的，而词人所透露出的情感却让人凄然。"那堪听、远村羌管，引离人断肠"，这时，远方村庄飘来阵阵的羌笛声，令离别在外的人伤心不已。羌笛本身就带着凄切之声，在夜深人静时，传到了词人耳边，而词人正置身于一片茫茫苍苍的空阔之中，更觉处境凄凉。"那堪"二字使离人面对此情此景所引发的凄苦之意更深一层地表达了出来。"此际浪萍风梗，度岁茫茫"，词人深陷于"断肠"的悲伤中，感觉现在的自己就像是浪花中的浮萍、风中的断梗，未来、前途、希望都是渺茫的。"度岁茫茫"四字写尽了岁月蹉跎，毫无希望的无奈。

下片，词人以"堪伤"二字直抒其怀，不仅承接了上片的感情脉络，又引出了下片对其中滋味的进一步诉说。"朝欢暮散，被多情、赋与凄凉。别来最苦，襟袖依约，尚有余香"，"朝欢暮散"是过去的享乐生活，"凄凉"是如今的现状，"多情"是痛苦的根源，所以"别来最苦"。因"多情"

而伤离别，由于离别而痛苦，层层递进。仿佛"依约"间，词人嗅到了"襟袖"中似乎还残留着伊人的"余香"，这多是词人由于思念过度而产生的幻觉，可看出词人思念至深。随后，词人开始转换视角为对方着想。"算得伊、鸳衾凤枕，夜永争不思量"词人从自己出发推测伊人也一样，对自己思念至深，辗转反侧，孤夜难眠。接下来词人又把笔墨宕开，开始回忆当初的分别"牵情处""惟有临岐""一句难忘"。词人舍其他不言，专择取分别时的一个镜头，就要远行，两人之间必定有很多话说，但到临别却无法诉说，只化为了临别时的一句叮嘱。词的结尾宛如一个特写的定格，有着强调、放大情感的效果，凄楚动人，令人黯然神伤。

《乐府余论》云："柳词曲折委婉，而中具浑论之气，虽多俚语，而高处足冠群流。"柳永这首词"曲折委婉"，二言、三言、四言、五言、六言，长短不一的句式使音节流转顿挫，极易于抒发曲折委婉之情，且有一唱三叹的效果，极为动听；这首词又"具浑论之气"，词中所描绘的景色宏大，水天一色，极具意境；这首词还"高处足冠群流"，写景有全景亦有细节，写情有感想、幻想、推想和回想，极其铺陈，而且相思之情隐然结合了身世漂泊、志意追寻与落空的感慨，情感抒发十分丰满。但在语言上，这首词却不用俚语，颇具高雅清扬的气度，堪称柳永慢词长调中难得之作。

轮台子①（一枕清宵好梦）

柳永词全鉴

【原词】

一枕清宵好梦②，可惜被、邻鸡唤觉③。匆匆策马登途，满目淡烟衰草④。前驱风触鸣珂⑤，过霜林、渐觉惊栖鸟⑥。冒征尘远况，自古凄凉长安道⑦。行行又历孤村⑧，楚天阔、望中未晓⑨。

念劳生⑩，惜芳年壮岁⑪，离多欢少。叹断梗难停⑫，暮云渐杳。但黯黯魂消，寸肠凭谁表。恁驰驱、何时是了。又争似⑬、却返瑶京⑭，重买千金笑。

【注释】

①《轮台子》：词牌名，柳永自制曲，宋人再无填此调者。《乐章集》注"中吕调"。

②清宵：清爽宜人的夜晚。

③唤觉：从睡梦中醒来。

④淡烟：早晨薄薄的雾气。

⑤前驱风触鸣珂：向导在前，风吹马珂鸣。前驱，前导。宋朝官员出行有导从呵引之制，荆湖南路为节度州，柳永为通判，可有前驱十五人。鸣珂，玉做成的马的装饰物，风触即鸣。这句是此词写于出仕后曾官湖南的铁证，与少年游湖南词有着明显的差别。

⑥过霜林、渐觉惊栖鸟：经过霜染之林，马珂声与马蹄声惊起了树上栖息的小鸟。从"霜林"可推断时间应当为秋季。

⑦自古凄凉长安道：柳永这时由湖南道州移任陕西华阴，不过这首词应当是在湖南境内所写，所以这句应当是对未来道路的设想。

⑧行行又历孤村：走着走着又经过了一个偏僻的山村。

⑨楚天阔、望中未晓：南方的天空十分辽阔，一眼望去，天色尚未亮。望中，视线之内。

⑩念劳生：思量着劳苦的一生。

⑪惜芳年壮岁：可惜正值美好年华。

⑫叹断梗难停：感叹行役于道，如风中断梗一般难以停下。

⑬争似：怎似。

⑭瑶京：汴京。

【译文】

清爽宜人的夜晚做了一个好梦，无奈却被邻居家的鸡鸣声吵醒了。又匆匆忙忙骑马踏上了征途，满眼看到的都是被笼罩在薄雾中的路边枯草。风吹着马佩带的鸣珂叮当响，经过霜染之林，马珂声与马蹄声惊起了树上栖息的小鸟。我淹没在征途的尘埃里，面对漫漫长路，让我更加感受到这长安道上的凄凉。走着走着又经过了一个偏僻的山村，放眼望去，广阔的南方天空尚未天明。

思量着劳苦的一生，可惜在年轻力壮的时候，聚少离多。叹自己漂泊不定的游宦生涯，如风中断梗一般难以停下。傍晚的云霞慢慢变暗。只是自己低落的心情应该向谁去诉说呢？如此奔走到底何时才能结束啊，又如何能返回到汴京，重回那千金买得佳人笑的日子啊。

【赏析】

本词描写了行役之苦，抒发了念远之情，是柳永辗转两地为官，对行旅生活的强烈内心感受。

词的上片细致地描写了词人途中所见之景。开篇先交代了出行前的一些事由，"一枕清宵好梦，可惜被、邻鸡唤觉。"一枕清梦，可惜被邻居家的鸡叫唤醒。这声鸡鸣叫醒了词人，也开启了本词，如镜头一般推开了叙事。被叫醒之后，词人不敢贪恋美梦，他"匆匆策马登途"，由于尚未天亮，他在途中看到的景色只有"满目淡烟衰草"。接下来又进一步描绘了词人所见之景，"前驱风触鸣珂，过霜林、渐觉惊栖鸟。"词人像个冒险的勇士，顺从的马匹走在前面，风吹过时，马珂发出了清脆的声音，穿过结有霜花的树木，不断有栖息的鸟儿被惊起飞走。"冒征尘远况，自古凄凉长安道。"这句指出行程的目的地在陕西境内。词人一身征尘远涉江湖，感叹长安古道自古以来就让人倍感凄凉。"行行又历孤村，楚天阔、望中未晓。"接着描写行路途中的景象，走了又走，又路过一个偏僻的山村，南方的天空却依然没有放亮。

上片叙事十分完整，不仅交代了时间、事情，更从词人的字里行间感受到了他赶路的劳苦与无奈。

词的下片进一步抒发了旅程劳顿之感慨，表达了对安乐生活的向往。"念劳生，惜芳年壮岁，离多欢少。"回想我奔波劳苦的一生，可惜最珍贵的青春年华，却消耗在行役之中，与家人妻子离多欢少。"叹断梗难停，暮云渐杳。"感叹自己如断梗一般漂泊不定的生活难以结束，奔忙之中暮云也渐渐消逝了。"但黯黯魂消，寸肠凭谁表。"此句以下直至结尾均为抒情，这句的意思是说心情黯淡如同失魂落魄一般，自己的心迹又向谁去表露呢？

"恁驰驱、何时是了。"这样奔波行役，什么时候才能结束呢？词人通过两个反问句，表达了内心的苦闷与迷茫，更表露了他对漂泊生活的厌恶。"又争似、却返瑶京，重买千金笑。"这句的意思是，又如何比得上重新回到汴京，重新过上抛掷千金来买佳人笑的生活。作者还把旅途的劳苦和京都繁华的生活进行比较，就更增加了他对漂泊生涯的厌恶，而重返京都就成了他最大的梦想。

这首羁旅之词集中描述了旅况，同时也抒发了旅途的感受，形象生动。和柳永其他同类题材的作品相比，在抒情部分没有其他作品那种对放浪生活的回忆和向往，因而显得很雅正，是柳词中的优秀之作。

引驾行①（红尘紫陌）

【原词】

红尘紫陌②，斜阳暮草长安道。是离人，断魂处③，迢迢匹马西征。新晴。韶光明媚④，轻烟淡薄和气暖⑤，望花村、路隐映⑥。摇鞭时过长亭⑦。愁生。伤凤城仙子⑧，别来千里重行行⑨。又记得临歧，泪眼湿、莲脸盈盈⑩。

消凝⑪。花朝月夕⑫，最苦冷落银屏。想媚容、耿耿无眠⑬，屈指已算回程。相萦⑭。空万般思忆，争如归去睹倾城⑮。向绣帏、深处并枕，说如此牵情。

【注释】

①《引驾行》：词牌名。此调有五十二字者，有一百字者，有一百二十五字者。五十二字词，即一百字词前段。一百二十五字词，亦就一百字词多五句也。晁补之一百字词名《长春》。柳永一百字词注"中吕调"，一百二十五字词注"仙吕调"。

②红尘：飞扬的尘土，这里形容繁华热闹。紫陌：指汴京的街道。

③断魂：灵魂仿佛从身体中抽离，这里形容爱得很深，伤心欲绝。迢迢：形容遥远。

④韶光：美好的春光。

⑤和气：清和的空气。

⑥隐映：指道路被草木遮掩。

⑦长亭：古时每隔十里设在路旁的亭舍，常用来供行人休息与饯别。

⑧凤城：传闻，秦穆公有女名弄玉，能吹箫引凤，凤凰曾降落京城，遂京城又名"丹凤城"。后常以"凤城"称呼京城。

⑨行行：走了又走。《古诗十九首》："行行重行行，与君共别离。"

⑩莲脸：比喻女子的容颜如同莲花一般出淤泥而不染。盈盈：形容泪水清澈晶莹。

⑪消凝：销魂凝神。

⑫花朝月夕：良辰美景。

⑬耿耿：烦躁不安的样子。《诗经·邶风·柏舟》："耿耿不寐，如有隐忧。"

⑭萦：牵绊。

⑮争如：怎如。倾城：指绝世美女，这里指的是心上人。汉李延年歌诗："北方有佳人，绝世而独立。一顾倾人城，再顾倾人国。宁不知倾城与倾国？佳人难再得。"

【译文】

汴京的街道上尘土飞扬，残阳的照耀下，芳草凄凄的长安古道上，到处都是游子行人。让人肝肠寸断的地方，游宦的人从千里之外赶来。天初晴，风和日丽，阳光明媚，和气暖心，抬望眼见那如花的乡村。花草树木掩映着道路，挥鞭之时已过长亭。愁从心生，悲伤地怀念在京城的情人，现在已远在千里之外了。还记得送别时，两个人手握着手相互凝望，她莲花般的红嫩脸庞被盈盈泪水打湿，叫人刻骨铭心。

转而念及两人分离后，每到良辰美景，她一定凄冷清苦无比，辗转难眠，也许已然将我的归期屈指算好。情意绵绵无限，二人空有万般的追思回忆，真的不如尽量早归，好与日思夜慕的情人相会。绣帐帷幕里，二人同眠共枕，我将那别离后的万般思念和千般牵挂，对她一一诉说。

【赏析】

这首词作于柳永在华州为官时，是一首行旅怀人之作。

上片写了途中之景，大力渲染铺写涂抹。下片转为怀旧念远，抒发了对闺中人的思念之情。

上片以"红尘紫陌，斜阳暮草"，描绘了当时所在的场所与时间。"是离人，断魂处，迢迢匹马西征"，表明了词人的身份以及正在做的事情。是行役在外的人，肝肠寸断的地方，只身一人踏上了漫漫的西征之路。"新晴。韶光明媚，轻烟淡薄和气暖，望花村。"笔锋突然一转，从之前的凄凉氛围之中突然挣脱出来，开始写明媚的景色。天气刚刚放晴，阳光明媚，和风温暖，空气中似乎还飘着淡淡的薄雾，远处花团锦簇中的村庄，道路若隐若现。这里景色描写的基调看似明快，实则暗藏玄机，采用了一种反衬的方法，用眼前的美丽景色来衬托行役之苦。"摇鞭时过长亭"，谓主人公正旅行。"愁生。伤凤城仙子，别来千里重行行。"美景的反衬，让人生愁。于是，抒情主人公很自然地兴起对于"凤城仙子"的思忆。"别来千里重行行"说的是漫长的旅行途中，有万千情事可以思忆。而其中最令人难忘的还是即将踏上征途的那一时刻，俩人执手相看，对方脸上水盈盈的双眼。

下片转换角度，写相思之情，"消凝"点明了相思之情让人伤感销魂。"花朝回夕，最苦冷落银屏。想媚容、耿耿无眠，屈指已算回程"几句说的是主人公设想：离别之后，每逢花朝月夕，她必定分外感到冷落，夜夜无眠，说不定她已经算好了我回归的日程。对方的相思苦情，这是想象中的事，但写得十分逼真，虚实难辨。这时候，仿佛她就在自己的眼前。接着，"相萦。空万般思忆，争如归去睹倾城"主人公转而想到：这千万般的思忆，不管是我想念她，还是她想念我，全都是空的，怎比得上及早返回，与她相见，那才是实的。"争"，同"怎"。那时候，"向绣帏、深处并枕，说如此牵情。"抒情主人公将向她从头细细述说，离别之后，他是如何如何地思念着她。幻想中，作者既描绘了她的相思苦情，又写出彼此述说相思的情景，深切而生动。

这首词的上片写的是主人公旅途中忆起"凤城仙子"，实景实情实写；下片描写对方的相思，虚者实写。上下片合起来，说的就是"相思"二字。全词铺叙、言情，有时间的推移，也有场景的变换，所抒之情饱满生动。

长寿乐①（繁红嫩翠）

【原词】

繁红嫩翠。艳阳景，妆点神州明媚②。是处楼台③，朱门院落④，弦管新声腾沸⑤。恣游人、无限驰骤⑥，娇马车如水⑦。竞寻芳选胜，归来向晚⑧，起通衢近远⑨，香尘细细。

太平世。少年时，忍把韶光轻弃⑩。况有红妆⑪，楚腰越艳⑫，一笑千金何啻⑬。向尊前、舞袖飘雪，歌响行云止⑭。愿长绳、且把飞乌系⑮。任好从容痛饮，谁能惜醉。

【注释】

①《长寿乐》：词牌名，《宋史·乐志》注"仙吕调"，《乐章集》注有"平调"和"般涉调"两体，此词为般涉调。双调一百一十三字，上片十一句五仄韵，下片十句五仄韵。

②神州：指北宋京城汴京。

③是处：随处，到处。柳永《八声甘州·对潇潇暮雨洒江天》："是处红衰翠减，苒苒物华休。"

④朱门：古时高门望族的宅院大门会漆成红色，以示尊贵，后来"朱门"就成为了贵族邸第的代称。杜甫《自京赴奉先咏怀五百字》："朱门酒肉臭，路有冻死骨。"

⑤弦管：弦乐器和管乐器，这里泛指乐器。新声：新颖美妙的音乐。腾沸：形容人声喧腾。辛文房在《唐才子传·王昌龄》中有句："奈何晚途不矜小节，谤议腾沸，两窜遐荒。"

⑥恣：放纵。无限：没有约束，自由自在。驰骤（zhòu）：驰骋，疾奔。韩非子《韩非子·外储说右下》：" 造父御四马，驰骤周旋，而恣欲於马。"

⑦骄马车如水：即"车水马龙"，形容车马众多，络绎不绝，如同流水一般。

⑧向晚：接近晚上。

⑨通衢（qú）：四通八达的道路。

⑩忍：怎忍。韶光：美好的春光。

⑪红妆：指美女。周密《齐东野语》："苹末转清商，溪声供夕凉，缓传杯催唤红妆。"

⑫楚腰越艳：泛指美女。楚腰，即细腰，这里代指美女，典故出自韩非子《韩非子·二柄》："楚灵王好细腰，而宫中多饿人。"越艳，古代美女西施出自越国，故以"越艳"泛指美貌女子。李白《经乱离后天恩流夜郎忆旧游》："吴娃与越艳，窈窕夸铅红。"

⑬何啻（chì）：何止。

⑭歌响行云止：即响遏行云，声音响彻云霄，让飘动的云都静止了，形容歌声嘹亮。典故出自《列子·汤问》："薛谭学讴于秦青，未穷青之技，自谓尽之，遂辞归。秦青弗止，饯于郊衢，抚节悲歌，声振林木，响遏行云。薛谭乃谢求反，终身不敢言归。"

⑮飞乌：太阳。传说太阳中有三足乌，故称太阳为飞乌。

【译文】

繁花盛开，叶刚抽芽，一派春天欣欣向荣之景，将京城妆点得无限明媚。到处都坐落着高楼台榭、朱门院落，乐队吹奏着新颖悦耳的音乐，十分热闹。道路上车水马龙，络绎不绝，任凭游人无限疾驰，争相去游览美景名胜。归来的时候已经是傍晚时分，四通八达的道路上，美女如云，带起了轻微的芳香之尘。

正值太平盛世，青春年少，怎么忍心将如此美好的时光轻易抛弃，何况还有楚腰越艳一样的美女相伴，她们一笑何止值千金啊！面对酒宴上如同雪花飘飞的舞袖，响遏行云的歌声，我愿用长绳将太阳牢牢系住，好能从容痛饮，谁能怕醉啊！

【赏析】

本词描写的是春天出游的场景，以及由此而产生的要珍惜青春年华的感慨。本词结构别具匠心，值得品味。

词的上片描绘了处于太平时期下的繁荣都市中出现的春游场景。词一开篇就写景，"繁红嫩翠。艳阳景，妆点神州明媚"。这时候写的是自然景观，"繁红嫩翠"从景物的特点上交代了大致的时间，应当是春季清明前后，之后交代了当天的天气"艳阳"，以及地点"神州"，也就是汴京。接下来，"是处楼台"三句点明写的是城市内的场景，从"是处"二字可以看出，城市里的大街小巷都是繁华的楼台，不难想象当时的繁华；后又以"腾沸"二字结束，也写出了当时的热闹程度。之后又写了盛大的春游活动。"游人"之"恣"，"驰骤"之"无限"，从行动上可以看出游玩的人内心舒畅，自由自在；"娇马车如水"的比喻，借用了李煜的"车如流水马如龙"（《望江南·多少恨》），简单明了又形象地写出了春游的盛大场景，"寻芳选胜"写出了游人的行踪，以"竞"字写出了游人争先恐后的向往心态。

"归来向晚"与开头的"艳阳景"正好对应，表明这次活动是从早晨艳阳初升时一直持续到了黄昏时分。结句"起通衢近远，香尘细细"，可以说是春游活动接近尾声，以一"起"字领起，不仅极具画面感，且情韵无尽。

下片则开始描绘汴京的歌舞之乐。"太平世"，直接点明自己生活的是太平盛世。之后回忆自己的少年时期。"少年时"二句词人悔恨自己少年时不懂得珍惜时光，过于放纵。然后描绘了自己的放纵，"况有红妆"二句说明自己身边总有美人陪伴，词人连用"红妆""楚腰""越艳"三个词来形容美人的美貌，之后又引用了一个典故，出自王仁裕《开宝天元遗事》，书中说宫廷乐工许合子"善歌，备受皇帝宠爱。每对御奏歌，则丝竹之声莫能遏。帝尝谓左右曰：'此女歌直千金。'"词人还用了"何啻"二字，说她们"一笑"何值"千金"，不仅写出了自己沉醉于对方容貌的状态，更突出了词人当时挥霍的生活情况。接下来，"向尊前"二句写歌舞之盛，此处多用典故。先写舞，"舞袖飘雪"，典故出自曹植《洛神赋》："仿佛兮若轻云之蔽月，飘飘兮若流风之回雪"；后写歌，"歌响行云止"，引用《列子·汤问》秦青歌声"响遏行云"的典故。不仅有美女相伴，更有歌舞欣赏，所以词人说"愿长绳、且把飞乌系。任好从容痛饮，谁能惜醉"，希望用绳子把太阳捆住，以便"从容痛饮"。这种挽留时光的方式别出心裁，又独特又浪漫。

词中以自然的春光和人生的青春交相阐发，由珍惜春天而产生珍惜青春的感慨。在词人看来，明媚的春天给人们带来感官上的欢乐，也同样提醒人们去尽情享受青春，不妨千金买笑、从容痛饮。"少年时"二句体现出词人对人生短暂、青春更短的忧惧之心，所谓及时行乐不过是一种无可奈何的抵御而已。

西施①（自从回步百花桥）

【原词】

自从回步百花桥②。便独处清宵③。凤衾鸳枕④，何事等闲抛⑤。纵有馀香⑥，也似郎恩爱，向日夜潜消⑦。

恐伊不信芳容改，将憔悴、写霜绡⑧。更凭锦字⑨，字字说情憀⑩。要识愁肠⑪，但看丁香树⑫，渐结尽春梢⑬。

【注释】

①《西施》：词牌名，因咏西施而得名。柳永自制曲，《乐章集》注"仙吕调"。双调七十一字，前段七句四平韵，后段七句三平韵。

②回步：返回。百花桥：元彻、柳实与仙女相会之处。《续仙传》载：唐元和初，元彻、柳实赴浙右省亲，遭遇海风飘至孤岛，幸得南溟夫人相助，以百花桥送二人出岛。桥长数百步，栏槛之上，皆有异花。

③清宵：清静的夜晚。

④凤衾（qīn）：绣有凤凰花饰的被子。鸳枕：绣有鸳鸯的枕头。

⑤何事：为何，何故。等闲：随便。

⑥馀香：残存的香气。馀，同"余"，用"余"意义可能混淆时，用"馀"以区分，多见古文。

⑦向：怎奈。潜消：不知不觉地消逝。

⑧霜绡（xiāo）：白绫。亦指画在白色绫子上的真容。唐玄宗《题梅妃画真》："霜绡虽似当时态，争奈娇波不顾人。"

⑨锦字：即"锦书"。《晋书·列女传》："窦滔妻苏氏，始平人也，名蕙，字若兰，善属文。滔，符坚时为秦州刺史，被徙流沙，苏氏思之，织锦为回文旋图诗以赠滔。宛转循环以读之，词甚凄惋。"后称妻子寄给丈夫的书信为锦书。

⑩情憀（liáo）：悲思之情。

⑪愁肠：忧思郁结的心肠。

⑫丁香树：常绿乔木，又名鸡舌香，丁子香。丁香花蕾称丁香结，古代诗词常用以喻愁思固结不解。

⑬春梢：春末，暮春。

【译文】

自从与丈夫分离之后，便一直都是自己一人来度过这漫漫长夜。过去的幸福记忆，怎么可以如此轻易地忘记呢？纵使丈夫的体香依然残留在衣服之上，就像是曾经留下的恩爱一般。奈何随着时间的推移，这些也会在不知不觉间慢慢消失。

担心你不相信离别之后，过去美丽的容颜会改变，于是将我憔悴的样子画下来寄给你。更希望可以借着给你寄去的书信，让你看到字里行间的悲思之情。想要知道我的愁苦有多少，不妨看一看丁香树，渐渐结满了丁香结。

【赏析】

本词为闺怨词，词人以一位女子的角度描写了这位女子的哀怨、相思以及责备等复杂的情感，也表现了这位女子的痴恋与无可奈何。

词的上片，开篇便引用了"元彻、柳实与仙女相会"的典故，借元彻、柳实来代指离自己而去的男子，角度清奇。同时也写出了主人公由于与心上人分离，所以独处清宵。"凤衾鸳枕"二句写出了女子独守空房，然后又用反问句，展现出女子对男子轻易抛下自己的埋怨。"纵有"三句作先退一步想而后又进一层，写女子对待双方感情的态度，在她看来，即便自己与情郎再恩爱，如果轻易地离自己而去，那么这份感情也如同残存的香气一般，即便最开始能够附着于衣物之上，时间长了，照样会慢慢消逝。虽然看上去是在抒发女子的相思，但是话语中又隐约可以听出女子的埋怨，让感情跃然纸上，更显真挚。

下片写女主人公的行动和心理活动。"恐伊不信芳容改，将憔悴、写霜绡"二句为执着语，也是痴情语，与武则天《如意娘》一诗有异曲同工之妙。女子由于思念对方而日渐憔悴，但又担心对方不信自己的话语，所以决定"将憔悴、写霜绡"。女子这样的行为又何尝不是一种对男子薄情寡信的谴责呢？"更凭锦字"二句呼应下片开头一句，写女主人公写书信给对方，希望能够让对方知晓自己的相思之情。最后三句"要识愁肠，但看丁香树，渐结尽春梢"，化用李商隐《代赠二首》诗"芭蕉不展丁香结，同向春风各自愁"之句，你要知晓我的愁肠，只要看看丁香树梢那密密麻麻的花结。结句颇具韵味，形象生动，让人回味。

本词角度新颖，用词精巧，将主人公的心理特征拿捏得十分到位，生动形象，凸显了柳词善于铺叙的特点，堪称一绝。

醉蓬莱①（渐亭皋叶下）

【原词】

渐亭皋叶下，陇首云飞②，素秋新霁③。华阙中天④，锁葱葱佳气⑤。嫩菊黄深，拒霜红浅⑥，近宝阶香砌⑦。玉宇无尘⑧，金茎有露⑨，碧天如水。

正值升平⑩，万几多暇⑪，夜色澄鲜⑫，漏声迢递⑬。南极星中，有老人呈瑞⑭。此际宸游⑮，凤辇何处⑯，度管弦清脆⑰。太液波翻，披香帘卷⑱，月明风细。

【注释】

①《醉蓬莱》：词牌名，柳永自制曲，《乐章集》注"林钟商"调。双调九十七字，上片十一句、下片十二句各四仄韵。

②"渐亭"二句：化用南朝梁柳恽《捣衣诗》："亭皋木叶下，陇首秋云飞。"亭皋（gāo），水边的平地。陇首，泛指高山的顶峰。

③素秋：秋季。古代五行之说，秋属金，其色白，故称素秋。新霁（jì）：雨后初晴。

④华阙中天：华丽的皇宫耸入高空。阙，宫前门楼，泛指宫殿。中天，高空。

⑤锁：笼罩。葱葱佳气：祥瑞之气郁郁葱葱。葱葱，气象旺盛的样子。

⑥拒霜：木芙蓉花的别称。冬凋夏茂，仲秋开花，耐寒不落，故名。

225

⑦宝阶香砌：形容台阶之美，之香。

⑧玉宇：华丽的宫殿。

⑨金茎：用以擎承露盘的铜柱。《三辅黄图》："汉武帝以铜作承露盘，高二十丈，七围，上有仙人掌，承露，和玉屑，欲以求仙也。"

⑩升平：太平盛世。

⑪万几：也作"万机"，指皇帝日常处理的纷繁政务。

⑫澄鲜：清新。

⑬漏声迢递：意谓漏声传到很远的地方。漏声，计时漏壶的滴水声。迢递，遥远。

⑭"南极"二句：意谓老人星出现了，象征天下太平。司马迁《史记·天官书》："狼比地有大星，曰南极老人。"唐张守节正义："老人一星，在弧南，一曰南极，为人主占寿命延长之应。"

⑮宸（chén）游：帝王之巡游。宸，北极星所在为宸，后借用为皇帝所居，引申为帝王的代称。

⑯凤辇（niǎn）：皇帝的车驾。

⑰度：按曲谱奏曲。管弦：管乐器和弦乐器，泛指乐器。

⑱"太液"二句：化用上官仪《初春》："步辇出披香，清歌临太液。"太液，太液池，又名蓬莱池，始建于汉武帝时，在长安建章宫北。此借指宋汴京宫中池苑。披香，即披香殿，汉代宫殿名。此借指宋汴京宫中殿宇。

【译文】

树叶渐渐掉落到了岸边，白云悠悠地飘荡在高山之巅，秋雨之后天气初晴。华丽的宫殿耸入高空，笼罩着高贵而吉祥的气息。台阶的旁边，刚刚盛开的菊花一片深黄十分耀眼，盛开的芙蓉浅红让人醉。华丽的殿宇十分干净没有一丝尘土，铜仙人承露盘里盛满了延年的甘露，碧蓝的天空明净如水。

正值太平盛世，皇帝处理完日常杂乱的政务之后难得有了更多的闲暇时光，夜色清新，铜壶滴漏之声悠悠传来，婉转动听。南极星里有位老人正呈现治平、寿昌之祥瑞。这时候皇帝的车驾在哪里呢？也许就在那清晰悦耳的管弦乐声中吧。明月微风中，汴京禁苑池沼波光鳞鳞，宫殿吹卷起了门帘。

【赏析】

本词描绘了美如画的皇宫秋景以及皇帝出游的华丽场面。词中虽然带着一些称颂的味道，但依然可以看出词人华丽的作词功底。

词的上片写尽了秋日皇宫的景色。首韵三句"渐亭皋叶下，陇首云飞，素秋新霁。"交代了时间是在秋季，叶落云飞，天高地阔，淡远而明快。前两句化用了柳恽《捣衣诗》诗句"亭皋木叶下，陇首秋云飞"。次韵二句"华阙中天，锁葱葱佳气"从总体上来描绘了宫中的气象：高耸的宫殿，笼罩着高贵而吉祥的气息。第三韵三句"嫩菊黄深，拒霜红浅，近宝阶香砌"详细描写了宫中的花卉：秋菊深黄，木芙蓉淡红，香气氤氲，静植于殿宇阶下，美艳而芬芳。末韵三句"玉宇无尘，金茎有露，碧天如水"以"玉宇""仙露""碧天"将天意与人事结合，安和而祥瑞。上片为我们呈现了一片祥和的秋日皇宫图，节奏明快深远，也为下文写皇帝出游做好了铺垫。

下片描绘了皇帝出游的场景。首韵四句"正值升平，万几多暇，夜色澄鲜，漏声迢递"先直截了当地点明当下正处于太平盛世，之后暗中又点了一句，这样的太平盛世多亏了皇上的日理万机，侧面歌颂了皇帝的政绩，并以"澄鲜"的"夜色"、"迢递"的"漏声"来衬托宁静又严肃的皇宫氛围。次韵二句"南极星中，有老人呈瑞。"以祥瑞之兆来预示天下太平。既然天下太平，那么皇上也可以有闲情雅致出游了，于是第三韵三句"此际宸游，凤辇何处，度管弦清脆"，皇帝的出场如同电影镜头一般，这次出游，皇上在哪儿呢？清脆悦耳的管弦乐声给出了答案。这几句以车驾和音乐侧写帝王的华贵雍容，至高无上。末韵三句以宫廷中"波翻""帘卷""月明风细"的适意景况收束此次"宸游"，又暗喻了天下的和平安泰。

从这首充满了称颂味道的词中，我们不难猜测，柳永这个才子可能遇到了一个机遇，让他不惜放下自己内心对皇权贵族的厌恶去讨好对方。可惜，由于掌握的信息不够，以致于出现颂词竟有语句与悼词暗合的情况，犯了大忌，再加仁宗本对他有成见，故而多方挑剔，以致这一次不仅机遇与柳永擦肩而过，且使柳永"自此不复进用"，加重了其命运的不幸。柳永这位宋代专事写词的文人，一生却两次因词引祸上身（另一首是《鹤冲天·黄金榜上》）。

八六子①（如花貌）

【原词】

如花貌。当来便约②，永结同心偕老。为妙年③、俊格聪明，凌厉多方怜爱④，何期养成心性近⑤，元来都不相表⑥。渐作分飞计料⑦。

稍觉因情难供⑧，恁殛恼⑨。争克罢同欢笑⑩。已是断弦尤续⑪，覆水难收⑫，常向人前诵谈⑬，空遣时传音耗⑭。漫悔懊⑮。此事何时坏了。

【注释】

①《八六子》：词牌名，又名《感黄鹂》,《乐章集》注"平调"。此调有数体，九十字至九十三字不等。然常体为平韵，此词为仄韵，为柳永依旧曲而自制新声。

②当来：当初。

③妙年：青春年少。俊格：俊俏，漂亮。格，语助词，没有实际意思。

④凌厉：原指勇往直前，气势凶猛，这里是爽快、无拘无束的意思。

⑤何期：哪里料到。心性近：心思性情不涵厚、不够成熟。近，浅陋。

⑥元来：同"原来"，表示发现原先不知道的情况。相表：即"相表里"的简写。

⑦分飞：分别，分离。计料：打算。

⑧稍：渐渐。供：维持。

⑨恁（nèn）：如此。殛（jí）恼：着急恼火。殛，同"急"，着急，急躁。

⑩争克：怎能。罢：停止，这里是忘记的意思。

⑪断弦尤续：古以琴瑟喻夫妻，常常将男子丧妻称为断弦，此处指情爱断绝。尤，错，过失。

⑫覆水难收：比喻事成定局，无法挽回。多用于比喻夫妻离异难以复合。

⑬诵谈：诉说。

⑭音耗：音信。《周书·晋荡公护传》："既许归吾於汝，又听先致音耗。"

⑮漫悔懊：空悔恨懊恼。

【译文】

　　你有着如花一般的美丽容貌。过去我就同你约定，要与你永结同心、白头偕老。当时的你正值青春年少，人长得俊俏又聪明伶俐，爽直的个性让我在各个方面都对你关怀备至，如何会想到你也会养成小肚鸡肠的心性，原来你竟表里不一。慢慢的便产生了与你分手的念头。

　　不知不觉间觉得我们的感情再难维系，也因此变得急躁烦恼。如何能够忘记我们曾经在一起时的欢乐。如果我再与你重拾旧好，也不过像是断了弦的琵琶，再接续之时又接错了一样。夫妻离异，就如同泼水于地，不能再复合。你常常向别人述说这些事，又时常给我寄一些书信过来。读完只能让我空自懊悔。想起往事，我们到底哪里出错了？

【赏析】

这首词完整地讲述了一段失败的感情经历。

词的上片写主人公与妻子产生矛盾的过程。"如花貌"，直接点明了女子的美貌。"当来便约，永结同心偕老"，这是初期见面之后，双方感情萌芽的时刻，可见当初词人对妻子是十分动心的。词人如此写，不难让人联想这应该是一段浪漫爱情故事的开场。之后，也像所有故事的进展一般，开始讲述两人之间恩爱的日常，当时郎才女貌，正值青春年华，女子美丽又聪明，所以主人公对妻子的印象是"多方怜爱"。如此神仙眷侣般的生活，本应是旁人所艳羡的，但是词人却笔锋一转，捅破了这份看似美好的婚姻生活，找出了其中的隐患。词以"何期"转笔，写妻子心性浅薄，不重视当初的誓约。妻子"心性近"，这里却用了"养成"一词，也就是说妻

子的这种心性是婚后养成的，可以看出在责怪妻子的同时也在责怪自己，因为自己的"多方怜爱"，才导致妻子的"心性近"。尽管如此，两个人的矛盾却已经到了水深火热的地步，从"渐作分飞计料"句可以看出已经滋生分手的打算。

　　词的下片接着上片的叙事，写了与妻子分开之后，渐生悔意。"稍觉因情难供"二句接上片，写其发生矛盾之后的心态，由于爱情难以维持而着急苦恼。然而接下来，"争克罢同欢笑"词笔一转，以反问的语气说自己如何能够忘记之前一起有过的欢笑，这段感情虽然使自己急恼却是难以终止。"已是断弦尤续"二句又进一步，以"断弦"和"覆水"两句俗语写两人的爱情无法挽回。如此反复，生动地写出了自己内心的挣扎与纠结。"常向人前诵谈"二句转而写妻子，妻子常常向别人述说两人曾经的往事，又时常寄信来，两人似乎都对分开而心生悔意。"漫悔懊"二句又折回来，开始反思为何这段感情会落到这般田地。

　　整首词一步一进，一步一转，在叙述感情经历的同时，也表达了自己内心对这段感情的不舍与自责。这首词如同一篇小文，没有过多绚丽的辞藻装点，但是感情真挚、自然，仿佛就在写我们身边的事情，很有感染力。

安公子①（梦觉清宵半）

【原词】

梦觉清宵半②。悄然屈指听银箭③。惟有床前残泪烛，啼红相伴④。暗惹起、云愁雨恨情何限⑤。从卧来、展转千馀遍⑥。恁数重鸳被，怎向孤眠不暖⑦。

堪恨还堪欢⑧。当初不合轻分散⑨。及至厌厌独自个⑩，却眼穿肠断⑪。似恁地、深情密意如何拚⑫。虽后约、的有于飞愿⑬。奈片时难过⑭，怎得如今便见。

【注释】

①《安公子》：唐教坊曲名，后用为词牌。《乐章集》注"般涉调""中吕调"，此词为"般涉调"。双调一百零五字，上下片各八句六仄韵。

②梦觉：从梦中醒来。干宝《搜神记》："忽如梦觉，犹在枕旁。"清宵：清净的夜晚。萧统《钟山讲解》："清宵出望园，诘晨届钟岭。"

③银箭：古时用来计时的漏箭。司马光《宫漏谣》："铜壶银箭夜何长，杳杳亭亭未遽央。"

④啼红：指红蜡烛滴下来的烛泪。

⑤云愁雨恨：指夫妻之欢。

⑥展转：同"辗转"，翻来覆去。《楚辞·刘向》："忧心展转，愁怫

郁兮。"

⑦怎向：犹怎奈，奈何。黄庭坚《转调丑奴儿·得意许多时》："而今目下，恓惶怎向，日永春迟。"

⑧堪：可以。

⑨不合：不该。许岷《木兰花·小庭日晚花零落》："当初不合尽饶伊，赢得如今长恨别。"

⑩厌厌：精神不振的样子。刘义庆《世说新语·品藻》："曹蜍李志虽见在，厌厌如九泉下人。"

⑪眼穿肠断：形容思念之切。眼穿，望眼欲穿。韩愈《酒中留上襄阳李相公》："眼穿常讶双鱼断，耳热何辞数爵频。"肠断，形容悲伤到了极点。干宝《搜神记》卷二十："临川东兴，有人入山，得猿子，便将归。猿母自后逐至家。此人缚猿子于庭中树上，以示之。其母便搏颊向人，欲乞哀状，直谓口不能言耳。此人既不能放，竟击杀之，猿母悲唤，自掷而死。此人破肠视之，寸寸断裂。"

⑫恁地：如此，这般。拚（pàn）：同"拼"，舍弃。

⑬的（dí）有：的确有。于飞：原指比翼双飞，借喻夫妻和睦。

⑭片时：片刻。江总《闺怨篇》："愿君关山及早度，念妾桃李片时妍。"

【译文】

清静的夜晚从梦中惊醒。我独自一人百无聊赖地屈指数着漏滴声。床前只有马上就要燃尽的红烛相伴。不自觉地就勾起了我无限的离别之情。独自躺在床上到现在，辗转难眠。怎奈独自而眠，就算自己盖了多层的鸳鸯被也依然无法感到温暖。

可悔又可叹的是，当初就不应该如此轻易地分开。事到如今自己只能独自去承受这份寂寞，正望眼欲穿愁断肠。如何才能像过去那般情深意浓呢？就算是真的可以在日后相聚，奈何此刻的这份难过，又如何可以抵得过现在就能见到呢？

【赏析】

这是一首深夜怀人之作。词人详细叙述了自己与恋人分手的故事，抒发了自己的悔恨之情。

上片以"梦觉清宵半"开头，点明自己半夜醒来，心绪难平，无法入睡的现状。借"银箭""残沿烛""鸳被"三种意象写事叙情，这三个意象与主人公的行动紧密相连，"银箭"在这里代指古代计时漏壶滴漏的声音，可以从侧面感受到时间流逝的缓慢。词人难以入睡，只能一直听着单调的滴答声度过漫漫长夜。蜡烛已将燃尽，烛泪将残，表示夜已深，只有烛泪"啼红"相伴，进一步表明了主人公的孤独。"鸳被"本象征男欢女爱，而今，主人公却是"孤眠"，过去的情爱已经不堪回首，所以一人"展转千馀

遍"，任凭它是"数重"，仍觉"不暖"，再次写出词人内心的孤独凄凉。在上片中，三种意象又以直接写情写事的句子相串联。首句直接写明了主人公半夜梦醒，难以入眠，从而引起了听"银箭"的动作；难以入眠之后，就开始无聊地到处观察，于是又生出了第二个视觉意象"残泪烛"，视觉听觉的双重意象引出"暗惹起、云愁雨恨情何限"的情语，开始讲述过去的情感引发的今日的愁怨。想到过去，再回首现在，于是更加辗转难眠。

　　下片直抒其情，先以"堪恨还堪叹"一句总结了这段情缘带给自己的感受，然后分写了内心的层层情感波澜。后悔"当初不合轻分散"是为一层，此句化用许岷《木兰花·小庭日晚花零落》："当初不合尽饶伊，赢得如今长恨别。"虽然用典，却也是在写实；"厌厌独自"一人，盼伊人盼得"眼穿肠断"是为二层，前一层自己悔不当初，这一层已经仿若得了相思病。由于"眼穿肠断"而想到昔日的"深情蜜意如何拚"是为转折后的一层；想及当日虽有重聚的"后约"，但毕竟而今"片时难过"，是为再转折后的一层；直至"怎得如今便见"是最后深悔当初又盼今后的最后一层。层层递进，将百转千回的心思精准地表露出来，让词显得更加情真意切。

　　本词层层递进，环环相扣，感情细腻真挚，是柳永擅长的写词方式。

集贤宾①（小楼深巷狂游遍）

【原词】

小楼深巷狂游遍，罗绮成丛②。就中堪人属意③，最是虫虫④。有画难描雅态，无花可比芳容。几回饮散良宵永，鸳衾暖、凤枕香浓⑤。算得人间天上，惟有两心同。

近来云雨忽西东。诮恼损情悰⑥。纵然偷期暗会，长是匆匆。争似和鸣偕老⑦，免教敛翠啼红⑧。眼前时、暂疏欢宴，盟言在、更莫忡忡⑨。待作真个宅院⑩，方信有初终⑪。

【注释】

①《集贤宾》：词牌名，柳永《乐章集》注"林钟商"，双调一百一十七字，上片十句五平韵，下片十句六平韵。

②罗绮：丝织品，这里指衣着华丽的女子。李白《清平乐·禁闱秋夜》："女伴莫话孤眠，六宫罗绮三千。"

③就中：其中。堪：值得。属（zhǔ）意：注意，留意。

④虫虫：妓女名，又名虫娘。柳永曾在多首词中提过她，可能与柳永有过一段恋情。

⑤鸳衾（qīn）：绣着鸳鸯的锦被。凤枕：绣着凤凰的枕头。

⑥诮（qiào）恼：忧愁烦恼。诮，同"悄"。情悰（cóng）：情怀，

情绪。

⑦争似：怎么比得上。和鸣：比喻夫妻和睦。

⑧敛翠啼红：皱眉流泪。敛翠，翠指翠眉，敛眉乃忧愁之状。啼红，红即红泪，指青年女子伤心时落下的泪。

⑨忡（chōng）忡：忧虑不安的样子。

⑩真个：真的。宅院：指姬妾。

⑪初终：始终。

【译文】

在小楼深巷中都放纵游玩之后，发现身着华美服饰、浓妆艳抹的歌妓这么多，最让人倾心的便是虫娘。多么美的画都难以描绘她的高雅志趣，没有什么花可以比拟她美丽的姿容。多少次酒宴后的良宵都与虫娘度过，让人终身难忘，那温暖的鸳鸯锦被，香浓的艳美枕头。仿佛在这人世间，只有我和虫娘存在真情了。

最近几年突然变得聚少离多，让人苦恼又纠结神伤。纵然偷情幽会，但是总是短暂又匆忙。如何才能像夫妻那般鸾凤和睦、相偕到老，以免每次相会都叫你愁眉不展、痛哭流涕、伤心忧愁。眼前只是暂时的疏远离别，我们曾经立下的海誓山盟还在，不要过于忧心忡忡。等到真的娶你为姬妾的那天，你就会相信我们的爱情有始有终。

【赏析】

这是柳永在汴京的时候，为青楼名妓虫虫所写的一首词，全词都在以告白的方式表达自己对虫虫的一往情深，并对虫虫许下了誓言。

词的上片主要回忆了过去与虫虫的恩爱时光。开头四句就大胆告白，表明在万花丛中，最中意的人就是虫虫。"小楼深巷"指的是平康坊曲之所，歌妓们所在之地。这些地方到处都是身着罗绮、浓妆艳抹的歌妓，但柳永最中意的却是虫虫。词人在这里用了一个"最"字，点明了虫虫在自己心中的特殊地位。在表露自己的心迹之后，就开始夸奖虫虫："有画难描雅态，无花可比芳容"。将虫虫的姿态与容颜写尽了，史上没有任何画可以描绘出虫虫的雅态，没有任何花可以比得上虫虫的容颜。然后开始写自己与虫虫相处的日常，"几回饮散良宵永，鸳衾暖、凤枕香浓"可以看出他们多次共度良宵，幸福地相聚。"算得人间天上，惟有两心同"表达了两人的心愿，也就是"在天愿作比翼鸟，在地愿为连理枝"（白居易《长恨歌》），同时也写出了两人对这份爱的陶醉、痴迷。

下片笔锋一转，开始写自己如今的处境。以"近来"二字将词意的发展由往昔转到现实，"云雨忽西东"，说明他们的爱情出现了一些波澜，由"消恼损

情惊"看来，波折更多是由虫虫所引发的，她又是抱怨，又是烦恼，破坏了之前那般欢乐的相处氛围。从与虫娘"偷期暗会，长是匆匆"的情形来推测，柳永居于汴京，不受重用，生活逐渐困顿，所以不能常常花钱去买佳人一笑。由此使他希望与虫娘过一种鸾凤和鸣、白头偕老的正常夫妇生活，以结束相会时愁颜相对的难堪场面。"争似和鸣偕老，免教敛翠啼红"。虫娘匆匆相会时愁眉不展、暗暗哭泣，暗示了他们爱情的不幸。这不幸完全是来自社会方面的原因，很可能是因娼家严禁虫虫与这位落魄词人的来往。在此情形下，词人提出了暂行办法和长远打算。暂行的办法是"眼前时、暂疏欢宴"，彼此疏远一些，来避开外界的压力。他劝慰虫虫不要忧心忡忡，请相信他的山盟海誓。长远的打算是使虫虫能"作真个宅院"，词人是真的打算将虫虫迎娶过门，藏在宅院里。只有到了那时，才算是他们的爱情有始有终。至此，整个下片恰当地表达了词人内心复杂的情感，同时又达到了劝慰虫娘的目的。

从这首词可以看出，柳永是抱着一腔真挚的感情，把一位在封建社会底层中被侮辱、被损害的歌妓虫娘当成了自己真诚爱慕的对象。虫娘是在他落魄之时与他相爱的，所以柳永对她也是一片真心。本词直白又深情，全词娓娓道来，感情至深。

瑞鹧鸪①（吴会风流）

【原词】

吴会风流②。人烟好，高下水际山头③。瑶台绛阙，依约蓬丘④。万井千间富庶⑤，雄压十三州⑥。触处青娥画舸⑦，红粉朱楼。

方面委元侯⑧。致讼简时丰⑨，继日欢游。襦温袴暖，已扇民讴⑩。旦暮锋车命驾⑪，重整济川舟⑫。当恁时、沙堤路稳，归去难留⑬。

【注释】

①《瑞鹧鸪》：词牌名。又名《五拍》《天下乐》《太平乐》《桃花落》《舞春风》《鹧鸪词》《拾菜娘》《报师思》等。据《词谱》说，《瑞鹧鸪》原为七言律诗，因唐人用来歌唱，遂成词调。然皆七言八句。至柳永，始添字或减字成新声。又有般涉调、南吕调与平调三体。本词在《乐章集》中注"南吕调"。

②吴会：三吴之中心。词人在《望海潮》中曾云："东南形胜，江吴都会，钱塘自古繁华。"以杭州为吴会。这里是指曾为春秋时吴国都城的苏州是三吴地区的大都会。三吴，通常意义上的三吴是指吴郡、吴兴郡和会稽郡。会稽郡治所在吴兴，郡县并称吴会，后亦泛称此两郡故地为吴会（wú kuài）。三吴也通常用以指代长江下游江南一个地域的名称。风流：词中是说曾经的流风余韵、现实的风俗教化、依旧的山川美景皆属突出特异。辛

弃疾："舞榭歌台，风流总被雨打风吹去。"

③"人烟"两句：是说人物风景都好。

④"瑶台"两句：倒装，即"依约瑶台，绛阙蓬丘"，是说人所居住的屋舍，华丽得如同仙人的居处一般。依约，隐约，仿佛。蓬丘，蓬莱仙境。《史记·封禅书》：蓬莱、方丈、瀛洲"此三神山者，其传在渤海中，……诸仙人及不死之药皆在焉。其物禽兽尽白，而黄金白银为宫阙。"

⑤万井千闾：千家万户。井，相传古制八家一井。千闾（lú），千户之意。古制五家为比，……五比为闾；二十五户为一闾。

⑥雄压十三州：钱塘所在的杭州，雄踞于两浙路的其他州之上。宋时杭州为两浙路帅府所在地，辖二府十二州，故名。十三州，即全国。

⑦触处青娥画舸：到处都是盛装的女子与画舫。触处，到处，处处。青娥，年轻女子的眉黛，代指漂亮的少女。

⑧方面委元侯：意为将一方面地方的军政大事交托给有功之臣。方面，制在地一方的军政事物。元侯，善治的州牧，指能继白居易、刘禹锡诸位贤能任苏州太守的范仲淹。范仲淹于景祐元年（1034 年）四月，因谏废郭皇后贬谪睦州（州治今建德梅城），六月移知苏州。范仲淹在苏州的教育和农业生产方面很有建树，其他方面也政绩显著。这年柳永进士及第，三月往睦州任团练使推官，不久又调任定海，他可能在这时曾游苏州。柳永在其《木兰花慢》中说："乃眷东南，思共理，命贤侯。继梦得文章，乐天惠爱，布政优优。"白、刘、柳均任过苏州刺史。

⑨讼简时丰：治理得当，民讼很少，天下太平，五谷丰登。

⑩"襦温裤暖"两句：称赞官吏所推行的惠民政策可以让百姓温饱。典故出自《后汉书·廉范传》：廉范（廉颇后代）做蜀郡太守时，废除禁止百姓夜间点灯做事（以防火灾）的制度，老百姓用《五绔歌》来歌颂他的功

绩，后遂用"襦袴歌"作为称颂地方官吏施行善政之词，"襦袴歌"指对官吏惠民德政的称颂。襦，短衣。袴（kù），同"裤"。已扇民讴，得到了老百姓讴歌播扬称赞。扇，宣扬，传播。讴，讴歌，赞颂。

⑪旦暮锋车命驾：锋车，古代一种轻便的驿车，因车行疾速，故名。常指朝廷用以征召的疾驰之车。亦称"追锋车"。唐朝王维曾在《谢集贤学士表》写道："急贤之旨，欲赐追锋。"

⑫济川舟：喻指宰相。《尚书·说命上》：高宗以傅说为相，"命之曰：'朝夕纳海，以辅台德。若金，用汝作砺；若济巨川，用汝作舟楫；若岁大旱，用汝作霖雨。'"济川，匡时济世的意思。济，渡，过河的意思。如，济世。

⑬"当恁时"三句：到那时已经黄沙铺路，等你回朝当宰相。沙堤，唐代专为宰相车马通行而铺筑的沙路。典出，唐天宝三年，京兆尹萧炅（jiǒng）请于要路筑甬道以通车骑，覆沙道上称为沙堤。凡拜相，府县令民载沙铺路，从宰相私邸到子城东街。是为故事。"沙堤路稳"，语义双关，言范仲淹稳可升任宰辅，回到京师。

【译文】

两浙风流，是人杰地灵之所。山光水色，相映参差。其间亭台楼阁，仿佛蓬莱仙境。这里人烟稠密，市井繁华富庶，其气势压倒远近十三州。一眼望去，朱楼画舸，美女如云。

朝廷将这里的军政要务委托给您，您治理得当，民讼很少，天下太平，五谷丰登，有足够的时间夜以继日的欢乐。百姓吃饱穿暖，丰衣足食，得到了老百姓讴歌播扬称赞。早晚有一天，您将会被急速召回京去，重新担任宰相之位，到了那时您将稳稳地驰车于黄沙路上，归于凤池，谁也留不住您。

【赏析】

柳永到睦州任职不久，便被提拔为余杭县令，《余杭县志》中记载："柳永为人风雅不羁，抚民清静，安于无事，百姓爱之"。之后，又被突然调到了昌国州（今浙江定海）任晓峰盐场监，这时期曾专门拜见了当时在颍州（今安徽阜阳）一带考察的宰相吕夷简。过了两年，柳永又被调到甘肃灵台当县令。庆历三年（1043年）春，柳永曾去拜访苏州太守吕溱，颂扬吕溱有刘禹锡、白居易的诗才和仁爱，施政宽和，风流儒雅。不过这次颂扬并未对柳永的官运起到促进作用，因为天不随人愿，吕溱到任不久之后便突然离世。柳永的一番苦心付之东流，而不经意间留下的"晴景吴波练静，万家绿水朱楼"却成为了古人赞美苏州景观的绝句。

柳永进士及第，三月曾前往睦州任团练使推官，不久又调任余杭、又定海，当时范仲淹也在苏州，所以这首词应当是柳永游历苏州时进呈范仲淹的。白、刘、柳、吕溱均任过苏州刺史。也有说此词是柳进呈老友杭州知府孙沔的投献词，赞美的是杭州，疑是误传。

上片词人通过各种物象展现了苏州的繁华与美景。"吴会风流"，开篇首句从历史和现状总写一句，统领全篇。然后一一展开，具体描写苏州到底好在哪里。先写了"人烟"，不过词人并未直接写人，而是另辟蹊径，写了苏州城里城外依山傍水的房屋错落有致的布局。"瑶台"四句，将错落有致的房屋，比喻成蓬莱仙境，从不同角度描绘出了姑苏名城街市辽阔，整饬有序，建筑富丽堂皇、千家万户民丰物阜，称雄超越于华夏（两浙路）十三州。"触处"两句写湖中、陆上的欢游场面，生动地再现了吴中士大夫画船携妓、朱楼招饮的嬉游生活，这可能也是吴会的风流余韵。

下片对苏州贤侯的政绩极尽称赞。过片首句"方面委元侯"承上启下，上片谈论社会生活，下片写军政。之后称颂对方的政绩，"致讼简时丰，继日欢游。"这是在称颂对方善于处理案件，使得诉讼减少，年岁丰登，百姓无不天天浸处于欢游之中。"襦温袴暖，已扇民讴。"这里称颂在对方的治理下，百姓丰衣足食，获得传诵。"旦暮锋车命驾，重整济川舟。当凭时、沙堤路稳，归去难留。"早晚有一天，你会重新得到重用，即将命前锋之车开路，重整舟楫渡度过巨川大河，去施展自己的匡世济时的大志。总有一天，你会（重新）升任宰辅，回到京师。到那时，百姓也难挽留。词人借用了多个典故，称赞对方治理有方，为政清廉公正，赢得百姓称道。使整首词显得既清高雅致，又有历史厚重感。虽有献媚投献之意，但媚而不俗。

瑞鹧鸪①（天将奇艳与寒梅）

【原词】

天将奇艳与寒梅②。乍惊繁杏腊前开③。暗想花神、巧作江南信④，鲜染燕脂细蒻裁⑤。

寿阳妆罢无端饮⑥，凌晨酒入香腮。恨听烟坞深中⑦，谁恁吹羌管逐风来⑧。绛雪纷纷落翠苔⑨。

【注释】

①《瑞鹧鸪》：词牌名。又名《五拍》《天下乐》《太平乐》《桃花落》《舞春风》《鹧鸪词》《拾菜娘》《报师思》等。据《词谱》说，《瑞鹧鸪》原本七言律诗，因唐人用来歌唱，遂成词调。然皆七言八句。至柳永，始添字或减字成新声。又有般涉调、南吕调与平调三体。本词在《乐章集》中注"般涉调"。

②天将奇艳与寒梅：上天将奇特之美赋予了寒梅。奇艳，奇特的美丽。与，赋予，给予。

③乍惊繁杏腊前开：它总是在杏花盛开前的冬月迅速开放。乍惊，突然看到梅花开放，十分惊讶。腊前，岁末。腊月，指的是农历十二月或泛指冬月。

④江南信：引用陆凯寄梅赠诗的典故。《荆州记》："陆凯与范晔交善，

自江南寄梅花一枝，诣长安与晔，兼赠诗。"

⑤鲜染燕脂：用胭脂点染。燕脂即胭脂，一种用来化妆或者绘画的红色颜料。细翦裁：指花神精心裁剪而成。

⑥寿阳妆：梅花妆。南朝六宫十分风行。相传南朝宋武帝女寿阳公主所创，所以这样称之。《太平御览》卷 九七〇引《宋书》："武帝女寿阳公主人日卧于含章檐下，梅花落公主额上，成五出之花，拂之不去，皇后留之，自后有梅花妆，后人多效之。"

⑦恨听：听而生怨恨，不愿听。烟坞：雾气弥漫的村坞。

⑧谁恁吹羌管逐风来：谁用羌笛吹起了悲凉的曲子？羌管，即羌笛，古时羌人所做，笛声悲怆。此处吹奏羌笛的人所吹的曲子，当指乐府笛曲《梅花落》。故引出下句梅花的飘落。

⑨绛雪：红雪，是指飘落的梅花。翠苔：绿色苔藓。这里指庭阶。

【译文】

上天将与众不同的美丽赐给了寒梅，它总是忽然间在杏花盛开前的冬月迅速开放。暗自思量，大概是花神安排了江南的花信。她鲜明地点染，精心地剪裁了梅花的玲珑姿态。

化了梅花妆，随意饮了些酒，拂晓的时候，醉意已经涌上了脸颊，又不知道是谁如此动听地吹起了《梅花落》，那声音随风传播，引起无端的悲愁。看，那红色的梅花瓣，就像绛红色的雪片，洋洋洒洒地落在了长满苔藓的地上。

【赏析】

这是一首咏梅词，词人借着描写梅花，表达了一种情绪，一种怨恨，一种怜香惜玉之情。

本词上片开篇，词人便奠定了基调，"天将奇艳与寒梅"，不但点明了梅花开放的特殊季节，而且确立了梅花的"奇艳"，这个"奇"字也说明了梅花不同寻常的姿态。"乍惊繁杏腊前。"进一步说明，梅花的"奇"之一便是与众花不同，会逆时而开。这是在称赞梅花的风骨。"暗想花神、巧作江南信，鲜染燕脂细翦裁"后三句，借用了一个典故。《太平御览》天将奇艳与寒梅引《荆州记》："宋陆凯与范晔相善，自江南寄梅花一枝，诣长安，与晔，并赠诗曰：'折梅逢驿使，寄与陇头人。江南无所有，聊赠一枝春。'"这是在称赞梅花的外形。

下片借人事写梅落。古人常常会用鲜花来比喻美女，有时也会用美女来比喻鲜花，下片第一句便用寿阳公主落梅不去，遂为梅花妆的典故，将梅花与美女融为一体。"寿阳妆罢无端饮，凌晨酒入香腮。"是说佳人扮好梅花妆，徒然独自饮酒，直至凌晨酒红腮颊。女子独自饮酒到凌晨到底所为何呢？词人并未点明。"恨听烟坞深中，谁恁吹羌管逐风来。绛雪纷纷落翠苔。"三句的意思说，在雾霭笼罩的小城深处，是谁这样吹起了羌笛，听到那随风飘来的悲凉笛声，看到那梅花似绛雪般纷纷落在翠绿的苔藓上，流露出怜梅之情。词人用"降雪"来比喻梅花飘落时的姿态，与上片写梅花之艳归功于花神相对照，构思奇特。

鹧鸪天①（吹破残烟入夜风）

【原词】

吹破残烟入夜风②。一轩明月上帘栊③。因惊路远人还远，纵得心同寝未同④。

情脉脉，意忡忡⑤。碧云归去认无踪⑥。只应曾向前生里，爱把鸳鸯两处笼⑦。

【注释】

①《鹧鸪天》：词牌名，又名《思佳客》《思越人》《醉梅花》《半死梧》等。《乐章集》注"平调"，《太和正音谱》注"大石调"，《九宫谱目》入仙吕引子。本词在《乐章集》中词牌名原为《瑞鹧鸪》，唐圭璋在编撰《全宋词》时将词牌名改为《鹧鸪天》，并注云："按此首调名原作《瑞鹧鸪》，非，今按律改。"

②"吹破"句：本句为倒装，即"入夜风吹破残烟"，意思为入夜之后微风吹散了傍晚时的薄雾。残烟，指烟霭，夜幕降临产生的雾气。

③轩：长廊上的窗户。帘栊（lóng）：闺阁。李昂《赋戚夫人楚舞歌》："汉王此地因征战，未出帘栊人已荐。"

④纵得：即便，即使。

⑤脉（mò）脉：情意绵绵，凝视不语的样子。《古诗十九首·摇摇牵牛

星》："盈盈一水间，脉脉不得语。"忡（chōng）忡：忧虑不安的样子。《诗经·召南·草虫》："未见君子，忧心忡忡"。

⑥"碧云"句：江淹《杂体诗三十首·休上人怨别》："西北秋风至。楚客心悠哉。日暮碧云合。佳人殊未来。"后以"碧云归去"为别离之语，此指与妻子分别。碧云，碧空中得云，喻指远方或天边，多用来形容离愁别绪。

⑦曾（zēng）向：怎向，奈何。

【译文】

入夜之后微风吹散了傍晚时的薄雾。我看着窗棂和窗帘外的一轮明月悄悄爬了上来。因畏路途遥远而更加担心双方心的距离也会拉远。即便能结同心，恐不能同处一地。

情意绵绵，思绪翩翩。天上的云啊，再回去恐怕也认不得路了。奈何只是因为在前生的时候，爱把一对鸳鸯养在两个笼子里。

【赏析】

这是一首怀人词。

上片四句，前两句写景，后两句抒情。起首两句通过"夜风""明月"暗示主人公夜不成眠，意为夜幕降临，清风突然吹散了薄烟，在窗棂竹帘之外，慢慢地升起了一轮明月。意境深远，为全文奠定了一丝清冷孤寂的基调。后两句抒情，意为因畏路途遥远而更加担心双方心的距离也会拉远。即便能结同心，恐不能同处一地。这两句巧用连珠对句，写出了山水相隔的相思之苦。"路远人还远"前冠"因惊"，有精警拔俗之妙。所谓"人还远"，即人更远，即心远也。与欧阳修"平荒尽出是春山，行人更在春山外"用意相同。

下片前两句直抒胸臆，说自己情意绵绵，思绪翩翩。"碧云归去认无踪"，意为天上的云啊，再回去恐怕也认不得路了。这是词人将自己比作流云，是对自己在外漂泊无定，无法归家的一种情绪的抒发。最后一句，表达了对人生聚散的万般无奈，是本首词的精华所在。这是前生有缘爱自可相期，是自慰语，也是祝祷语，更是期待语，与"愿天下有缘得都成了眷属"词异意同，它升华了全词的意蕴，可堪细味。

燕归梁①（织锦裁编写意深）

【原词】

织锦裁编写意深②。字值千金③。一回披玩一愁吟④。肠成结⑤、泪盈襟。

幽欢已散前期远⑥。无憀赖⑦、是而今⑧。密凭归雁寄芳音⑨。恐冷落、旧时心。

【注释】

①《燕归梁》：词牌名，《乐章集》注"正平调"。双调五十字，前段四句四平韵，后段四句三平韵。

②织锦：指锦书。引用了苏惠织回文锦寄夫事。《晋书·列女传》："窦滔妻苏氏，始平人也，名蕙，字若兰，善属文。滔，符坚时为秦州刺史，被徙流沙，苏氏思之，织锦为回文旋图诗以赠滔。宛转循环以读之，词甚凄惋。"后称妻子寄给丈夫的书信为锦书。裁编：裁剪编织，这里指文章构思。写意：表露心意。

③字值千金：《史记·吕不韦传》："布咸阳市门，悬千金其上，延诸侯游士宾客有能增损一字者予千金。"此谓情人来信之珍贵。

④披玩：即把玩，仔细玩味，翻看玩赏。

⑤肠成结：谓心中忧思郁结不解。肠，心肠，心中。

⑥前期：将来重聚的日子。

⑦无憀（liáo）赖：即"无聊"，郁闷，精神空虚。憀，同"聊"。

⑧而今：如今。

⑨密凭：频频托付。

【译文】

远方的佳人寄来书信，里面的文章构思饱含了她的浓情厚意，一字值千金。我一会儿展开细细品读，一会儿冥思哀吟，心中悲喜交织，泪水不知不觉便落满了衣襟。

过去幽会的欢乐已经消失，未来相逢的日子难以预测。如今无以依赖，只能多凭借南来北往、候时去来的大雁寄去佳音，恐怕冷落了过去的爱情。

【赏析】

柳永之词多写离别，别后期盼对方鸿雁传书。本词写的是佳人来信之后，词人又悲又喜的复杂心境。

词上片以织锦回文诗为始，写出了词人收到对方来信之时的喜悦之情，"字值千金"一句可以看出词人十分珍惜这封信，认为它字值千金，足见这封信在词人心中的重量。接着写词人在读这封信时的情况。"一回披玩一愁吟。肠成结、泪盈襟"，每次读来都惆怅不已，心中郁结难解，泪水不知不觉地就沾湿了衣襟。不难从中了解到，这封信必然也是饱含深情，让词人每次读都能为之动容。也足见寄信人与词人感情之深厚。

下片交代了双方的感情之路。"幽欢已散前期远"，幽欢早已成往事，重聚却又遥遥无期。写出了词人的现状，有一种深情难寄的无奈。接下来，感情更进一步，"无憀赖"两句写词人如今的百无聊赖。"密凭"一句写词人频频寄出述说爱情的书信。结拍"恐冷落、旧时心"，表明述说相思不仅是自己情感的需要，更是安慰对方，以免冷落了她旧日的一片深情。这六个字，语势平淡，却情深意浓。

全词以来信开篇，以寄信收尾，围绕着书信这一古时传递信息的事物，表达了自己的感情。这首词铺叙极为平淡，没有太多的场景与波澜，但是正是这份平淡更能凸显感情的坦诚与真挚。

女冠子①（淡烟飘薄）

【原词】

淡烟飘薄②。莺花谢、清和院落③。树阴翠、密叶成幄④。麦秋霁景⑤，夏云忽变奇峰、倚寥廊⑥。波暖银塘⑦，涨新萍绿鱼跃⑧。想端忧多暇，陈王是日，嫩苔生阁⑨。

正铄石天高，流金昼永⑩，楚榭光风转蕙⑪，披襟处、波翻翠幕⑫。以文会友⑬，沈李浮瓜忍轻诺⑭。别馆清闲⑮，避炎蒸、岂须河朔⑯。但尊前随分⑰，雅歌艳舞，尽成欢乐。

【注释】

①《女冠子》：唐教坊曲名，后用作词牌名。小令始于温庭筠，长调始于柳永。《乐章集》注"仙吕调"。

②飘薄：同"飘泊"。这里有飘荡的意思。

③莺花谢：意谓春天将逝。莺花，莺啼花开之意，这里泛指春天的景物。清和：指天气清明和暖。

④幄：帐篷。

⑤麦秋：指农历四、五月麦子成熟的时候。霁（jì）景：雨后放晴的景色。

⑥寥廓：辽阔的天空。

⑦银塘：清澈明净的池塘。

⑧"涨新"句：意谓池塘弥漫着新生的浮萍，变得很绿，鱼儿不时跳出水面。新萍：新生的浮萍。

⑨"想端"三句：意谓想起如今多了很多空闲的时间，一定不会如曹植初丧好友应刘之时一般，无心赏玩，楼阁台榭长满绿苔，积满尘土。谢庄《月赋》："陈王初丧应刘，端忧无限，绿苔生阁，芳尘凝榭。"陈王，曹植的封号。

⑩"正铄"二句：意谓天气渐热，昼长夜短。铄（shuò）石、流金，形容天气炎热，可使金石熔化。刘向《淮南子·诠言》："大热，铄石流金，火弗为益其烈。"

⑪楚榭：台榭。所谓"楚"乃因后文引《楚辞》典故而顺及之，非谓人在楚地。

⑫"披襟"句：意谓游兴正劲时，只见波光涌动，如同翠幕在翻滚。

⑬以文会友：通过文字来结交朋友。孔子《论语·颜渊》："君子以文会友，以友辅仁。"

⑭沈李浮瓜：将瓜果浸在水中，即今之"冰镇"。轻诺：轻易许诺。

⑮别馆：客馆。庾信《哀江南赋序》："三日哭于都亭，三年囚于别馆。"

⑯河朔：古代泛指黄河以北的地区。

⑰尊前：酒樽前。随分：随我本性。

【译文】

四月清和的庭院中，有薄薄的雾气飘荡着，春天的景色也开始凋零。翠绿的树叶慢慢地密集成荫，像是被用布帛围起来的帐幕。麦秋四月，雨后景色清明，夏天的云彩多变，此刻正如奇峰一般依傍着天空。清澈的池塘上荡起了层层波浪，在阳光的照耀下显得温暖夺目，水面上弥漫着新生绿萍，鱼儿纷纷欢快地跳跃着，想起离别以后有很多空闲的时间不会如陈王曹植初丧应刘的日子一样，无心游娱，以致亭阁绿苔生、芳尘凝。

正值天高昼永的闷热天气，台榭上，天气晴朗，日光明媚，微风徐徐，吹动着草木。游兴正劲时，只见波光涌动，如同翠幕在翻滚。不忍轻易许下以文会友、沉李浮瓜的诺言。客馆清静悠闲，避开夏日的酷暑熏蒸，何必要去黄河以北。只需在酒宴上，跟随自己的本性，想做便做，独自吟雅诗、观艳舞，都是快乐。

【赏析】

本词描写了夏日之景，表达了词人想要纵情山水，跟随本心的心愿。

词的上片从不同的侧面呈现了夏日里的各种景象与风光。开篇用"淡烟飘薄"来勾勒了一个大概的环境框架，渲染出闲雅的情调。然后写时令，"莺花谢、清和院落"，词人将重点放在了庭院里的"莺花谢"这一标志春已去、夏来临的典型景物来点明时令的变换，又用"清和"二字来泛写院中的初夏气象，并暗示出词人此刻平和的心境。之后，词人的视线又集中到庭院中生长茂盛的大树，翠绿的"树阴"，像帐篷一样覆盖出浓荫的"密叶"，充分体现了初夏时候，万物生机勃勃这一特点。接着词人由地面的浓荫写到了天空的浮云，"麦秋"时节雨后的天气显得格外明朗清新，而空中的云朵不时地变幻着形状，如"奇"异的山峰"倚"在"寥廓"的天空上，词人将游动的云彩写得活灵活现，来展现大自然神奇的变化。在对自然景象描写之后，又将视角转回到了对院外具体景物的状写，"波暖银塘，涨新萍绿鱼跃"二句意为和熙的阳光照在波光粼粼的池塘，池塘里已长满了新鲜明绿的萍草，映着波光在水中飘摇，还有那活泼的鱼儿不时跃出水面，向人们展示它们愉悦的心情。"银"字巧妙地修饰了池塘，渲染了气氛；"暖"字和"新"字，不仅让人感到一种生命的喜悦，更使画面形成清新的暖色调；"涨"字和"跃"字，又写尽了万物生机的勃发之象，词人面对此大好景色的欣喜兴奋也就不言而喻了。

上片结尾三句，以"想"领起，抒发了词人在看到这些景物之后的情感，句中的典故出自谢庄《月赋》，原意是说曹植因丧友忧愁郁闷，无心观赏夏日美景，以致使绿苔生阁，芳尘凝榭。词人反用此典，惋惜曹植白白辜负了如此美景空自忧伤。而自己绝不会如此，借以表达面对美景时的舒畅心情。

下片"铄石天高"二句，"铄石""流金"见于《淮南子·诠言》。词人用以形容夏日天气炎热已经到了可以使金石熔化的地步。这也使得接下的二句"楚榭光风转蕙，披襟处、波翻翠幕"变得更有意义，如此炎热的天气，能有微风拂面，必然惬意不已。于是词人先以《楚辞·招魂》中"光风转蕙"一句来写夏天晴风带来的美景，再接以《风赋》中楚王游于兰台披襟迎风之典，写出了"披襟处、波翻翠幕"之句。楚王"披襟"之后而赞"快哉此风"，词人敞开衣襟之后，迎风之快感，不必明言而自在其中，更何况词人还配以夏风拂水"波翻翠幕"的美景。有了如此舒服的风，词人的兴致变得更高了，不由产生了"以文会友"的雅兴。"以文会友"典出《论语》，原词"以文会友"的目的在于"以友辅仁"，而柳永只想借此表达与朋友相聚的欢乐，所以他兴致勃勃，在此处用了曹丕消夏宴游"沉瓜浮李"的典故，不过，曹丕之"浮甘瓜""沉朱李"是在伤痛中忆旧的欢会，柳永却只取其欢会之意。当然柳永与友人之间并非单纯的想要玩乐，从"忍轻诺"三字可以看出，柳永在"轻诺"前先用一个"忍"字，强调了朋友间的信任。结拍"但尊前随分，雅歌艳舞，尽成欢乐"，欢情达到了最高潮，全词也就定格于此。结尾"尽成欢乐"四字，有一锤定音的效果。

整首词步步紧扣，节奏明快，感情表达恰如其分，让整首词的格调显得十分风雅，所绘场景令人向往。

女冠子①（断云残雨）

【原词】

断云残雨。洒微凉、生轩户②。动清籁③、萧萧庭树。银河浓淡，华星明灭，轻云时度。莎阶寂静无睹④。幽蛩切切秋吟苦⑤。疏篁一径⑥，流萤几点，飞来又去。

对月临风，空恁无眠耿耿⑦，暗想旧日牵情处。绮罗丛里⑧，有人人、那回饮散，略曾谐鸳侣。因循忍便睽阻⑨。相思不得长相聚。好天良夜，无端惹起，千愁万绪。

【注释】

①《女冠子》：词牌名，原为唐教坊曲名。

②"断云残雨"两句：云将散、雨将止，门窗投进了微微凉意。轩户：窗户和门。

③清籁：宁静中发出的声音。籁，原指在洞穴中发出的声音，也泛指一般声音。

④莎（suō）阶：长满莎草的台阶。莎草为多年生草本植物，多生于潮湿处或河边沙地。叶细长质硬，深绿色，夏日由茎顶分歧生穗，开黄褐色小花，地下块根称为香附，可入药。

⑤幽蛩（qióng）：躲在阴暗处的蟋蟀。蛩，蟋蟀。

⑥疏篁（huáng）：稀疏的竹丛。

⑦耿耿：心事重重，烦躁不安的样子。

⑧绮罗丛里：美女丛中。绮罗，女子所穿的锦绣衣裙，这里代指美女。

⑨因循：沿袭做事的老办法。
睽阻：分隔间阻。

【译文】

　　云将散、雨将止，门窗投进了微微凉意。秋意凄凉，庭树摇落，缕缕轻云是不时飘过，遮盖得银河或浓或淡，星星时亮时暗。长满莎草的台阶静静的，什么也看不清。在幽暗处，蟋蟀苦苦地低鸣。在稀疏的竹林里，一径深深，几点流萤，飞过来飞过去。

　　我对着凉月清风，突然辗转难眠，心烦意乱，暗自回想过去那些魂牵梦绕的事情。记得在美女当中，有个人儿，在一次酒宴散后，曾和我有过一次恩情。怎么能够忍心因为延续旧规办事而被阻隔呢？虽然互相思念却不能长久相聚。每逢好天良夜，没来由地起了千愁万绪。

【赏析】

这是一首借景怀人之作。词人在外藩任幕僚，与汴京中所恋之女子分隔两地，从而产生了思念之情。

上片描写景物，渲染氛围，衬托心情。首句"断云残雨"交代了天气，云将散、雨将止。这样的天气本身就给人带来了一丝凉意。之后描写一系列景物，用雨声、树声、星星、月亮、蟋蟀、秋吟、疏篁、流萤构成了秋夜景色，有动有静、有声有色的秋夜之景让人产生了一种难以平息的淡淡悲凉，为下片写悲情愁绪奠定了充足的基础。

下片开始抒发情感。"对月临风，空恁无眠耿耿，暗想旧日牵情处"，直接道出了自己的心绪。面对阵阵秋风，望着未圆的月亮，心中惆怅万分难以入眠，默默地回想起让我魂萦梦牵的旧日故地。让词人难以入眠的难道只是故地吗？下一句为我们揭开了谜底，原来让词人难眠的是心中的佳人。"绮罗丛里，有人人、那回饮散，略曾谐鸳侣。"在那些众多的女人之中，有一个自己最心爱的人儿。那一次酒宴散了之后，自己和她曾有过短暂的露水夫妻之情。那为什么词人会跟这个人分隔两地呢？词人娓娓道来，"因循忍便睽阻。相思不得长相聚。"原来是因按照旧的礼教，我只能和她狠心离别，从此音信渺然，阻隔难见，只有无尽的相思了。最后几句总结了全词，所以无论是白天还是黑夜，自己总会无缘无故地愁绪万千，难以排解。

离别难①（花谢水流倏忽）

【原词】

花谢水流倏忽②，嗟年少光阴。有天然、蕙质兰心③。美韶容、何啻值千金④。便因甚、翠弱红衰，缠绵香体，都不胜任。算神仙、五色灵丹无验⑤，中路委瓶簪⑥。

人悄悄，夜沉沉。闭香闺、永弃鸳衾⑦。想娇魂媚魄非远⑧，纵洪都方士也难寻⑨。最苦是、好景良天，尊前歌笑，空想遗音⑩。望断处、杳杳巫峰十二⑪，千古暮云深⑫。

【注释】

①《离别难》：词牌名，原教坊曲名，《乐章集》注"中吕调"。

②花谢水流：如花之凋零，水一去不返。这里指女子过世。倏（shū）忽：很快的，忽然之间。

③蕙质兰心：比喻女子心地如兰花一般纯洁，品质如"蕙"似的高雅。蕙，香草名，俗称佩兰。

④韶容：女子的容貌美丽动人。何啻（chì）：岂止，不止。

⑤五色灵丹：久经烧炼所得具有五色祥光的丹药。无验：没有证验。这里是指没有治好女子的病。

⑥中路：人生的半路，这里指英年早逝。委，丢弃，丢下。瓶簪：谓瓶子沉入水底难寻，簪子断了难续。喻男女分离或女子去世。

⑦永弃鸳衾：永远地丢下了与男子缠绵的鸳鸯被。

⑧想娇魂媚魄非远：意为女子的香魂媚魄不会走得太远。这是词人内心的祈求。

⑨洪都方士：洪都西山的方士。洪都指的是洪州，位于今江西南昌。其西有仙山，自古多方士。

⑩空想遗音：斯人已逝，如今只能回想她的声音了。

⑪巫山十二：巫山的十二座山峰。峰名分别为登龙峰、圣泉峰、朝云峰、神女峰、松峦峰、集仙峰、净坛峰、起云峰、飞凤峰、上升峰、翠屏峰和聚鹤峰。这里词人使用了宋玉《高唐赋序》中巫山神女旦为朝云暮为行雨的典故，代指男欢女爱之事。

⑫千古暮云深：此处化用了《高唐赋序》，谓女子一去千古，朝云暮雨之事不再可得。

【译文】

如春花凋谢，江水东流，她突然之间就过世了。她天生心地如兰花一般纯洁，品质如"蕙"似的高雅。容貌美丽动人，何止值千金。到底为什么，病总是纠缠她那花枝般的香体，使她衰弱得什么都承受不了。算来就算是神仙的五色丹药也无法治愈她的病，半路被父母令许了他人而使瓶沉簪折、两情分离。

静悄悄的，长夜深沉，香闺紧闭，曾经同眠共枕的鸳鸯被也被弃置一旁。我想到她娇媚的魂魄应当还没有远去，但毕竟人天相隔，即便是洪都那样能以精诚致魂魄的方士也难以追寻她。最悲苦的是，每逢好天良夜，就突然想起她在酒宴中歌笑的音容。我极目远眺，只见杳杳巫山十二峰，她一去千古，朝云暮雨之事不再可得。

【赏析】

这是一首悼亡词，词人字里行间表达了对女子突然过世的伤感之情。

上片开头"花谢水流倏忽，嗟年少光阴。"，词人先用花之凋零，水之一去不返来感慨女子突然间离开了人世。然后开始写女子的美好，"有天然、蕙质兰心。美韶容、何啻值千金。"她有芳洁高雅的秉性，美丽的容颜何止值千金。这里突出了女子美好的秉性与外貌，更为女子的消逝增加了一丝惋惜之情。然后又通过后面几句，交代了女子过世的过程与缘由：因为何故，身体久病不愈，什么都做不了，料想神仙的灵丹妙药也无效验，原来是半路被父母令许了他人而使瓶沉簪折、两情分离。至此，

离别难（花谢水流倏忽）

265

词人交代了女子过世的原因乃被父母棒打鸳鸯所致。同时也为下片描写词人对女子的怀念做了充足的铺垫。

下片主要表达了词人对过世女子的怀念之情。"人悄悄，夜沉沉。"静悄悄的夜晚，正是容易让人陷入怀念之情的时候。然后词人笔锋一转，开始埋怨女子丢下了自己。"闭香闺、永弃鸳衾。"关闭了卧室的房门，你却丢下了与我缠绵的被子。看似埋怨和责怪，但更多的是让人伤感。之后开始妄想女子的魂魄应该还存在这个他们曾经在一起的房间里，不过难以找回，"想娇魂媚魄非远，纵洪都方士也难寻。"想来娇媚的魂魄尚未远离，但纵然是洪都方术之士也难找回了，表达出了一种无力之感。之后，词人直抒胸臆，伤心之情更深一层，感慨说"最痛苦的是，在良辰美景里徒然想着你那酒宴上歌唱笑乐的不绝余音。向远处望直到看不见的地方，那是遥远的巫山十二峰，朝云暮雨的事情再也无法进行"。

本词从生前写到死后，娓娓道来，平实自然，感情真挚动人，用过往情事来引人哀叹，情真意切。

过涧歇近①（淮楚）

【原词】

淮楚②。旷望极，千里火云烧空，尽日西郊无雨③。厌行旅。数幅轻帆旋落，舣棹兼葭浦④。避畏景⑤，两两舟人夜深语。

此际争可，便恁奔名竞利去⑥。九衢尘里，衣冠冒炎暑⑦。回首江乡，月观风亭，水边石上，幸有散发披襟处⑧。

【注释】

①《过涧歇近》：词牌名，《乐章集》注"中吕调"。

②淮楚：位于今江浙皖一带。

③"旷望"三句：写久旱无雨。旷望，极目远眺，远望。火云，夏季炙热的赤云。烧空，映红天际。尽日，整日。

④"数幅"两句：意为船帆纷纷落下，将船停靠在长满芦苇的岸边。旋，很快，随即。舣棹（yǐ zhuō），停船靠岸。兼葭浦，长满了芦苇的水边。

⑤畏景：夏日的阳光。《左传·文公七年》中曾有句："赵衰，冬日之日也，赵盾，夏日之日也。"杜预注："冬日可爱，夏日可畏。"后因称夏日的太阳为"畏日"。景，指的是阳光。

⑥"此际"两句：意为在如此炎热的时候，怎能就这样去追逐名利呢？

争可，怎可，怎能。便恁，就这样。

⑦"九衢"两句：那些衣冠之辈，却不惜冒着炎热酷暑，在落满尘土的道路上奔走。九衢（qú），纵横交叉的大道，这里代指汴京。衣冠，古代士以上戴冠，衣冠连称，指士以上的服装，后引申为士族、士绅。

⑧"回首"四句：意为回首家乡，风月楼台，水边石上，自有舒心纳凉之处。这里有归隐之意。江乡，这里指词人的家乡。月关，月榭，赏月的楼台。风亭，亭子。幸有，自有。散发，散开头发。古代贵族束发戴冠，散发，即表示不受约束，逍遥自在。

【译文】

我极目远眺淮河流域的楚天，千里火云屯聚，烧红了晴空。整日里，西郊都没有下雨，行旅之人都感到非常困乏。几只小舟的风帆渐渐落下，停靠在长满芦苇的水边。避暑乘凉之际，两两三三小舟上的行客彻夜长谈。

在如此炎热的时候，怎能就这样去追逐名利呢？那些衣冠之辈，却不惜冒着炎热酷暑，在落满尘土的道路上奔走。回首家乡，风月楼台，水边石上，自有舒心纳凉之处。

【赏析】

这首词虽然看似写的是秦淮酷暑，对行旅心生厌倦，实际则表达了词人对追名逐利的游宦生涯的厌恶。

上片描写了游宦途中的艰辛。从开头到"尽日西郊无雨"，词人描写了江淮地区的酷热。首句先点明了地点在江淮，然后说自己极目眺望之下，千里炎热的红云映红天空，西郊终日没有下一场雨。然后通过"厌行旅"一句，词人直接表达了对行旅的厌恶，之后几句描写自己旅途周围的情况：几只小舟的风帆渐渐落下，停靠在长满芦苇的水边。避暑乘凉之际，两两三三小舟上的行客彻夜长谈。"两两舟人夜深语"从侧面也反映了天气的燥热，正是因为天气燥热，人们都睡不着，所以才有了彻夜长谈的行为。词人通过这句由写景、写天气转向写人，为下片写厌恶追名逐利的游宦生涯做铺垫。

下片写了词人对"奔名竞利"游宦生涯的厌恶。"此际争可，便恁奔名竞利去。"一句，直接指责人们怎么总想着追名逐利呢！词人语气含蓄，笔势奇矫。然后词人又开始写追名逐利者之多。汴京之地，到处都是趋炎附势，追逐名利之人。之后笔锋一转，描写弃官隐居的快意。回首江南水乡，清风明月下的楼观亭阁，那水中石上，幸好还有乱发坦胸的地方。

清黄氏在《蓼园词评》中点评此词力透纸背，入木三分。"趋炎附热、势利薰灼、狗苟蝇营之辈，可以'九衢尘里，衣冠冒炎暑'二语尽之。耆卿好为词曲，未第时，已传播四方，西夏归朝官且曰：'凡有井水饮处，即能歌柳词。'其重于时如此。尝有鹤冲天词云：'忍把浮名，换了浅斟低唱。'及临轩放榜，时人语之曰：'且去'浅斟低唱'，何要浮名。'是耆卿虽才士，想亦不喜奔竞者，故所言若此。此词实令触热者读之，如冷水浇背矣。意不过为'衣冠冒炎暑'五字下针砭，而凌空结撰，成一篇奇文。先从舟行苦热，深夜舟人之语，布一奇景。忽用'此际'二字，直接点入衣冠炎暑，令人不测。以后又用'江乡'倒缴，只一'幸'字缩住。语意含蓄，笔势奇矫绝伦。"

柳腰轻①（英英妙舞腰肢软）

【原词】

英英妙舞腰肢软。章台柳、昭阳燕②。锦衣冠盖，绮堂筵会，是处千金争选③。顾香砌、丝管初调④，倚轻风、佩环微颤。

乍入霓裳促遍⑤。逞盈盈、渐催檀板⑥。慢垂霞袖，急趋莲步，进退奇容千变⑦。算何止、倾国倾城⑧，暂回眸、万人断肠⑨。

【注释】

①《柳腰轻》：词牌名，柳永自制曲，《乐章集》注"中吕宫"，此词牌双调八十二字，前段八句四仄韵，后段七句四仄韵。

②"英英"两句：英英，本词主人公的名字。以章台柳与昭阳燕比喻英英的腰肢细软，善舞弄姿。章台本是汉代长安街的名字，后来常被人代称游冶之地。章台柳，典出唐孟启《本事诗·情感》，讲述了韩翃与青楼女子相恋的故事。韩翃少负才名，孤贞静默，所与游者皆当时名士。一富家李生，负气爱才，因看重韩翃，遂将家中一歌妓柳氏赠与韩翃。之后安史之乱爆发，长安、洛阳两京陷落，士女奔骇。柳氏以色艳独居，恐不免，便落发为尼。当时韩翃为缁青节度使侯希逸府中书记。京师收复后，韩翃派人到长安寻柳氏，并准备了一白口袋，袋装沙金，袋上题了此诗《章台柳·寄柳氏》：章台柳，章台柳！昔日青青今在否？纵使长条似旧垂，也

应攀折他人手。柳氏在长安接到这个口袋后，捧诗呜咽，并写了《杨柳枝·答韩翃》："杨柳枝，芳菲节。可恨年年赠离别。一叶随风忽报秋，纵使君来岂堪折。"此处章台柳，不仅形容女子腰肢细软，又暗示了她为青楼女子。昭阳燕，指的是汉成帝后赵飞燕，其体轻盈，擅长歌舞。后人常以飞燕来代指舞娘。

③"锦衣"三句：是说英英擅长舞蹈，在达官贵族的宴会上，常常被人以高价争选。锦衣，华丽精美的服装。冠盖，官员的冠服与车驾。代指达官贵族。绮堂，华丽的厅堂。是处，到处，处处。

④"顾香砌"两句：讲述了英英闻乐起舞、环佩轻颤的优美姿态。香砌，香阶，对台阶的美称。丝管初调，刚刚调好了乐器。丝管，泛指各种丝竹乐器。

⑤"乍入"句：是说英英开始表演《霓裳羽衣曲》中节奏急促的那段舞蹈。霓裳，即《霓裳羽衣曲》，传说是唐玄宗聆听天乐后而制成（详《唐逸史》《广德初异录》）。促、遍，古代音乐术语，促拍；遍是大曲的段落。

⑥盈盈：仪态美好的样子。盈，同"嬴"。古乐府《日出东南隅行》："盈盈公府步，冉冉府中趋。"这句话是说，她舞步急促，慢慢催得檀板也加快了节奏。檀板，用檀木做成的拍板，演奏音乐的时候打拍子用。《旧唐书·音乐二》："拍板，长阔如手，厚寸余，以韦连之，击以代抃。"唐杜牧《自宣州赴官入京路逢裴坦制官归宣州因题赠》："画堂檀板秋拍碎，一引有时连十觚。"

⑦"慢垂"三句：主要描写了英英在跳舞的时候，收放自如，舞姿千变万化。慢垂霞袖，慢慢放下美丽的衣袖。急趋莲步，小步快走。莲步，这里指舞步。《南史·齐东昏侯传》载，东昏侯用黄金制成莲花贴在地上，命宠妃潘妃行走于上，谓"步步生莲花也"。

⑧"算何止"句：感慨英英哪里是倾国倾城可以形容的。倾国倾城，喻指绝美的女子。

⑨暂回眸、万人断肠：白居易在《长恨歌》中曾有句："回眸一笑百媚生，六宫粉黛无颜色。"以形容杨贵妃美貌异常，让后宫的佳丽都自愧不如。这里指英英一笑，可使众多女子黯然神伤。

【译文】

英英的舞姿曼妙，如同章台柳般袅娜，又似昭阳飞燕般轻柔。使得那些锦衣官帽，坐着豪华马车的贵人，都争抢着出千金之价来选她作陪。回头看那飘香的台阶上的乐队，已经开始调音。她随之翩翩起舞，似杨柳扶风，身上的佩环也随着舞蹈微微颤动。

乐曲刚入《霓裳羽衣曲》中节奏急促的段落，她便开始施展出自己婀娜轻盈的身段，渐渐地催着檀板声而舞。英英一会儿慢舒广袖，一会儿急动莲步，进退之间仪态万千，表情多变，风情万种。料想她的美，何止是倾国倾城，她突然回首的那一瞬间，足以让千万人为其倾倒！

【赏析】

这是一首描写一位名叫英英的舞妓的小词，词人将笔墨着重放在了描写英英的舞蹈以及容貌上，让读者读之仿佛看到了一位明艳动人的女子站在舞台上轻歌曼舞，迷倒众人的场景。

上片，词人描写了女子轻柔的身子以及她的声望。开篇首句先赞叹英英舞姿的美妙，肢体的轻柔。然后又以"章台柳""昭阳燕"来比，说她的身姿像章台柳之袅娜，似昭阳飞燕之轻柔。这样夸奖还不够，毕竟这些都是词人自己的想法，所以他接下来又从达官贵人的表现来说明英英的人气。多少有钱有势的人，富贵人家的筵会上，都争着以千金之价选她去作陪。

上片结尾几句才算真正开始描写英英的舞姿。只见她回头看了看，音乐开始奏响，她随之翩翩起舞，似杨柳扶风，身上的佩环也随着舞蹈微微颤动。

下片进一步描写英英的舞蹈。第一句先交代了英英开始表演《霓裳羽衣曲》中节奏急促的那段舞蹈。然后就开始描写舞蹈中动作和节奏的种种变化，她更加施展出自己柔媚轻盈的身段，紧紧地依檀板声而舞。英英一会儿慢舒广袖，一会儿急动莲步，进退之间仪态万方，表情丰富多变，妩媚多姿。看到这样的舞蹈，词人不禁大呼"算何止、倾国倾城"，如此美丽的女子哪里是倾国倾城就可以形容的，可见词人对英英舞姿的认可。结句的"暂回眸"更是点睛之笔，说她结束舞蹈前一个惊鸿一瞥的动作神态，便迎来万人倾倒，让其他女子黯然神伤。

全词极尽称赞之语，可见英英确实是当时难得的才貌俱佳的女子，让众多男子为其倾倒，其中当然也包括词人本人。

古时写舞蹈的词句并不在少数，杜甫的《观公孙大娘弟子舞剑器行》中"来如雷霆收震怒，罢如江海凝青光"两句，脍炙人口。如果说杜诗写的是健舞、武舞，那么柳永这里则写的是软舞、文舞。先写英英的"腰肢软"，以柳之轻柔与赵飞燕的"柔若无骨"以张目。然而这软舞并非一成不变，而是根据节奏时缓时急，变化万千。此词不失为写舞的一个范例，读之者依稀感受到古典舞蹈的无穷魅力。这里的"奇容"之"容"，非指面容、脸庞，而是指舞姿，即舞容。

西江月①（凤额绣帘高卷）

【原词】

凤额绣帘高卷②，兽环朱户频摇③。两竿红日上花棚④。春睡厌厌难觉⑤。
好梦狂随飞絮⑥，闲愁浓胜香醪⑦。不成雨暮与云朝⑧。又是韶光过了⑨。

【注释】

①《西江月》：原唐教坊曲名，后用为词牌名，又名"白蘋香""步虚词""江月令"等。唐五代词本为平仄韵异部间协，宋以后词则上下片各用两平韵，末转仄韵，例须同部。以本词为正体，双调五十字，前后段各四句两平韵一叶韵。

②凤额绣帘：上端绣有凤凰图案的锦帘。凤额，器物端部饰有凤形的装饰物。高卷：高高地卷起，说明夜色早已过去，所以把帘帐卷了起来。

③兽珠朱户频摇：兽环（bù），古时门上常镶一野兽之头的装饰物，兽头的嘴里叼着一铜环，所以称为兽环。朱户，红漆的大门，代指富贵人家。频摇，有节奏地晃动，指兽环在晃动。此句主要在点明词中这位主人公小姐生长在富贵之家，普通人家是没有朱户兽环的。

④两竿红日：升起有两棵竹竿那么高的太阳。上花梢，太阳光已经照到开花的树梢。这句是想表达天已经亮了好一会儿。

⑤厌厌：同"恹恹"，萎靡不振、精神不振的样子。此句是说：这位小

姐在这样的春日的大好时光里睡了个大懒觉，却依然是一副精神不振难以清醒的样子。

⑥好梦：怀春之梦，梦得有情郎。狂随，很快地随着。此句之意是：刚刚做了一个得遇有情郎的好梦，谁知却像飞絮一样，很快就不见了。

⑦闲愁浓胜香醪：此句之意是因无所事事而引发的怀春之忧愁比那非常醇厚的美酒还要浓烈。闲愁，因无所事事而引发的忧愁。香醪，非常醇厚的美酒。醪，浊酒。

⑧不成雨暮与云朝：此句之意是这位小姐在其好梦之中还没有与她的梦中情郎成就朝云暮雨就醒来了。雨暮与云朝，典出宋玉《高唐赋》，楚襄王田猎于高唐，夜梦一神女自称为炎帝之女瑶姬，现为巫山之神，与楚襄王成就了一夜的夫妻情爱，到天明临走之时告诉楚襄王："妾在巫山之阳，高丘之阻，旦为朝云，暮为行雨，朝朝暮暮，阳台之下。"后来人们就以朝云暮雨比喻男女之性爱。

⑨又是韶光过了：此句之意是又是一次美好的梦中风光过去了。韶光，美好的春光，此指梦中的好风光。

【译文】

上端绣有凤凰图案的锦帘已经高高卷起，朱门上嵌着的兽头环频频摇动，升起有两棵竹竿那么高的太阳，她在这样的春日的大好时光里睡了个大懒觉，却依然是一副精神不振难以清醒的样子。

刚刚做了一个得遇有情郎的好梦，谁知却像飞絮一样，很快就不见了。因无所事事而引发的怀春之忧愁比那非常醇厚的美酒还要浓烈。这位小姐在好梦之中还没有与她的梦中情郎成就朝云暮雨就醒来了。又是一次美好的梦中时光过去了。

【赏析】

这是一首描写女子春睡的写意小词，描写了一位富贵人家的小姐，在春日里梦到了一个如意郎君，但是这个梦中情人却一直没有出现的故事。

词的上片，词人极力刻画了小姐百无聊赖的场景。词人先通过"凤额绣帘高卷，兽环朱户频摇。"来交代了时间和女子的身世背景，"凤额绣帘高卷"说明时间已经不早了，而"凤额绣帘""兽环朱户"则表明女子出身富贵人家，所以才会有"凤额绣帘""兽环朱户"这些东西的出现。接下来，词人进一步写了时间与女子的状态，已经日上两竿，太阳光都照到树梢了，女子却在如此大好的春光里睡了好久，仍然一副萎靡不振难以醒来的样子。上片极尽慵懒之意，叙事自然委婉，娓娓道来，让人读之心情轻松愉快，同时也为下文写女子的春梦做了铺垫。

下片写这位小姐之所以如此打发美好的春光，是因其思春情切，为没能得一如意郎君相伴而苦恼，并恨青春易过的心绪。下片应当是词人的想象，既然小姐迟迟不愿醒来，那么一定是做了一个美梦，于是他开始想入非非，幻想女子在梦里梦到了自己心仪之人，之后词人还安排了跌宕起伏的情节。小姐梦到了心仪之人，但是梦却像飞絮一样，很快就不见了。因无所事事而引发的怀春之忧愁比那非常醇厚的美酒还要浓烈。这位小姐在其好梦之中还没有与她的梦中情郎成就朝云暮雨就醒来了。又是一次美好的梦中好风光过去了。

整首词在亦真亦幻的情境之中多了一丝俏皮。所以本词是写意而非写实。

金蕉叶①（厌厌夜饮平阳第）

【原词】

厌厌夜饮平阳第②。添银烛、旋呼佳丽③。巧笑难禁④，艳歌无间声相继。准拟幕天席地⑤。

金蕉叶泛金波齐⑥，未更阑、已尽狂醉⑦。就中有个风流，暗向灯光底，恼遍两行珠翠⑧。

【注释】

①《金蕉叶》：柳永自制曲，《乐章集》注"大石调"。

②厌厌夜饮：《诗经·小雅·湛露》："厌厌夜饮，不醉无归。"厌厌，安闲的样子。平阳第：平阳主的私邸。《汉书·外戚传》："孝武卫皇后字子夫……为平阳主讴者。"这里代指富贵之家。

③银烛：旧题晋王嘉《拾遗记五前汉上》："元封元年，浮忻国贡兰金之泥，此金出汤泉。……百铸，其色变白，有光如银，即银烛是也。"此借以形容明亮之灯光。唐李白《十五夜别张五》："听歌舞银烛．把酒轻罗霜。"

④巧笑：女子甜美的微笑。《诗经·卫风·硕人》："巧笑倩兮，美目盼兮。"

⑤准拟：料想。幕天席地：以天为幕，以地为席。形容人做事比较豪放，不拘一格。晋刘伶《酒德颂》："幕天席地，纵意所如。"

⑥金蕉叶泛金波齐：酒杯中的酒斟得满满的都快要溢出来了。金蕉叶，酒器名。宋朝郑獬曾在《觥记注》写道："李适之《七品》曰蓬莱盏、海山螺、舻子卮、幔卷荷、金蕉叶、玉蟾儿，皆因象为名。"泛，斟得满满的。金波，美酒名，亦泛指酒。宋朝朱弁在《曲洧旧闻》卷七中记载："（张次贤）尝记天下酒名。今著于此：后妃家……河间府金波，又玉醒。"

⑦更阑：更深夜尽。唐朝方干在《元日》中有诗："晨鸡两遍报更阑，刁斗无声晓露干。"

⑧恼遍两行珠翠：把前来助兴的年轻貌美的女子们挨个调戏一遍。珠翠，妇人饰物，此处指美人。

【译文】

安逸地在平阳府一位权贵家中彻夜饮酒作乐，又添了一些蜡烛，接着唤来了一群美丽的年轻姑娘。姑娘们禁止不住的娇媚笑声，一曲又一曲地唱着香艳的情歌，大家打算幕天席地，一醉方休。

酒杯中的酒斟得满满的仿佛快要溢出来了，还没到深夜，大家已经全部酩酊大醉了。参与酒宴的人当中有个风流的人，偷偷地到烛火照不到的幽暗地方，将两行姑娘撩拨一遍。

【赏析】

此词为词人游览平阳府（现今之山西临汾一带）时所作。在平阳府，词人受到当地某权贵的接待，主人竭尽铺排，更邀请了当地多位美女作陪。词人就描写了这酒宴之上的种种情形。

上片首句直接揭开了本词的主题，"厌厌夜饮平阳第"，在大户人家悠闲自在地饮着美酒。然后写女子们的到来，让整个酒宴的氛围变得热闹了起来。"添银烛、旋呼佳丽。"蜡烛换了一遍又一遍，换完蜡烛之后，随即叫出了年轻貌美的女子们。之后把笔墨放在了女子身上，"巧笑难禁，艳歌无间声相继。"女子们甜美的笑声难以禁止，一个个开始舒展歌喉为客人助兴。"准拟幕天席地。"不知是由于醉意，还是由于美人，大家变得豪放起来，打算以天为幕，以地为席。这句不难看出酒宴进入高潮部分，宾客已经开始醉了，为下片写宾客醉酒之后的行为做了铺垫。

下片写词人在醉酒止呕，依然不忘调戏女子们。"金蕉叶泛金波齐，未更阑、已尽狂醉。"意为酒杯中的酒都快要溢出来了，还没有到夜深的时候，所有人就都喝得大醉。交代了宾客们醉酒的状态，也为下文做出铺垫。然后词人巧妙地写醉酒之人调戏女子的过程，说有个风流人士，趁着烛光照射不到，把前来助兴的年轻貌美的女子们挨个调戏了一遍。

词人对此并无批评责备之意，反而以此入词，作为风流韵事而传播搏笑。但却客观反映了封建社会官场之腐败，豪贵之人生活的奢侈与行为的放浪。

征部乐①（雅欢幽会）

【原词】

雅欢幽会②，良辰可惜虚抛掷③。每追念、狂踪旧迹④。长只恁、愁闷朝夕⑤。凭谁去、花衢觅⑥。细说此中端的⑦。道向我、转觉厌厌⑧，役梦劳魂苦相忆⑨。

须知最有，风前月下，心事始终难得。但愿我、虫虫心下⑩，把人看待，长似初相识。况渐逢春色。便是有、举场消息⑪。待这回、好好怜伊，更不轻离拆⑫。

【注释】

①《征部乐》：词牌名，《乐章集》注"夹钟商"，双调一百零六字，上片九句六仄韵，下片十句五仄韵。

②雅欢幽会：指男女因相爱而私下幽会。元稹在《莺莺传》中曾有句："幽会未终，惊魂已断。"

③良辰：指约会的时候。

④狂踪旧迹：指过去浪荡放纵的生活。

⑤长祇（zhǐ）恁（nèn）：宋元时期的俗语，相当于现在的"经常这样"。辛弃疾《卜算子·饮酒不写书》："万札千书只恁休，且进杯中物。"

⑥花衢（qú）：即花街，这里指妓院。朱有炖在《神仙会》第二折中写道："自惜青春，误落花衢作妓人。"

⑦端的：宋元时期的俗语，意为究竟，到底。《西游记》第七十四回："端的是什么妖精，他敢这般短路。"

⑧向：语助词，怎奈，怎向。厌厌：同"恹恹"，精神不振的样子。

⑨役梦劳魂：即"魂牵梦绕"。

⑩虫虫：妓女名，又名虫娘。柳永曾在多首词中提及此名，她可能与柳永保持了相当长时间的爱情关系。

⑪便是有，举场消息：宋代的时候，朝廷会试在正月初进行。会试结束之后会举行殿试，殿试结束之后就会放榜，大约在当年的三月间，正值春暖花开之际，便有了科举的消息。

⑫更：再。

【译文】

可惜大好的青春年华白白浪费在了寻欢作乐之中。每当追忆起过去放荡不羁的事迹，经常觉得如此朝夕忧虑烦闷。谁能够帮我去花街柳巷找到她，细细道明我如今的情况，让她知晓，我对她魂牵梦绕，苦苦想念，渐渐精神也因此变得萎靡不振。

需要知道，良辰美景与心中有所思念都是最不容易得到的。我希望虫虫能够知晓，不要与别人有过深的交往，就像对初相识的人应付下就可以了。何况已经接近春天，那时便应当有举场的好消息传来。等到那时候，我将好好地爱恋你，再也不轻易分开了。

【赏析】

这是一首表达爱意痴情的词，推测当为词人在汴京参加科举考试落第离开京城后所写。

整首词很像是在跟虫虫解释，且不是词人亲自登门拜访，而是请人前往虫虫的住处做解释。

词的上片抒写了自己羁旅漂泊的辛酸以及对虫虫的思念之情。词作一上来便感慨道："雅欢幽会"不再有了，多少美好的时光被轻易抛弃。他的内心深处，对"雅欢幽会"念念不忘，认为跟虫虫相会才算重要的事情，所以对于自己辜负了虫虫的期待感到愧疚，认为自己白白浪费了大好时光。之后，词人开始描绘自己离开虫虫之后生活百无聊赖的样子。"每追念、狂踪旧迹。长只恁、愁闷朝夕"每当追忆起过去放荡不羁的生活，经常觉得现在是如此漫长，朝夕忧虑烦闷。"愁闷朝夕"一句写追悔之情，说自己自从和虫虫分别之后从早到晚都是愁满心头。并且，从此句后一句开始至词尾，都是设想之辞。然后词人又开始诉说自己对虫虫的惦念，"凭谁去"四句说希望有人能替自己向虫虫讲述分别之后的"役梦劳魂苦相忆"之情。但就是这托人传信的愿望也难以实现，所以词中说"凭谁去"。其中的悲哀与无奈令人心折。

词的下片是柳永对所爱之人虫虫的婉转告白，过片"须知最有"三句说虫虫的心思难以理解，希望虫虫珍惜两人之间那份难得的感情。"但愿我、虫虫心下"二句，则是希望虫虫不要再结交他人而忘了自己，用语含蓄婉转。"把人看待，长似初相识"二句是说虫虫不要与别人有过深的交往，就像对初相识的人应付下就可以了。以下，"况"字领起的二句是对虫虫的安慰和劝勉：春闱再开的时候，我一定会科场夺魁。"待这回、好好怜伊，更不轻离拆"三句，郑重的承诺和着万般柔情喷薄而出。

柳永在这首词中表达了对虫虫深深的思念和对其真挚而专一的爱情的期待。他们一个是游子，一个是歌妓，特殊的身世决定了他们对纯真恋情的向往和依赖，但特殊的身世也注定了他们之间的感情往往无结果，或以悲剧告终。这种悲哀与无奈，构成了柳永歌妓情词的主旋律。

透碧霄^①（月华边）

【原词】

月华边^②。万年芳树起祥烟。帝居壮丽，皇家熙盛，宝运当千^③。端门清昼^④，觚稜照日^⑤，双阙中天^⑥。太平时、朝野多欢。遍锦街香陌，钧天歌吹^⑦，阆苑神仙^⑧。

昔观光得意^⑨，狂游风景，再睹更精妍^⑩。傍柳荫，寻花径，空恁骋辔垂鞭^⑪。乐游雅戏，平康艳质，应也依然^⑫。仗何人、多谢婵娟^⑬。道宦途踪迹，歌酒情怀，不似当年。

【注释】

①《透碧霄》：词牌名，《乐章集》注"南吕宫"。为双调一百一十二字，前段十二句六平韵，后段十二句五平韵。

②月华：月亮。

③宝运：国运。当千：是说大宋国运千年不衰，此乃词人的赞颂之语。

④端门：宫殿的正南门。《史记·吕太后本纪》："代王即夕入未央宫，有谒者十人持戟卫端门，曰：'天子在也，足下何为者而入？'"《后汉书·左雄传》："请自今孝廉年不满四十不得察举，皆先诣公府，诸生试家法，文吏课笺奏，副之端门。"

⑤觚稜（gū léng）：古时建筑的宫阙上转角处的瓦脊呈方角棱瓣的形

状，也借指宫阙。

⑥双阙：古时宫殿前两边高台上的楼观。中天：直插高天，形容建筑之高。

⑦钧天歌吹：钧天之乐，指天上的音乐。

⑧阆（làng）苑：指天上的宫阙，仙人的住所。这里是把汴京比作仙人的住所。

⑨昔观光得意：过去刚来到汴京之时，正值春风得意之际。观光，观览国都之圣德光辉。《周易·观卦》："观国之光，利用宾于王。"

⑩再睹更精妍：如今再看，眼前所见之景变得更加精美。

⑪鞯（duǒ）辔（pèi）垂鞭：是说马辔头与马鞭都垂到了马下。形容骑马的人无精打采的样子。

⑫乐游雅戏，平康艳质，应也依然：这三句为连读，意为中意的游玩雅戏，以及与女子的缠绵，也一样如"傍柳荫，寻花径"，情绪已经很淡了。

⑬仗何人、多谢婵娟：不知委托何人，向心仪的女子表达自己的歉意。婵娟，指美丽的女子。

【译文】

明亮的月光中，万年桂树笼罩在祥云中，播撒着芬芳。京城内，宫室壮丽，皇室和谐兴隆，国家运势胜过历朝历代。清朗的白天，宫门大开。屋顶的甍棱在阳光下光彩夺目，和宫城上高耸入天的双阙相映生辉。正值太平盛世，举国上下，朝廷内外，一片歌舞升平。无论大街小巷，花团锦簇，芳香四溢，游人摩肩接踵，他们如同阆苑中的神仙，陶醉于天庭的歌声、鼓乐之中。

过去我曾快意地观赏过京城的风光，在这里肆意地游乐。今日重新观赏此处繁华的风景，觉得比往昔更加精美。但是我毫无游览的兴致，放下缰绳、垂下马鞭，信步于柳荫花径，再也找不回过去的激情。中意的游玩雅戏，以及与女子的缠绵，也一样如"傍柳荫，寻花径"，情绪已经很淡了。不知委托何人，向心仪的女子表达自己的歉意。告诉她，我仕途奔波，听歌饮酒的心情已经大不如前。

【赏析】

这是一首感慨人生的词。推测应当是作者老年时返乡所作。

上片极尽笔墨描绘了皇都的宏伟，壮丽。词人先从"月光中，万年花木升起祥瑞烟气"这个祥瑞之兆的自然景观引出了国运，道出"京都壮丽，王朝兴盛，国运长久"。之后通过"端门清昼，觚稜照日，双阙中天"这三句勾勒出汴京的宏伟气象。又用"太平时、朝野多欢。遍锦街香陌，分钧天歌吹，阆苑神仙"烘托出当时的气象祥和。从上到下都充满了朝气。

从词人对汴京的描写，我们可以从侧面看出宋仁宗统治时期，国力强盛，百姓安康，一派欣欣向荣的气象。

下片写词人的心境。词人将过去与现在对比，说自己过去中科举进士及第的时候，曾纵情游逛京都的风景，并料想那"雅戏""艳质"大概也依旧那样迷人吧。然而，由于游宦漂泊，羁旅劳顿，使自己对歌舞酒筵的兴致已不似当年了。

词人想让别人代他问候当年京都的美女佳丽，并告诉"伤余心之懮懮"（《楚辞·九章·抽思》）的"宦途踪迹"的音信，然而，"艳质""依然"，欲说无"仗"，无奈之情溢于言表。

其实词人所说的宋仁宗时期的景象，也完全符合北宋中期的实际情况。《宋史·仁宗纪赞》中曾记载："（仁宗）在位四十二年之间，吏治若偷惰，而任事蔑残刻之人；刑法似纵弛，而决狱多平允之士。国未尝无弊幸，而不足以累治世之体；朝未尝无小人，而不足以胜善类之气。君臣上下恻怛之心，忠厚之政，有以培壅宋三百余年之基。子孙一矫其所为，驯致于乱。《传》曰：'为人君，止于仁。'帝诚无愧焉。"

忆帝京①（薄衾小枕凉天气）

【原词】

薄衾小枕凉天气②，乍觉别离滋味③。展转数寒更④，起了还重睡。毕竟不成眠，一夜长如岁。

也拟待、却回征辔⑤；又争奈、已成行计⑥。万种思量，多方开解，只恁寂寞厌厌地⑦。系我一生心，负你千行泪。

【注释】

①《忆帝京》：词牌名，柳永自制曲，乃因回忆在汴京的妻子而命名，《乐章集》注"南吕调"。双调七十二字，上片六句四仄韵，下片七句四仄韵。

②薄衾（qīn）：薄薄的被子。小枕：稍稍就枕。

③乍觉：突然觉得。

④展转：同"辗转"，翻来覆去。《楚辞·刘向》中曾记载："忧心展转，愁怫郁兮。"数寒更（gēng）：由于难以入睡，所以开始无聊地数起了寒夜的更点。古时自黄昏至拂晓，将一夜分为甲、乙、丙、丁、戊五个时段，谓之"五更"，又称"五鼓"。每更又分为五点，更则击鼓，点则击锣，用以报时。

⑤拟待：打算。向子諲在《梅花引·戏代李师明作》中曾有："花阴

边，柳阴边，几回拟待偷怜不成怜。"征辔（pèi）：远行之马的缰绳，这里代指远行的马。潘问奇在《自磁州趋邯郸途中即事》中记载："旁午停征辔，炊烟得几家？"

⑥争奈：怎奈。张先在《百媚娘·珠阙五云仙子》中记载："乐事也知存后会，争奈眼前心里？"行计：出行的打算。

⑦只恁（nèn）：只是这样。辛弃疾在《卜算子·饮酒不写书》中，曾有词："万札千书只恁休，且进杯中物。"厌厌：同"恹恹"，提不起兴趣，精神不振的样子。

【译文】

盖着薄被小睡被冻醒，突然有种难以名状的离别滋味涌上心头。辗转反侧地细细数着夜里敲更的声音，起来又睡下，反复折腾难以入眠，一夜如同一年般漫长。

也曾打算勒马返程，怎奈已经踏上征程，又如何能够再返回原地呢？千思万想，还是拿不定主意，最后只能就这样寂寞无聊地不了了之。我一生一世也不会忘记你，但看来事情只能如此，也只应如此，虽如此，却仍不能相见，那么必然是"负你千行泪"了。

【赏析】

本词乃柳永写相思离别之情的代表作之一。词人用口语白描的方式表达出了男女双方至情至性的一面，极具艺术感染力，手法新颖，别具一格。

上片起句词人交代了叙述的背景。"薄衾"可以透露出天气虽然转凉，但是还没有到特别冷的程度，所以盖的还是薄被；从"小枕"看，词中人当时应该是拥衾独卧，于是才有了"乍觉别离滋味"。"乍觉"，是觉察到，可能是某种事物突然的触动，一下子引起了感情上的波动。当这种思绪突然充斥脑海，一下子就难以入眠了，于是就有了"展转数寒更，起了还重睡"的情景。辗转反侧地细数着寒夜里那敲更声次，起来了又重新睡下，反复折腾终究无法入睡，夜晚漫长的如同一年一般。词人寥寥数笔，便将深夜难以入眠的状态写活了。"毕竟不成眠"，是对前两句含意的补充。"毕竟"两字有终于、到底、无论如何等意思。接着"一夜长如岁"一句巧妙地化用了《诗径·王风·采葛》中"一日不见，如三岁兮"的句意，但语句更为凝练，感情更为深厚，将这种深夜难眠的痛苦形象地表达了出来。

词的下片笔锋一转，抒发游子思乡的感情。从"也拟待、却回征辔"句，我们不难推测，这个主人公应该刚离开心爱之人没多久，所以当思念之情涌上心头的那一刻，他开始打退堂鼓，想着既然如此，不如掉转马头回去吧。"也拟待"，这是百般考虑之后的心理活动。不过，这样放弃难免会让自己留有遗憾，于是又纠结。"又争奈、已成行计"，意思是说，已经踏上征程，又如何能够再返回原地呢？归又归不得，行又不愿行，于是就有了"万种思量，多方开解"，思来想去，还是拿不定主意，于是只能"寂寞厌厌地"，百无聊赖地过下去了。最后两句"系我一生心，负你千行泪"包含着多么沉挚的感情：我对你一生一世也不会忘记，但看来事情只能如此，也只应如此，虽如此，却仍不能相见，那么必然是"负你千行泪"了。这一句恰到好处地总结了全词彼此相思的意脉，突出了以"我"为中心的怀人主旨。

这首词"细密而妥溜"（刘熙载《艺概》），纯用口语，流畅自然，委婉曲折地表达了抒情主人公之间的真挚情爱，思想和艺术都比较成熟。

锦堂春①（坠髻慵梳）

【原词】

坠髻慵梳②，愁蛾懒画③，心绪是事阑珊④。觉新来憔悴⑤，金缕衣宽⑥。认得这疏狂意下⑦，向人诮譬如闲⑧。把芳容整顿⑨，恁地轻孤⑩，争忍心安⑪。

依前过了旧约，甚⑫当初赚我，偷剪云鬟⑬。几时得归来，香阁深关。待伊要、尤云殢雨⑭，缠绣衾⑮、不与同欢。尽更深⑯、款款问伊，今后敢更无端⑰。

【注释】

①《锦堂春》：词牌名，《乐章集》注"林钟商"。双调一百字，上下片各十句、四平韵。

②坠髻（jì）：下垂的发髻。慵：懒。

③娥：眉毛。

④是事：事事，凡事。韩愈曾在《戏题牡丹》有句："长年是事皆抛尽，今日栏边暂眼明。"阑珊：衰落，消沉。这里指心情低落。

⑤新来：近来。李清照曾在《凤凰台上忆吹箫·香冷金猊》有句："新来瘦，非干病酒，不是悲秋。"

⑥金缕衣宽：意思是精美的衣服都宽松了，意谓身体清瘦了不少。金

缕衣，缀以金丝的衣服。这里泛指精美华丽的衣服。

⑦认得：了解，知道。疏狂：狂放不羁的样子。此指狂放的人。刘禹锡在《题窦员外新居》中曾有诗句："莫言堆案无余地，认得诗人在此间。"意下：心中。

⑧"向人"句：意谓跟人若无其事地闲聊谈笑。诮（qiào），责怪。譬（pì）如闲，若无其事。董解元在《西厢记诸宫调》卷三中曾写道："夫人可来积世，瞧破张生深意，使些儿譬似闲腌见识，着衫子袖儿淹泪。"

⑨整顿：整理。白居易在《琵琶行》中曾有句："沉吟放拨插弦中，整顿衣裳起敛容。"

⑩孤：辜负。"孤"为"辜"的本字。

⑪争忍：怎忍。白居易在《华阳观桃花时》中曾有句："争忍开时不同醉？明朝后日即空枝！"

⑫甚：为什么。赚：骗。

⑬翦云鬟（huán）：古代情人离别，女子常常会剪下头发相赠。云鬟，女子如云的发鬟。

⑭尤云殢（tì）雨：比喻缠绵于男女欢爱。董解元在《西厢记诸宫调》卷一中曾经写道："三停来是闺怨相思，折半来是尤云殢雨。"

⑮绣衾：绣花被子。

⑯更深：夜深。旧时把一夜分作五更，每更约两小时。款款：缓缓，慢慢。杜甫在《曲江》中曾有句："穿花蛱蝶深深见，点水蜻蜓款款飞。"

⑰更：再。无端：无赖。孟汉卿在《魔合罗》第三折中写道："你这箇无端的贼吏奸猾，将老夫一迷里欺压。"

【译文】

凌乱的头发无心打理，愁眉不展难以描画，心事烦乱，诸事不顺。近

292

来觉得无比憔悴消瘦，身上的金缕衣也宽松了不少。知道现在你这个风流的浪子，心中对我已经视若等闲。我应当打点好自己美丽的妆容，不然如此辜负大好的青春年华，怎么能安心呢？

你又像过去一样失约了，既然如此，当初为何要骗我剪下一绺秀发相赠？等到什么时候你回来，我一定会把你关在家门外。等到你想要和我欢爱时，我就紧缠着鸳鸯绣被，不再与你同床共枕。等到夜深了，我再慢慢地问你，今后还敢这样无赖失约吗？

【赏析】

这是一首闺怨词，描写了一位被男子冷落的女子的精神状态和心理活动，为人们呈现了一位痴情女子从埋怨对方迟迟未归，精神不振到决意振作，并为有朝一日报复负心男子作打算的一系列心理活动。

词的上片一开篇就交代了主人公的精神状态——"坠髻慵梳，愁蛾懒画"一组四字对偶句，将女主人公精神不振、愁眉不展的样子刻画得栩栩如生。头发松松散散，却懒得打理，愁眉不展也懒得画。"心绪是事阑珊"是对前面的一个总结，描述她心绪不佳，消沉倦怠，任何事情都无心去做了。之后，由于精神不振，主人公的身体也发生了变化——"觉新来憔悴，金缕衣宽"。近来觉得无比憔悴消瘦，身上的金缕衣也显得宽松了许多。"金缕衣宽"，衣裳变得宽大了，正是身体消瘦的证据。古人常以衣带宽松表示身体消瘦，柳永在《凤栖梧·独倚危楼风细细》词中也有"衣带渐宽终不悔，为伊消得人憔悴"之句。以上寥寥几句，成功刻画了一个神情憔悴的女性形象，在写法上沿袭了唐五代以来对懒美人的类型化描写，与温庭筠笔下的"懒起画娥眉，弄妆梳洗迟"（《菩萨蛮·小山重叠金明灭》）很相似。不过，柳永很快就冲破了这种传统的桎梏，为这位女子增加了很多色彩。"认得这疏狂意下，向人消譬如闲。"想来那狂纵的浪子一定又在外面若无其事地同别人调笑取乐。"认得"表明她对这个负心汉的风流的性情早就了如指掌，也暗示他并非第一次如此。用"这"字领出，有表意的功能，甚至起着强化的作用。这个"人"字是女子自呼口吻，用来表达女子怨恨的心情。至此，词人将主人公的状态与心理活动，以及性情已经刻画得十分完整。既然对方早就把自己抛到了脑后，那么自己又何苦为他愁眉不展，整日萎靡不振呢？于是女子重新"把芳容整顿"，女子将美丽的容貌打理好，说明她重新开始自己的生活，并学会了自我欣赏。"恁地轻孤，争忍心安"，如此轻易辜负青春年华，怎能安心？女子打算不辜负自己的青春年华，重新振作。至此，上片在女主人公决心振作起来的时候结束了，这也埋下了下片词意发展的线索。

下片讲述了女子设想如何报复失约男子的过程。先讲述

了过去男子屡屡失约的失信行径。"依前过了旧约",想过去一样违背约定。"依前"说明他已经不是第一次失约了。之后,开始数落对方的过错——"甚当初赚我,偷翦云鬟",既然这样,为何当初要骗我剪下一绺秀发相赠?古代男女分别的时候,有订立盟约,女子剪发相赠的习俗。赠发是为了让男子见发如见人,另外还有以发缠住男子之心的神秘寓意。指责之后,女子开始了自己的复仇计划,打算教训一下这个负心汉。她的报复有三点:第一步:"几时得归来,香阁深关",等到他回来的时候,紧紧关上闺房,不让他进来。第二步:"待伊要、尤云殢雨,缠绣衾、不与同欢",等到你想要和我欢爱时,我要紧缠鸳鸯绣被,不与你同床共枕。第三步:"尽更深、款款问伊,今后敢更无端。"等到更鼓已深,我才慢慢地问你,今后还敢这样无赖失约吗?至此,全词戛然而止,至于最后男子是否归来,女子是否报复等问题,词中并未交代。

在这首词中,柳永刻画了一位与传统女性不知反抗、只能独自承受男子带给自己的伤害的女子相反的形象。她虽然也曾为了负心男子伤心不已,但是她能够从中振作,并试图反抗。由此词亦可看出柳永对风尘女子的了解和赏爱。柳永在这里刻意用俗语写俗事,目的就是给"俗人"看。语言上,他主要用浅近的白话甚至市井俗语,如"是事""认得""诮""恁地""争""赚""无端"等表现力很强的通俗文学语言。结构上,他主要采用市民所喜闻乐见的线型结构方式,有细节、有情节,能够紧紧抓住读者。

合欢带①（身材儿、早是妖娆）

【原词】

身材儿、早是妖娆②。算风措③、实难描。一个肌肤浑似玉，更都来④、占了千娇。妍歌艳舞⑤，莺惭巧舌，柳妒纤腰。自相逢，便觉韩娥价减⑥，飞燕声消⑦。

桃花零落，溪水潺湲，重寻仙径非遥⑧。莫道千金酬一笑⑨，便明珠、万斛须邀⑩。檀郎幸有⑪，凌云词赋⑫，掷果风标⑬。况当年，便好相携，凤楼深处吹箫⑭。

【注释】

①《合欢带》：柳永自制曲，因咏合欢而取名，《乐章集》注"林钟商"。

②早是妖娆：已是婀娜多姿。《诗词曲语词汇释》中解释说："早是，犹云本是或已是也。"妖娆，亦作"妖饶"，婀娜多姿。

③算风措：料想风流举措。算，料想。

④更都来：更算来。《诗词曲语词汇释》中解释说："都来，犹云统统也，不过也，算来也。"

⑤妍歌：悦耳的歌声，美丽的歌声。

⑥韩娥：战国时期知名的歌女，擅长唱歌，有"绕梁三日"的典故。

⑦飞燕：赵飞燕，西汉汉成帝的第二任皇后，汉哀帝时的皇太后，其

原名未被正史记载，通常认定为宜主。传闻她体态轻盈，可作"掌上舞"。

⑧重寻仙径非遥：引用了刘晨、阮肇的典故。刘义庆《幽明录》中记载，相传永平年间，刘晨与阮肇去天台山采药，遇两仙女，邀至家中，食胡麻饭，睡前行夫妇之礼，半载返家，子孙已过代。后重返天台山寻访仙女，行迹渺然。

⑨千金酬一笑：是说女子一笑值千金。南朝梁王僧孺曾在《咏宠姬》中写道："再顾连城易，一笑千金买。"

⑩便明珠、万斛（hú）须邀：就算用万斛明珠相邀也值得。《岭表异闻录》中记载："绿珠井在白州双角山下。昔梁氏之女有容貌，石季伦（崇）为交趾采访使，以珍珠三斛买之。"

⑪檀郎：潘岳，字安仁，小名"檀奴"，俗误"潘安"，古代美男子之一，有"掷果潘安"的典故，是说每次潘安出行，老妪看到都会给他扔满车的果子。比喻女子对男子的爱慕。后常用檀郎代指女子的心上人。

⑫凌云词赋：是说做起词赋来，如同司马相如的词赋一般意气高超。

⑬掷果风标：《语林》："安仁（即潘岳）至美，每行，老妪以果掷之满车。"风标：风姿，标致。

⑭凤楼深处吹箫：引用了汉朝刘向《列仙传》中的典故："萧史者，秦穆公时人也。善吹箫，能致孔雀白鹤于庭。穆公有女字弄玉，好之。公遂以女妻焉，日数弄玉作凤鸣，居数年，吹似凤声，凤凰来止其屋。公为作凤台。夫妇止其上，不下数年，一旦皆偕随凤凰飞去。故秦人留作凤女祠于雍，宫中时有箫声而已。"这句是说，况且风华正茂，应效仿弄玉、萧史吹箫于凤楼。

【译文】

你的身材本是那般妖娆，说起风姿举止，真是难以描绘。肌肤洁白如玉，更给你添了千娇百媚。还有着美丽的歌声和妖艳的舞蹈，黄莺因她的歌喉而生羞愧，杨柳因她的细腰而生嫉妒。自相逢开始，就觉得古之能歌的韩娥、善舞的飞燕已为之黯然失色。

纵是桃花凋零，溪水依然潺潺而流，重寻与你相遇的香径并不遥远，莫道千金买一笑，就是十万斗珍珠也在所不惜。姿容如檀郎一样的我，幸好有高超的为文作诗的才华，能使妇人倾倒，掷之以果的风仪。况且风华正茂，应当带着你，一同登上凤楼，箫声谐奏。

【赏析】

这首词写词人对"抱得美人归"的豪气和自信。前片写美人能歌善舞、妖媚多姿；后片写词人自有"抱得美人归"的豪气和自信。

词的上片多层次地展现了歌妓的美丽动人。"身材儿、早是妖娆。"这是在称赞歌妓的身材婀娜多姿。"算风措、实难描。"这是说她的风韵难以描绘。"一个肌肤浑似玉，更都来、占了千娇。"是说她的肌肤洁白如玉，更给她添了千娇百媚。以上均是对歌妓外貌的称赞。之后，词人又开始称赞歌妓的歌声舞蹈。"妍歌艳舞，莺惭巧舌，柳妒纤腰。自相逢，便觉韩娥价减，飞燕声消。"意思是说她有着美丽的歌声和妖艳的舞蹈，黄莺因她的歌喉而生羞愧，杨柳因她的细腰而生嫉妒。自相逢开始，就觉得古之能歌的韩娥、善舞的飞燕已为之黯然失色。从词的字里行间，我们不难发现这位歌妓的美丽是全方位的，也正是由于歌妓这种方方面面都很吸引人的特质，才让词人不惜笔墨描写吧！

下片主要描写了青年才俊们对这位美人的追求以及词人抱得美人归的

自信。"桃花零落，溪水潺湲，重寻仙径非遥。"这里引用了刘义庆《幽明录》中记载的一个小故事，表明女子所居住的地方如同仙境一般，而前去拜访女子的人定不会无果而归。"莫道千金酬一笑，便明珠、万斛须邀。"莫道千金买一笑，就是十万斗珍珠也在所不惜。说明了女子受欢迎的程度以及身价之高。后面几句，词人展现出了自己能够赢得美人心的自信：何况自己还是檀郎一样的美男子，本有高超的为文作诗的才华，自己的风度一定深受她的爱慕。正年少，正好相伴，与她缔结姻缘。

词人极尽赞美之词描绘了女子的美丽以及她受欢迎的程度，可以看出词人对这位佳人倾心不已。之后，词人也展示了自己抱得美人归的自信。那么最后是否铸就了这段才子佳人的佳话呢？词人并未交代，但不难从中推测出，本词应当为词人少年时期所作，字句中都透露着年轻人的自信。

满江红①（暮雨初收）

【原词】

暮雨初收，长川静②、征帆夜落。临岛屿、蓼烟疏淡③，苇风萧索④。几许渔人飞短艇⑤，尽载灯火归村落。遣行客、当此念回程⑥，伤漂泊。

桐江好⑦，烟漠漠⑧。波似染，山如削。绕严陵滩畔⑨，鹭飞鱼跃。游宦区区成底事⑩，平生况有云泉约⑪。归去来、一曲仲宣吟⑫，从军乐⑬。

【注释】

①《满江红》：词牌名，唐人小说《冥音录》载曲名为《上江虹》，后改今名。柳永始填此调，有仄韵、平韵两体，此词为仄韵，为正体。《乐章集》注"仙吕调"，高栻词注"南吕调"。格调沉郁激昂，前人用以发抒怀抱，佳作颇多。双调九十三字，上片八句四仄韵，下片十句五仄韵。

②长川静：长河一片平静。川，指江河。征帆：远行之船所挂的风帆。

③蓼烟：笼罩着蓼草的烟雾。蓼，水蓼，一种生长在水边的植物。

④苇风：吹拂芦苇的风。萧索：形容风声。元稹《酬乐天雪中见寄》："知君夜听风萧索，晓望林亭雪半糊。"

⑤几许：有几个。短艇：轻快的小艇。

⑥遣：派，使，令。行客：词人自谓。回程：回家的路程。

⑦桐江：位于今浙江桐庐县北，即钱塘江中游自严州至桐庐一段的别

称。又名富春江。

⑧漠漠：弥漫的样子。杜甫《茅屋为秋风所破歌》："俄顷风定云墨色，秋天漠漠向昏黑。"

⑨严陵滩：又名严滩、严陵濑。位于桐江畔。

⑩游宦：春秋战国时期，士人离开本国至他国谋求官职，谓之游宦，后泛指为当官而到处飘荡。底事：什么事。

⑪云泉约：与美丽的景色相约，引申为归隐山林之意。云泉，泛指美丽的景色。

⑫归去来：赶紧回去吧。陶潜著《归去来兮辞》以抒归隐之志，所以后人常用"归去来"作为归隐之典。仲宣：三国时王粲的字，王粲初依荆州刘表，未被重用，作《登楼赋》，以抒归土怀乡之情。后为曹操所重，从曹操西征张鲁。

⑬从军乐：即《从军行》。王粲曾作《从军行》五首，主要抒发行役之苦和思妇之情。

【译文】

傍晚秋雨初停，江面一片平静，远征的航船也在夜色中停靠。靠近岛屿，水蓼稀疏，雾霭寒凉，秋风吹拂芦苇萧索作响。几位渔人快速驾驶着小船，满载着灯火回到了村落里。这使漂泊在外的我也起了回家的念头，伤怀自己的漂泊不定。

桐江景色美丽，雾霭漠漠密布，好似浸入了水波之中，山峰如刀削一般。白鹭和鱼儿围绕严陵濑飞翔和跳跃。游宦生涯跋涉辛苦一事无成，不如及早归隐，享受大自然和家庭的天伦之乐。回去吧！但我又想到了王杰的《从军行》，若是能遇到明主，我又何辞辛苦。

【赏析】

柳永仕途坎坷，年届五十方才及第，游宦已倦，因此产生了归隐的打算。这首词便流露了词人打算归隐的情况。

上片开篇三句单纯写景，描绘了傍晚秋雨初停，江面一片平静，远征的航船也在夜色中停靠，渲染了一种寂寞、凄冷的环境氛围，为全篇打下了一个清冷的基调。之后，开始写岸边的景色，"临岛屿、蓼烟疏淡，苇风萧索。"意为靠近岛屿，水蓼稀疏雾霭寒凉，秋风吹拂芦苇萧索作响。水蓼和芦苇都是文人们愿意用以刻画秋景的代表植物。这两种植物平添了秋天的萧瑟之感。景色描写完毕，词人就开始把笔墨放在"人"的身上，渔人变成了描写的对象。"几许渔人飞短艇，尽载灯火归村落。"几位渔人快速驾驶着小船，满载着灯火回到了村落里。这也是由静态描写转变为动态描写，渔人归村的过程为这片清冷的秋景平添了一丝暖意，展现了一股烟火气息。而这股暖意和烟火，让客居于外的词人显得更加凄冷。所以才有了"遣行客、当此念回程，伤漂泊"。漂泊在外的我也起了回家的念头，对这种漂泊生活产生了厌倦与忧伤的情绪。整个上片分为两段，前半段写景，后半段抒情，情景之间融合无隙，境界浑然，为下片写"伤漂泊"的具体内容奠定了基础。

下片换头再以景起。上片是夜泊，下片是早行。"桐江好"四句，句短调促，对仗工整，语意连贯，一气呵成，桐江景色美丽，雾霭漠漠密布，好似浸入了水波之中，山峰如刀削一般，写出了桐江以及周围诸峰之壮丽。"绕严陵滩畔，鹭飞鱼跃"则描写这些风景中的生命，白鹭和鱼儿围绕严陵濑飞翔和跳跃。这几句所呈现出的氛围与上片截然不同，不仅多了很多生机，还让人读后颇为欢愉。不过随后词人笔锋一转，再次把氛围拉到了寂寞、孤冷之中，可能由于人的情绪基调本就是苦的，所以欢愉也是短暂的。"游宦区区成底事，平生况有云泉约"乃词人发自肺腑的感叹，游宦生涯跋涉辛苦一事无成，不如及早归隐，享受大自然和家庭的天伦之乐。"云泉约"三字收缴上文，同时也启发下文，具有开合之力，所以结语痛快地说"归去来，一曲仲宣吟，从军乐"，用王粲《从军乐》曲意，表明自己再不想忍受行役之苦了。

本词节奏抑扬顿挫，叙述委婉曲折，结构严谨，脉络清晰，读之荡气回肠，可以看出柳永在几十年的羁旅生涯中对这种所见所感十分熟悉，因此可以信手捏来。

二郎神^①（炎光谢）

【原词】

炎光谢^②。过暮雨、芳尘轻洒^③。乍露冷风清庭户^④，爽天如水^⑤，玉钩遥挂^⑥。应是星娥嗟久阻，叙旧约、飙轮欲驾^⑦。极目处、微云暗度^⑧，耿耿银河高泻^⑨。

闲雅^⑩。须知此景，古今无价。运巧思、穿针楼上女^⑪，抬粉面、云鬟相亚^⑫。钿合金钗私语处，算谁在、回廊影下。愿天上人间，占得欢娱，年年今夜^⑬。

【注释】

①《二郎神》：唐教坊曲名，后用作词牌名。《乐章集》注"林钟商"。双调一百零四字，上片八句五仄韵，下片十句五仄韵。

②炎光谢：指暑气消退。谢，消退，消歇。

③"过暮雨"句：乃"暮雨过、轻洒芳尘"之倒装，意思为暮雨过后，雨水将尘土一扫而空。芳尘，指尘土。

④乍露：初次结露或接近结露的时候。

⑤爽天如水：天空如水一般清澈凉爽。爽天，清爽晴朗的天空。

⑥玉钩：比喻新月。鲍照在《玩月城西门廨中》曾有句："蛾眉蔽珠栊，玉钩隔琐窗。"

⑦"应是"三句：意为这时应当是织女叹别离久，欲重叙旧约，驾飙车准备启程的时候了。星娥，指织女。李商隐在《圣女祠》中曾有句："星娥一去后，月姊更来无？"飚轮，即飙车，御风而行的车。

⑧极目处：目光所能看到的地方。微云暗度：淡淡的云朵在不知不觉中慢慢移动。

⑨耿耿：明亮的样子。高泻：指银河高悬若泻。

⑩闲雅：娴静幽雅。闲，同"娴"。

⑪"运巧思"句：是说女子在彩楼上乞巧。农历七月七日夜（或七月六日夜），着盛装的女孩们会在庭院向着织女星乞求智巧，称为"乞巧"。所以七夕节也被称为乞巧节。

⑫云鬟（huán）：高耸的环形发髻。李白在《久别离》中曾写过："至此肠断彼心绝，云鬟绿鬓罢梳结。"

⑬"钿合金钗"五句：引用了唐玄宗与杨贵妃七夕誓世世为夫妻的典故。相传，有一年在华清宫的长生殿，正值七月七日乞巧节，唐玄宗和杨贵妃避开众人在这里仰望牛郎织女二星，双双跪拜，发下誓言："人寿难朝，但愿我们世世生生，永为夫妻！过了今生，还有来世！"钿合，亦作"钿盒"。镶嵌金、银、玉、贝的首饰盒子。李裕《次宋编修显夫南陌诗四十韵》："宝钗分凤翼，钿合寄龙团。"

【译文】

夏天的暑气已经慢慢消退了，黄昏的时候一场雨过后，空气中的浮尘被一扫而空。刚结露的时候，冷风打扫了庭院。碧空如水，一弯新月，挂在浩瀚的天空。可能是织女叹息长久与丈夫分离，为了赶赴约会，乘驾快速的风轮飞渡银河。放眼望去，高远的夜空缕缕彩云飘过银河，明亮的银河高悬若泻。

娴静幽静的夜空。要知道如此场景是花多少钱都买不到的。闺楼上的秀女们在月光下望月穿针引线，向织女乞取巧艺。抬起粉面，云鬟低垂。猜一猜是谁在回廊的影下，交换信物，窃窃私语。愿天上人间、年年今日，都欢颜。

【赏析】

这是一首咏颂七夕佳节的词。古人在说七夕节的时候，常常会用牛郎织女的故事，而这里不仅引用了牛郎织女的故事，还用了李隆基与杨贵妃的故事，将传说与现实融合在一起，演绎、融汇为纯情浪漫、晶莹剔透的意境，抒发了对美好爱情的向往。全词语言通俗易懂，形象鲜明生动，情调浪漫，让人读之颇为享受。

上片将笔墨着重放在了对天上的描写，将人引入一种神话的浪漫世界之中。开篇先交代了时间和气候"炎光谢"，说明炎夏暑热已退，点明如今已经进入夏末秋初之时，然后交代了当时的天气"过暮雨、芳尘轻洒"，暮雨过后，雨水将尘土一扫而空，预示晚上将是气候宜人和夜空清朗了。"乍露冷风清庭户爽"，由气候带出场景。"庭户"是七夕乞巧的活动场所。古时人们于七夕佳期，往往庭前观望天上牛郎织女的相会。接下来一句"天如水、玉钩遥挂"意思是说：秋高气爽，碧天如水，一弯上弦新月，出现在远远的天空，为牛郎织女的赴约创造了最适宜的条件。"应是星娥嗟久阻，叙旧约、飚轮欲驾"，想象织女感慨与丈夫长久分离，赶赴相聚的心情急切，于是乘驾快速的风轮飞渡银河。织女本为星名，故称"星娥"。"极目处、微云暗度，耿耿银河高泻"，表现了地上的人们也盼望天上牛郎织女可以幸福地团聚。他们凝视高远的夜空，缕缕彩云飘过银河，而银河耿耿发亮，牛郎织女终于欢聚，了却了一年的相思之苦。上片动静结合，虚实相生，从景物描写到幻想，表达了人们对爱情的美好向往，同时也展示了乞巧节时，各家于庭户乞巧望月的热闹场景。

下片，词人直接以"闲雅"开始，是对上片场景的总结，之后词人强调"须知此景，古今无价"，提醒人们珍惜当下的时光，从中可以看出柳永对七夕别样的重视，也反映了当时的一些民俗观念。之后数句主要描写了民间七夕的活动。首先是乞巧。据古代岁时杂书和宋人笔记，所谓乞巧，是以特制的扁形七孔针和彩线，望月穿针，向织女乞取巧艺。这是妇女们的事。"楼上女"是说这位女子居住在楼上，穿针乞巧时才来到庭中的。所以接着说："抬粉面"，加以"云鬟相亚"，写姑娘们虔诚地手执金针，仰望夜空，乌云般浓密的发鬟都向后低垂。"亚"通压，谓低垂之状。这句话写

得形神兼备。廖廖数语，姑娘们追求巧艺的热切与虔诚便跃然纸上。接下来的一句"钿合金钗私语处，算谁在、回廊影下"，写七夕的另一项重要活动，这不仅是词人的浪漫想象，也是一段真实的历史。自唐明皇与杨妃初次相见，"定情之夕，授金钗钿合以固之"（《长恨歌传》），他们"七月七日长生殿，夜半无人私语时"也就传为情史佳话。唐宋时，男女常常会选择在七夕定情，交换信物，夜半私语，这也是民俗之一。词人将两项七夕民俗结合在一起，毫无痕迹，充分表现了节序的特定内容。词的上片主要写天上的情景，下片则主要写人间的情景；结尾的"愿天上人间，占得欢娱，年年今夜"，既总结全词，又点明主题。它表达了词人对普天下有情人的美好祝愿和人们对幸福生活的渴望，展示了作者热诚而广阔的胸怀。

本词角度新颖，结构新奇，作者通过写天上来衬托人间，通过引用典故来说明现实，虚实相生，将七夕这一充满了浪漫的节日变得更加有人情味，让人读之心头一暖。

参考文献

[1] 张惠民，张进.柳永词选注 [M].北京：人民文学出版社，2017.

[2] 马玮.柳永词赏析 [M].北京：商务印书馆国际有限公司，2017.

[3] 薛瑞生.柳永词 [M].北京：中华书局，2013.

[4] 上海辞书出版社文学鉴赏辞典编纂中心.柳永词鉴赏辞典 [M].上海：

上海辞书出版社，2015.

[5] 柳永.柳永词选 [M].郑州：中州古籍出版社，2011.

[6] 柳永.柳永词选 [M].台湾：三民书局，2019.